中国文学史

中国文学史

吉川幸次郎述
黒川洋一編

岩波書店

序

吉川幸次郎

黒川洋一君は、奇特の人である。中国の語でいえば、独行の人である。人のやらないことを、人の知らぬ間にやりとげて、人の知ることを求めない。私とは、昭和二十二年の春、私が京都大学文学部の中国文学の教師となり、黒川君また恰かも新入学生であって以来の、交誼である。

昨年の冬のある日、突然の来訪を受け、うずだかい原稿の山が、私の前に積まれた。これはあのころの先生の文学史の講義のノートを整理したものです。私には役に立ちつづけています。お礼の印までに、これは副本ですが、先生にさしあげます。

私は目を見はり、あっけにとられた。そうして何ともあなたは奇特な人だといった。あっけにとられることしばらく、この友人の好意にむくいたく思った。そうしてその方法として、これを本にしてはと考えるようになった。

私は中国文学史を書く志がなかったではない。黒川君が聴かれたのと同じく、「中国文学史」を題目とする講義を、二十年弱、京都大学でつづけた。書物にまとめたいと、筆をとりかけたことも、一度でない。そのたびに挫折した。学説に自信を欠く部分があるということのほかに、音声も著述の内容の一部と考える私にとり、文章のリズムを私なりに整えようとする苦労が、挫折の原因の一つであった。

七年前、定年で大学をやめた時も、文学史を執筆すべきか、杜甫の注を書きつづけるべきか、二つの道が、多少の迷いとしてあった。結局、後者をえらび、それをほとんど日課としている。中国の学術の伝統は、概説よりも、個体を資料としての思考の尊重にあると見うけ、それを愛しつづけて来た私としては、やはり杜甫の言語という個体と、心中したい。

といって私は、中国文学史全体に対する管見を、人人に知ってもらいたく思わないでは、もとよりない。今や立派な専門家である黒川君の役に立ちつづけているといえば、他の人にもそうである部分を含むとしてよい。ところでこの筆録は、そこにある見解に対し、私は責任を負う。しかし文章は、黒川君のものである。あえて便乗という語を使えば、これは便乗の機会である。またこの筆録、あるいは私の死後、本になる気づかい、皆無ではない。同じことなら今のうちにという気もちも、あった。

私は黒川君に、そのことを相談した。私としては差し支えありませんといわれ、このさいしょの講義以後、あなたの学説で新しく加わったものを、全集から抜き出して、補注にしましょうと、いよいよ出ていよいよ奇特である。

かくてすべてを黒川君にまかせ、ここに見るような書物となった。校正刷を二どばかり読んで、少許の注文を発し、書き改め書き足してもらった。ということは、内容についての責任は、あくまでも私にあるということである。私は私の見解に対し、専門家非専門家の批評を期待している。四半世紀以前の講義を、今さら本にするのは、気がひけないでない。しかし、初写黄庭、恰到好処、そうした諺もある。初めて写《か》きし黄庭は、恰かも好き処に到る。

すべてを黒川君に感謝する。

一九七四昭和四十九年八月十二日。

編者まえがき

黒川洋一

吉川幸次郎先生が京都大学において、この講義をされたのは、昭和二十三年四月から、二十五年の二月の初めにかけてである。手許にある年表をくってみると、二十三年というのは、ベルリン封鎖が行なわれた年であり、二十四年というのは、中国に人民共和国が成立した年であり、二十五年というのは、朝鮮戦争の勃発した年である。また、国内では、二十三年には戦争指導者が処刑され、二十四年には三鷹事件・松川事件、二十五年には、レッド＝パージなどが続発している。内外ともに激動の時代であった。また、そのころは日本が敗戦にうちひしがれ、人々はただその日その日の食べ物を手に入れるのが精一杯という時代でもあった。闇物資を手に入れる手段を持たなかった私たち学生は、何を食べて生きていたのであろうか。思い出そうとしても、霧を距てて物を見るように記憶はおぼろになってしまったが、何日もほとんど何も食べないでいることが多かったという記憶だけは確かである。もちろん、お金も無かった。本を買うお金も、映画を見るお金も無かった。時には大学に通う電車賃も無かった。そうした生活の困難さが、私たちを取り巻いていたばかりではない。東洋の過去の文化は、みな無価値である。それは無価値であるばかりか、むしろ反価値的なものばかりである、と考えられていた時代である。和漢の古い書物は、どんどんつぶされて、一山いくらで古本屋の店先に積み上げられていた。また、そうした書物を読む若者は、世間から冷笑とも憐憫ともつかぬ目をもって見られたものである。そうした中にあって、ともすれば挫折しそうになる私たちを、中国の学問に繋ぎ留めたものは、吉川先生のいくつかの講義であったと言ってよい。

当時、先生は今の人文科学研究所の前身である東方文化研究所から、京都大学に教授として移って来られて間もないころであったが、先生はすでにそのころ鬱然たる大家であり、その講義ははなはだ気力と自信に満ち溢れたものであった。そのころの大学における講義は、あらかじめ用意されたノートを先生が読まれるのを、学生は忠実に筆記するというのが普通の形であったが、先生の講義はそうではなかった。先生は講義のための特別なノートは用意されず、講演のような口調で講義をされたが、先生のお話は大へん明確で、少しの言葉の曖昧さも、論理の乱れもなく、お話はそのまま整然とした文章になっていた。先生は教卓の上に積み上げた唐本の山の中から一冊を取り出して、中国語で例文を読みかつ解釈されながら、忙しそうにそれを板書され、どんどんと話を進めて行かれるという具合いであったので、わたしのような初学のものは、例文を写しとるのに追われ、先生のお言葉は、その要点を記録するにとどまった。古いノートを前にしていると、洋服の上衣の裾をチョークの粉でまっ白にされた先生の姿や、火の気のないま冬の教室で、オーバーの襟を立てて講義に聞き入っていた友人たちの姿が、まざまざと昨日のことのように記憶の中に蘇ってくる。

この講義には、そうした懐しい思い出が数多くまつわるが、私がこのたびこの講義の整理を思い立ったのは、そうした個人的な思い出からのことではない。それは何よりも、この講義の内容が秀れることによる。中国文学は、「詩経」の初めより数えて、今日に至るまで、三千年という長い歴史と、ぼう大な量の作品を持つが、そのぼう大な作品を、ある一つの価値の基準をもって量り、その発展を中国民族の内面の歴史としてあとづけることは、生やさしい仕事ではない。今日に至るまで、まだ中国文学史というに値いする書物が書かれていないのはそのためであるが、先生のこの講義は、中国文学が世界文学の中にあっていかなる特色と価値を持つかということはっきりとした見解の上に立って、三千年の文学の展開を、中国民族の精神の歴史としての広がりをもって説き得ている。しかもその説き方は大へんに独創的である。先生はよくその年の開講に先立って、私の説こうとすることは、すべて私の頭で考えたことであり、前人の考えの上には立たない、と断言されたが、この普通講義もまたその例外ではない。この講義がいかに独創的であるかは、その引かれる例文を見ただけでも明らかである。それはありきたりの例文ではない。すべて先生が自ら発掘されたものばかりである。私がこの講義の整理を思い立ったのは、この秀れた講義を若い世代にも伝えたいと考えたためである。

しかしながら、整理にあたっては躊躇がなかったわけではない。それは私の筆録したものが、はなはだ不完全なものであり、それによってどれだけ先生の講義の再現を果たしうるかという不安があったからである。筆録はせいぜい要点にしかすぎず、しかも先生が例文に加えられた解説は全くと言ってよいほど記録されてはいなかったのである。何人かの人と協力してまとめようかとも考えてみたが、同学の諸君のノートも私のそれと余り違いがないとすれば、意見は種々に分裂して整理は一そう困難となるであろう。よし、自分が理解した限りにおいて、自分の筆録だけを便りにして、先生の講義をまとめることにしよう。そう考えてこの仕事にとりかかったわけである。断片的に記録された言葉を繋いで、一つの文章に組み立てるために、私は古いノートを穴のあくほど見つめたと言ってよい。見つめているうちに次第に点は線となり、線と線とは論理をもって繋がって行ったが、ノートには記録されていない大切な言葉があることに気の付くことがしばしばあった。例えば、晩唐の詩のところで、先生は晩唐の詩に数字が多く出てくるのは、当時の詩人たちの不安な心が確実なものにすがりつこうとしたことによると仰しゃったと記憶するのに、それがノートのどこを探しても見当たらないのである。それはあるいは講義を聞きながら、ふと私がそう思ったことが、記憶の中で先生の言葉と混同してしまったのかも知れない。いや、そうではない。確かにあの時に先生はそう仰しゃった。そう記憶することは、それがノートに記録されていなくても、この書物の中には書き込んである。

このようにして、この書物はこしらえられたものであるが、このたび先生の古い講義を整理して思うことは、先生の学問の早熟である。この講義を先生が行なわれたのは、先生が四十歳の半ばごろのことであるが、そのころにすでに先生の研究は中国文学史の全領域に及んでいたことを、この講義は示していると言える。先生がそれまでに発表された著書、論文はいうまでもなく、この後に発表されるおびただしい著書や論文の原型が、この講義の中にはすでに含まれている。その点でこの講義は先生の全集の集約であると言ってよい。もちろん、この講義の後に生まれる新しい見解も数多くある。例えば、「古詩十九首」は、この講義では後漢末の建安のものとされておられるが、後の説ではそれは前漢のものである可能性を持つとされ、その理由として、その詩のもつ悲哀が漢帝国の繁栄の裏にひそむ不安の反映であることを指摘されるがごとくである。また、唐詩の優秀性を説いて、それが唐人の無限定なものへの関心から生まれており、そうした関心を唐人に生んだものは仏教の影響であったとされる説もこの講義にはまだ現われてはいないし、宋以後の詩人の増大は詩の質的稀薄を招いたが、それもまた一つの進歩であり、その点において中国近世の文学の中心はやはり詩文学に求められねばならぬとする説も、この講義には積極的な主張としては提出されていない。その点において、この講義は先生の文学史としては不十分であることを免れ得ないが、各節の終わりに先生のそれに関する著書、論文のリストをつけ、特に重大な変化のあるものには注をつけることによって、先生の文学史としての一そうの充実をはかることにした。この講義からさらに進んで、それらをお読みいただくならば、先生の巨大な学問への入門の役目をも、この書物は果たすであろうと考える。
なお、最後に述べておかねばならぬことは、先生の講義を整理して出版することは、先生の御発意によったものではなく、全く私の個人的な希望によったものであるということである。はじめは私の教える学生たちのために、先生の講義の荒筋だけでもまとめてごく簡単なものをと考えて出発したのであったが、仕事をしているうちに、それがとうとう先生の講義の可能なかぎりの復元へと進んでしまったのであった。数年の準備の後、このたびそれを完成して先生にそのお話を申し上げたところ、先生は私の希望をお容れ下さったばかりではなく、岩波書店から出版していただくことになったのは、全く予期せぬところであった。この先生の講義が、今の若い人たちに、かつて私が受けたと同じ感動を喚び起こし、中国文学への認識を深めることができるならば、私としてはそれに増す喜びはない。最後に、元曲の例文の翻訳について、いろいろ御助言をいただいた田中謙二先生に対して深く感謝の意を表したい。

昭和四十九年三月十六日

例言

一　本書は、吉川幸次郎博士が、昭和二十三年、二十四年の両年度にわたって、京都大学文学部において講ぜられた「中国文学史」を、当時の学生であった黒川が、二十数年を経て、当時の筆録にもとづいて、それに整理を加えて成ったものである。

一　当時の筆録の整理に当たり、出来る限り先生の講義の再現に力めたが、当時の筆録が要点を記したものに過ぎなかったために、整理に際しては黒川の私意がある程度入ることは避けえなかった。また、先生の言葉で脱落したものも少なくない。従って、本書は、先生の講義そのままというよりは、黒川によって理解された限りの先生の講義であると言った方が真実に近い。

一　本書を幾つかの章節に区切って、それぞれに標題を与えたのは、先生の講義によるものではなく、また引用文の訓読や意訳も、二、三のものを除いては黒川の付加したものであり、先生のものではない。もし、それらに不適当なものがあれば、それはすべて黒川の責任である。

一　付録として収める「中国語の性質について」は、二十四年度の講義(宋以後)の序論として講ぜられたものの大要である。

一　各節の後に参考文献として、その節に関係する先生の論文、著書のうちの主なものを記しておいたが、そこに「全集」とあるのは、「吉川幸次郎全集」(筑摩書房)を指し、「全集補篇」とあるのは、同全集の補篇に収められる予定のものを指し、「全集外」とあるのは、右の全集、全集補篇には収められぬものを指す。また、この講義以後における先生の説の変化については、各節の後にそのことをやや詳しく注意しておいた。

一　先生は、講義に際して、しばしば地図と年表を板書して理解を助けられたが、それらは一切本文の中には収めなかった。その代わりとして、巻末に新たに黒川の作製する地図と年表とを付しておいたので、必要に応じて参看されることを希望する。

目　次

第一章　中国文学の特色

一

中国の文学は三千年の歴史を持つ。古いものとして確実なデイトを持つのは、「詩経」・「書経」などの一部であるが、それは周王朝の初期、紀元前一一〇〇年ごろのものである。中国文学はこのように大へん古い歴史を持っているが、それはただ古いというだけではない。古いという点では、ヨーロッパの文学もまた古い歴史を持つが、ヨーロッパにおいては、文学の伝統はさまざまに変化している。言語、内容ともに変化している。それに対して、中国においては文学の伝統に断絶がない。断絶は日本文学よりもさらに少ないといってよい。また、ジャンルは時代とともに増加したが、一度発生したジャンルは絶滅したことが原則としてはない。もっともごく最近に至って、中国文学は大きな断絶を経験している。一九一七年に起こった文学革命がそれである。それは中国の過去の文学伝統を断ち切って、世界の文学の方向に自らを一致させようとする運動であったが、それまでの文学には伝統の断絶ということはなかったといってよい。

「中国文学入門」（全集1）
「一つの中国文学史——『中国文学論集』序論——」（全集1）

「中国文学入門」は例文に即して平易に叙述された中国文学史。「一つの中国文学史」は、中国文学史についての博士の見解を凝縮的に述べたもので、それにはこの講義にはまだ現われぬ重要な見解が提出されている。すなわち、漢代に生まれる人生への懐疑と、人間の微小さへの悲観は、三国六朝に至って増大するが、それは唐の中ごろに至って清算され、宋以後の文学は楽観の哲学の上に発展するという説である。なお、このことのみを取り上げて中国文学の歴史を説いたものに「中国文学における希望と絶望」（全集1）、「中国文学に現われた人生観」（全集1）がある。

二

中国はかくのごとく古い文学伝統を持つ国であるが、この国では文学はどのような地位を持ち、どのように考えられていたのであろうか。そのことを考える前に、中国人の世界観における人間の地位について述べておかねばならぬ。

中国文明の特色を一言でいうならば、それは徹底した人本主義であったということができる。もしヒューマニズムという言葉を人本主義といいかえてよいとすれば、中国におけるほどヒューマニズムの尊重されたところはない。「人間は万物の霊長《れいちょう》である。」という言葉があるが、この言葉は中国から出た言葉である。人間はこの世界の中心的存在であるという思想に至る生活感情は、中国人にもっとも有力なものであったといえる。前二、三世紀、周末、漢初のものである「孝経」の中に、孔子の言葉として、「子曰、天地之性、人爲貴。」(子曰く、天地の性《せい》は、人を貴しと為す。)とあるが、こうした思索は中国では非常に早く発生している。「孝経」と同じころに作られた文献である「礼《らい》記《き》」の一篇に「礼運」というのがあるが、それには、「故人者、其天地之徳、陰陽之交、鬼神之會、五行之秀氣也。」(故に人は、其れ天地の徳、陰陽の交、鬼神の会、五行の秀気なり。)とある。『孝経」では人間を生物の中で考えているが、「礼記」になると、人間は世界の中心として考えられている。さらにその考えがもう一つ進むと、世界は人間があればこそ顕現されるという考え方となる。そういう考え方は古くからあったが、それを言葉に現わしたものは、後漢の劉陶《りゅうとう》である。「後漢書《ごかんじょ》」の劉陶伝には劉陶の言葉として、「人非天地、無以爲生。天地非人、無以爲靈。」(人は天地に非ざれば、以て生を為す無し。天地は人に非ざれば、以て霊を為す無し。)人は自然がなければ生存し得ず、天地は人がいなければ、その働きをなしえない、とある。また、「尚書《しょうしょ》」の泰誓《たいせい》篇は、その伝承ほど古くなく、劉陶よりも百年後のものとされるが、それには「惟天地萬物父母、惟人萬物之靈。」(惟《こ》れ天地は万物の父母、惟れ人は万物の霊なり。)とある。

これらの言葉が示すように、人間こそは世界の中心であり、世界のかなめであるという徹底した人本主義が、この国には早くから哲学として存在していた。中国において神仏が栄えなかったのは、そうした哲学が存在していたためである。「論語」の述而篇《じゅつじ》に「子不語怪力亂神。」(子は怪力乱神《かいりきらんしん》を語らず。)という言葉がある。怪、力、乱、神というのは、いずれも超自然な能力を持つ存在を指す言葉であるが、孔子はそれを口にしなかったというのである。怪、力、乱、神というからには、そうした観念が存在していたことも事実であるが、孔子はそうしたものの存在を軽視したわけである。また、子路が鬼神に仕えることを問うたところが、孔子は「未能事人、焉能事鬼。」(未《いま》だ人に事《つか》うること能わず、焉《いずく》んぞ能く鬼《き》に事えん。)と答えたということが、「論語」の先進篇に見える。神仏が中国人の意識に上らなかったと同時に、死後の生活ということも、中国人の関心に上らなかった。前の言葉につづいて、子路がさらに死について孔子に問うたところ、孔子は「未知生、焉知死。」(未だ生を知らず、焉んぞ死を知らんや。)と答えている。孔子を一概に無神論者と見ることはできないが、孔子はまっ先に人間のことを、生の充実を考えた人である。今世紀の初めの文学革命は実は倫理革命であり、旧来のいろいろのものが否定されたが、宗教の問題に苦労はなかった。西洋におけるルネッサンスは宗教の価値の軽減であったが、中国においては宗教は初めから否定される傾きにあったのである。中国では神が出て来ると孔子に抑えつけられ、仏教が入って来ると宋学にすぐに抑えつけられてしまっている。したがって中国のヒューマニズムは宗教の否定を経て来た西洋のヒューマニズムのような尖鋭で強烈なものではない。中国のヒューマニズムは、本来からのヒューマニズムであり、神の否定を経たものではないのである。

もっとも、漢の儒者の説は天人相関《てんじんそうかん》ということであった。漢儒の説では、この宇宙の中心になるもの、すなわち世界の根元としては、人間のみでなく、一方に天という概念が考えられている。天とは頭上に広がる天空である。それは宇宙の秩序の顕現であり、その規則正しさが、世界の秩序の基本であると考えられたのである。では、天はキリスト教でいうゴッドであるかというとそうではない。天は秩序には違いないが、天の秩序を実行するのは人間であると考えられたのである。つまり、人間は天の象徴としてあり、天は世界の秩序の保証人としてあるというのであるから、人本主義と天とは矛盾するものではないわけである。また天人相関説では、人間の行為の如何によっては天をも動かし得る、君主が善をなした場合、悪をなした場合、ひとしくその影響が天に現われると考えた。これは奇形的ではあるが、人間の地位を極度に強調したものであるといえる。

かくのごとく、人間は世界の中心的存在であると考えるのが中国人の世界観であるが、そうした人間の行為の中でももっとも重要なものは言語文化である、言語文化は宇宙の秩序のもっともよき代表であるというのが、この民族の信念であった。六世紀、六朝《りくちょう》の梁《りょう》の劉勰《りゅうきょう》に「文心雕龍《ぶんしんちょうりょう》」という文学評論がある。その開巻第一は「原道」の篇であるが、それには「故両儀既生矣。惟人參之、性靈所鍾、是謂三才。爲五行之秀、人實天地之心。心生而言立、言立而文明、自然之道也。」(故に両儀既に生ず。惟《こ》れ人の之に参《まじわ》り、性霊の鍾《あつ》まる所、是れを三才と謂う。五行《ごぎょう》の秀と為り、人は実に天地の心なり。心生じて言立ち、言立ちて文明らかなるは、自然の道なり。)と述べられている。もちろん、この論理はわれわれには不十分であるが、少なくとも当時の中国人にとっては確信であったといってよい。この確信の上に、文学の才がなければ役人になれぬという制度は生まれている。それが科挙の制度である。それは六〇〇年ごろから今世紀の初めまで続いた制度であり、それによって官吏を志望するものは、経義(五経・四書の解釈)、策論(政治に対する意見)のほかに詩賦《しふ》(詩と詩的散文)の才が試されたのである。宋の王安石は役人採用の試験に詩賦を科目とするのは不必要であるとしてこれを廃止した。そうなると経義、策論が重視されたが、こんどはそれが詩賦的になって行った。八股文《はっこぶん》というものがそれである。それもこの国の社会において、文学尊重の空気が強かったためである。このように中国においては、文学的能力を持つこと、それもパッシィヴに読者であるだけでなく、アクティヴに文学を制作する能力を持つことが尊重されたのは、中国語を駆使して文章を作ることが非常に困難であることによったと思われる。王安石の意見にもっとも頑強に反対したのは蘇軾《そしょく》であるが、詩賦を作るのは非常に困難であるゆえ、その才能を持つことは他のことにも通じるというのが、その反対の理由であった。

「支那人の古典とその生活」(岩波書店刊・全集2)
「中国人と宗教」(全集2)
「神様のいない文明といる文明」(全集19)
「中国に於ける人間」(全集2)

「中国の知恵――孔子について――」(全集5)の「三」
「演奏の芸術――中国美術について――」(全集2)
「中国の文学とその社会」(全集1)

三

ところで、中国文学の内容は、他民族のそれに比してどうであったか。現代の文学はしばらく措くとして、この国にあっては空想の文学(小説《フィクション》の文学)の発生が非常に遅く、また発生した後も純粋な文学とは考えられなかったということが指摘できる。西洋文学はホメロスの叙事詩とギリシャの悲劇、喜劇をもって始まるが、そこには英雄や神や化物が現われる。また海の上での戦争が行なわれる。要するに叙事詩の内容は凡人の日常の世界でなく、非日常の世界である。西洋文学はそうしたフィクションの文学をもって始まっている。ホメロスの叙事詩が生まれたのは、前一〇〇〇年ごろであり、それが文字に記載されたのは前五〇〇年ごろであるが、前一〇〇〇年ごろといえば、中国の一番最初の詩である「詩経」のもっとも古い部分が成就しつつあったころであり、前五〇〇年ごろといえば、それは孔子が出現したころで、「詩経」が書物として定着を見た時代である。しかしながら、「詩経」の内容は、ホメロスの叙事詩が非日常の世界を素材とするのとは違っている。「詩経」が素材とするのは、日常的な生活である。その中には原則として英雄は現われてこない。

例外として后稷《こうしょく》という英雄の生い立ちについて、神秘的なことが歌われているが、この英雄が成長してなるのは、農業の英雄である。しかもこの后稷は例外であり、そのほかは地上の日常の生活の生む喜びや悲しみである。初めの諸国の民謡、すなわち「国風」の巻々は、ことにその中心であるが、そこに現われるのは、村の娘を美しいとほめ、その結婚をことほぎ、あるいは桑ばたけの中でのあいびき、つれない愛人をうらむ、というような恋の歌、出征兵士の歌、その留守を守る妻の歌、その帰還を喜ぶ歌、戦争ずきな政治家を非難する歌、税金の重さを呪う歌というふうに、すべてわれわれ地上の平凡人の日常の生活、その中にある喜びや悲しみを題材とする歌である。また「書経」の説くところも、政治を中心とした人間の地上の営みである。しかも実在の事件に関することばかりである。

もっとも、無意識な空想力は働いている。「書経」の堯《ぎょう》典・舜《しゅん》典が、現在のわれわれからは歴史事実と思われないのはそれである。しかし孔子がそれを編纂した時にあっては、堯舜の時代は実在のものと意識されていたに相違ない。孔子の後、戦国の争乱の世の中は、多くの空想的な話を生み出したが、前一世紀に司馬遷《しばせん》が出現して、そうした空想的なものを一挙に退治してしまっている。中国における最初の小説は、八世紀、中唐のころの伝奇であるが、それは断片的な、小さなものにしかすぎない。本格的な大規模な空想の文学は、十三、四世紀の元の雑劇であり、十四、五世紀の「水《すい》滸伝《こでん》」などの明の小説である。しかしながら、それらは今世紀の文学革命に至るまでは、書物としては認められず、認められたとしても、軽文学として意識されたにすぎなかった。それらの書物がおおむね匿名で書かれていることは、その制作が蔑視されていたことを示すものといえよう。

このように中国にあっては、空想の文学は十分には発達せず、日常の経験に取材する詩文の文学が文学の主流として栄えて来た。その点に中国文学の特殊な様相があるといえる。では、なぜ空想の文学が文学の主流を占めなかったかといえば、それは中国人の哲学と関係する。中国人は現実的な国民であると称せられるように、彼らは現実的に、感覚的に把握されるもののみが実在であり、人間を高めるがごとき美しきものは、現実の世界の中にあって、空想の中にはないと考える。そうした哲学が、平凡人の日常の生活の中に現われる事件、それを素材とする文学を、その文学の伝統としたと考えられる。

「中国文学の性質」（全集1）
「支那人の古典とその生活」（岩波書店刊・全集2）
「中国小説の地位」（全集1）
「東洋の文学――日本文学者に――」（全集18）
「虚構と事実――ガラス窓の象徴――」（全集19）

この講義では、孔子は堯舜を実在の聖人と考えていたと述べられているが、「書斎十話」（全集20）の「三」には、別の考えが提出されている。それによれば、孔子が堯舜を言うのは、孔子が堯舜を実在と信じていたためではなく、すでにある抽象的な典型に対する尊敬からであると思われると述べられ、その理由としては、同じ聖人でも孔子の堯舜に対する言葉は、実在した聖人である周公に対する言葉が肉体的親近さをもつのとは異なるということを挙げておられる。

四

中国人のこうした現実的性格は、素材の面においてばかりではなく、描写の仕方においてもまた有力に現われている。この国の文学においては、確実な描写が必要条件であった。その点において、日本文学との距離は大きい。日本文学ではむしろしばしば不明確な叙述が尊重されたが、中国文学では情景を目に見えるように描くことが尊重された。司馬遷《しばせん》の「史記」が文学として尊重されたのは、それが確実な描写に富むためである。「項羽本紀《こううほんぎ》」の鴻門《こうもん》の会のくだりを例にあげてみよう。

項羽卽日因留沛公、與飲。項王項伯東嚮坐、亞父南嚮坐。亞父者范增也。沛公北嚮坐、張良西嚮侍。范增數目項王、擧所佩玉玦示之者三。項王默然不應。范增起出召項莊。謂曰、君王爲人不忍。若入前爲壽。壽畢、請以劍舞、因擊沛公於坐殺之。不者、若屬皆且爲所虜。莊則入爲壽。壽畢曰、君王與沛公飲。軍中無以爲樂。請以劍舞。項王曰、諾。項莊拔劍起舞。項伯亦拔劍起舞。常以身翼蔽沛公。莊不得擊。

項羽は即日に因りて沛《はい》公を留めて、与《とも》に飲す。項王と項伯とは東に嚮《む》かいて坐し、亜父《あほ》は南に嚮かいて坐す。亜父とは范増《はんぞう》なり。沛公は北に嚮かいて坐し、張良は西に嚮かいて侍す。范増は数《しばしば》〻項王に目《もく》し、佩《お》ぶる所の玉玦《ぎょくけつ》を挙げて之に示すこと三たびす。項王は黙然として応ぜず。范増は起ちて出でて項荘を召す。謂《い》いて曰く、君王は人と為《な》り忍びず。若《なんじ》、入り前《すす》みて寿《じゅ》を為せ。寿畢《おわ》らば、剣を以て舞わんことを請い、因りて沛公を坐に撃って之を殺せ。不者《しからずん》ば、若の属は皆且《まさ》に虜《りょ》とする所と為らんとす、と。荘は則ち入りて寿を為す。寿畢りて曰く、君王は沛公と飲す。軍中には以て楽しみを為す無し。請う剣を以て舞わんと。項王曰く、諾《だく》と。項荘は剣を抜いて起ちて舞う。項伯も亦た剣を抜いて起ちて舞う。常に身を以て沛公を翼蔽《よくへい》す。荘は撃つことを得ず。

まず坐り方をリアルに画き、会話をありありと写している。

また、明の嘉靖《かせい》のころの帰有光の「寒花葬志」(寒花《かんか》の葬志《そうし》)をあげてみる。「寒花」は女中の名、「葬志」は墓誌銘の一種である。

婢魏孺人媵也。嘉靖丁酉五月四日死。葬虚丘。事我而不卒、命也夫。婢初媵時、年十歳。垂雙鬟、曳深綠布裳。一日天寒、爇火煑葧薺熟。婢削之盈甌。予入自外、取食之。婢持去不與。魏孺人笑之。孺人毎令婢、倚几傍飯。即飯目眶冉冉動。孺人又指予以爲笑。回想是時、奄忽便已十年。吁、可悲也已。

婢《ひ》は魏孺人《ぎじゆじん》の媵《よう》なり。嘉靖丁酉《かせいていゆう》五月四日に死す。虚丘《きよきゆう》に葬《ほうむ》る。我に事《つか》えて卒《お》えず、命《めい》なるかな。婢初め媵たりし時、年は十歳なり。双鬟《そうかん》を垂れ、深緑の布裳を曳《ひ》く。一日天寒く、火を爇《た》いて葧薺《ほつせい》を煮《に》て熟す。婢は之を削《けず》りて甌《かめ》に盈《み》たす。予《よ》、外より入り、取りて之を食《くろ》う。婢は持ち去りて与えず。魏孺人は之を笑う。孺人は毎《つね》に婢をして、几傍《きぼう》に倚りて飯《はん》せしむ。飯に即《つ》くに目眶《もくきよう》は冉冉《ぜんぜん》として動く。孺人は又予に指さして以て笑《おかし》と為す。是の時を回想すれば、奄忽《えんこつ》として便《すなわ》ち已《すで》に十年なり。吁《ああ》、悲しむべき也已《かな》。

寒花という少女の女中の、かわいらしい仕草が実にヴィヴィッドに画かれている。

こうした傾向は、もちろん散文において、もっとも顕著に現われる。散文と詩との差異の意識は、晋の陸機の「文賦」(文《ぶん》の賦《ふ》)に、「賦體物而瀏亮、詩緣情而綺靡」(賦は物を体《たい》して瀏亮《りゆうりよう》、詩は情に縁《よ》りて綺靡《きび》なり)とあるが、その言葉が示すように、散文は体物《たいぶつ》、つまり写実を主とし、詩は情を抒べるのが主であるから、詩は散文ほどには写実的ではない。しかしやはりその描写は明確である。日本の詩歌にくらべれば、中国の詩の描写は遙かに明確である。少なくとも一流として意識される詩はみな表現が明確である。杜甫《とほ》の詩に「四更山吐月、五夜水明楼」(四更山《しこう》は月を吐《は》き、五夜水は楼に明らかなり)といい、李白の詩に「柳色黄金嫩、梨花白雪香」(柳色は黄金のごと嫩《やわら》かに、梨花《りか》は白雪のごと香し)というがごときも、表現がきわめて明確である。

明確な表現を尊重するこの国にあっては、他の文学においては文学の素材とはならない国家の財政、建築、地理の叙述のごときものも、それが明確に書いてあるときは立派な名文と意識された。宋の曾鞏《そうきょう》の「越州鑑湖圖序」(越州鑑湖《えつしゅうかんこ》の図の序)というのを挙げてみる。

鑑湖一曰南湖。南並山、北屬州城漕渠、東西距江。漢順帝永和五年、會稽太守馬臻之所爲也。至今九百七十有五年矣。其周三百五十有八里、凡水之出於東南者、皆委之。州之東、自城至於東江、其北堤、石楗二、陰溝十有九、通民田。田之南屬漕渠、北東西屬江者、皆漑之。州之東六十里、自東城至于東江、其南隄、陰溝十有四、通民田。……總之漑山陰會稽兩縣十四郷之田九千頃。非湖能漑田九千頃而已。蓋田之至江者、盡於九千頃也。

鑑湖は一に南湖と曰う。南は山に並び、北は州城の漕渠《そうきょ》に属《つづ》き、東西は江に距《いた》る。漢の順帝の永和五年、会稽《かいけい》太守馬臻《ばしん》の為《つく》る所なり。今に至るまで九百七十有五年なり。其の周《めぐり》は三百五十有八里、凡《およ》そ水の東南に出づる者は、皆之を委《すえ》とす。州の東、城より東江に至る、其の北堤は、石𥔵《せきたつ》二、陰溝十有九、民田に通ず。田の南は漕渠に属き、北東西の江に属く者は、皆之に漑《そそ》ぐ。州の東六十里、東城より東江に至る、其の南隄は、陰溝十有四、民田に通ず。……之を総ずるに山陰会稽の両県十四郷の田九千頃《けい》に漑ぐ。湖の能く田九千頃に漑ぐのみに非ず。蓋《けだ》し田の江に至る者、九千頃に尽くるなり。

この文章は水利について述べたものであるが、工場の中で機械の並ぶのを見るような美しさを持っている。

かくのごとく、中国文学は確実な描写を尊重するが、そうした確実さを成り立たせる方法は、まず物自体の中心を指摘することである。中心を明らかにするためには、周辺のものを消してしまう。たとえば、「四更山は月を吐き、五夜水は楼に明らかなり」にしても、「柳色は黄金のごと嫩かに、梨花は白雪のごと香し」にしても、事態の中心になるものを突いて、周辺のものを消してしまっている。日本文学は余情を尊ぶが、中国文学は中心をぐしゃりと突こうとするのである。女の人を描くにしても、日本のものは周辺を描き、着物の裾を描くが、中国のものは顔そのものを描く。それは日本語訳では十分に伝わらない。日本の言語では線のごとくに、「柳の色は黄金のごとく嫩かに、梨の花は白雪のごとく香し」となるが、中国の言語は「柳色—黄金—嫩、梨花—白雪—香」と、一つ一つ中心になる言葉を投げて行く。そしてその一つ一つの言葉の音声は強い抑揚を持ち、その強い抑揚によって事物に突き入り、飛び込んで行く。その上、音声が擬態的であり、一つ一つの音声の様子が、物の状態に追随しているといえる。「寒花の葬志」の文のごときは、書けばもっと書けるであろうが、二つのエピソードのみを取り出して、それによって印象を強烈にしている。この国の文学では、そのような手法が全体に取られている。

また、豊富さということがある。細く、鋭く、清らかにというのが、日本文学の理想とされるが、中国文学にあってはそうではない。豊富さということが中国文学では喜ばれるのである。賦《ふ》の文学はそのよい例であるが、ここでは韓愈《かんゆ》の「南山詩」を例に挙げてみよう。韓愈はその詩において、南山を形容して、十八の「或若」（或るいは……の若《ごと》し）という言葉を続けている。

　　前低劃開闊、爛漫堆衆皺。或連若相従、或蹙若相鬪。或妥若弭伏、或竦若驚雊。或散若瓦解、
　　或赴若輻湊。或翩若船遊、或決若馬驟。……

前は低く劃《かく》として開き闊《ひら》け、爛漫《らんまん》として衆皺《しゆうしゆう》を堆《うずたか》くす。或るいは連なって相い従うが若《ごと》く、或るいは蹙《ちぢ》まって相い闘《たたか》うが若し。或るいは妥《やす》くして弭《なび》き伏すが若く、或るいは竦《つまだ》って驚き雊《な》くが若し。或るいは散じて瓦の解くるが若く、或るいは赴いて輻《くるま》の湊《あつ》まるが若し。或るい

は翩《へん》として船の遊ぶが若く、或るいは決《けつ》として馬の驟《はし》るが若し。……

豪華な中華料理を並べたような豊富さを感ずるが、豊富さということも中国文学の一つの大きな特徴である。「水滸伝《すいこでん》」の価値は百八人の豪傑が入り乱れて活躍するところにあり、「紅楼夢《こうろうむ》」も林《りん》黛玉《たいぎょく》などのいわゆる十二釵《さ》が入り乱れる筋の複雑さ、量の豊富さが喜ばれるのである。現代文学にあっても、短編は日本文学のごとくうまくはないが、長編は面白い。こうした豊富さも確実さが基礎になっているのである。

次にまた、比喩が多いということがある。前の韓愈の詩のごときもそうであるが、ここでは別に曹植《そうしょく》の「洛神賦」（洛神《らくしん》の賦）を例としよう。これは洛水に遊ぶ女神を形容する。

其形也翩如驚鴻、婉若遊龍。榮曜秋菊、華茂春松。髣髴兮若輕雲之蔽日、飄颻兮若流風之廻雪。……肩若削成、腰若約素。……丹脣外朗、皓齒內鮮。明眸善睞、靨輔承權。……

其の形や、翩《へん》たること驚ける鴻《おおとり》の如く、婉《えん》たること遊べる竜の若《ごと》し。栄ゆること秋菊よりも曜《かがや》き、華《うつく》しきこと春松よりも茂し。髣髴《ほうふつ》として軽雲の日を蔽《おお》うが若く、飄颻《ひょうよう》として流風の雪を廻らすが若し。……肩は削《けず》り成せるが若く、腰は素《きぬ》を約《つか》ねたるが若し。……丹《あか》き脣《くちびる》は外に朗《て》り、皓《しろ》き歯は内に鮮《あきら》かなり。明るき眸《ひとみ》は善く睞《かえり》みて、靨輔《えくぼ》は権《ほほ》に承《う》く。……

比喩は誇張を伴うゆえに、結果としては確実さより遠ざかるが、意識としては確実さへの要求のまた一つの表現であろう。

「中国文章論」（全集2）の「一、その暗示性について」

五

第二の特色として修辞的ということが挙げられる。文学が言語を素材とする芸術であるかぎり、文学に修辞ということは付き物であるが、中国文学ほど修辞性の強い文学は世界の文学でも稀である。そうした中国文学の中にあっても、ことに修辞的な例の一つは律詩と呼ばれる詩型である。実例を挙げてみよう。杜甫の「返照《へんしょう》」という詩である。

楚王宮北正黄昏　　楚《そ》王の宮北は正に黄昏
白帝城西過雨痕　　白帝城西には過雨の痕《あと》あり
返照入江翻石壁　　返照は江に入りて石壁に翻り

歸雲擁樹失山村
衰年病肺惟高枕
絶塞愁時早閉門
不可久留豺虎亂
南方實有未招魂

帰雲は樹を擁して山村を失す
衰年肺を病んで惟《た》だ枕を高くし
絶塞に時を愁えて早く門を閉ざす
久しく豺虎《さいこ》の乱に留まる可からず
南方には実《げ》にも未だ招かれざる魂あり

こうした律詩の定型ができたのは、詩の初めである「詩経」から数えて二千年ほど経った唐の初めごろである。この詩型の特徴はまず音声の抑揚に厳しい規則を持つことである。その抑揚の規則は中国の詩の中でも以前のものよりもずっと細かになっている。また抑揚はもちろん西洋の詩にもあるわけであるが、律詩は抑揚以外に他の国の詩には乏しい修辞的性質を持っている。それは対句《ついく》という手法である。この「返照」の詩について言えば、「返照入江翻石壁」と「歸雲擁樹失山村」、「衰年病肺惟高枕」と「絶塞愁時早閉門」は、それぞれが対句になっている。このように律詩にあっては、少なくとも中の四句は対句をなしていなければならぬが、このことは非常に修辞的であるといわなければならない。中国においてこうした対句が発達したのは、中国語が孤立語であり、一語がひとしく一シラブルであることによる。日本語では「うめ」の二音と「かきつばた」の五音を並べても韻律的には対句にはならぬ。

このように中国文学の修辞性は詩にもっともよく現われているが、詩が修辞的傾向を持つことは、程度の差はあれどこの国においてもそうであり、中国の詩だけがそうであるわけではない。この国の文学に顕著な修辞性は、むしろ散文においてつねに韻律に対する考慮が払われていることである。これは他国の文学にあってはないことがらである。例として梁の簡文帝の「與湘東王令悼王規」（湘《しょう》東《とう》王令に与えて王規を悼《いた》む）という書簡文（「梁書」王規伝）を挙げてみる。

威明昨宵、奄復殂化。甚可痛傷。其風韻遒正、神峯標映、千里絶迹、百尺無枝。文辯縱橫、才學優贍、跌宕之情彌遠、濠梁之氣特多。斯實俊民也。……去歲冬中、已傷劉子、今茲寒孟、復悼王生。俱往之傷、信非虛說。

威明《いめい》は昨宵、奄《たちま》ちに復た殂化《そか》す。甚だ痛傷す可し。其の風韻の遒正《しゅうせい》なることは、神峰の標映《ひょうえい》するがごとく、千里迹を絶ち、百尺枝無し。文弁は縦横にして、才学は優贍《ゆうせん》、跌宕《てっとう》の情は弥《いよいよ》遠く、濠梁《ごうりょう》の気は特に多し。斯《こ》れ実に俊民なり。……去歳の冬中、已に劉子《りゅうし》を傷み、今茲《ここ》に寒孟、復た王生を悼《いた》む。倶に往《ゆ》くの傷みは、信《まこと》に虚説に非ず。

この文章は、全文が四字句と六字句からできており、「去歳冬中、已傷劉子、今茲寒孟、復悼王生、倶往之傷、信非虚説」というように、抑揚にも注意が払われている。また、語彙は調和安定したものが用いられているばかりでなく、「濠梁之氣」(「荘子《そうし》」にもとづく言葉)というように、典故(classical allusion)を持つ言葉が使われている。こうした傾向がきわめて顕著に現われて、その頂点となったのは、梁の武帝の時代を中心とするが、三国から唐初に至る時代の散文はみな極度に修辞的であるといえる。この時代の散文は、一句の字数が四シラブル、または六シラブルになるように綴られねばならぬという制約を持っている。これがいわゆる四六文である。またこの文章は対句が多いところから、馬が二匹並んでかける意味で、駢体《べんたい》文、もしくは駢儷《べんれい》文と呼ばれている。

もちろん中国の散文のすべてが、ここまで装飾的であったわけではない。歴史的にいえば、前漢までの文章はそれほど装飾的ではない。しかしながら、それはやはりかなりに修飾的ではある。例えば「論語」である。「父母之年、不可不知也。一則以喜、一則以懼。」(父母の年は、知らざる可からざるなり。一には則ち以て喜び、一には則ち以て懼《おそ》る。)という文章において、四字句が基本的なリズムになっているばかりでなく、「一則以喜、一則以懼。」の二句は、中国の対句としてはもっとも素朴な形ながら対句になっている。また唐中期の韓愈の文章においても、韻律に格別の規定をもたぬが、リズムの整正はやはり求められていると言える。典故も、六朝の文章ほどではないにしても、いつの文章にも程度の差はあれ、用いられている。その結果として最も大きいことは、文学の言語は、詩も散文も、すべて特殊な文語だったことがある。口語そのままの文学は元の時代に、空想の文学の発生と相い前後して起こっているが、それは今世紀の文学革命に至るまで支配的なものとはならなかったといえる。中国においては文語は口語とは別に、文語は文語として発達して行ったと言える。「論語」はわりあいに口語に近いように思われるが、それも口語そのままではない。散文の文体がつねに口語の文体とは違っていたということは、中国の文学が修辞性を強く持っていたことを示すものといえよう。

こうした修辞性はどうして発生したのか。それは感覚的なものへの信頼がこの民族の根本にあるということによるであろう。この国においては、言語の外面の様相を整えることに対して、ちゃんとした哲学的理由づけがなされている。「文心雕龍」に、人間は美しい言語を綴ることにより、宇宙の調和の相に、能動的に参加しうる、とあるのは、そうした哲学の表現である。こうした思想は六朝時代に支配的であったばかりではなく、他の時代においても人々の意識の根底に在ったといってよい。中国人がこうした考えを持つのは、中国の言語が先天的にそうした考えを導くものを内在していることによる。ヨーロッパ人は中国語のリズムを説明して、“Ein Man Ein Wort”(各人各説)というドイツ語を読むときのように、中国語には一つ一つの語にアクセントがあるといっているが、そのように中国語はきわめて音声の抑揚の強い言葉である。また、中国語は一シラブルを色々に曲げて複合母音を作るといったふうにその音声の様相は複雑である。一つ一つのシラブルを濃厚に発音するばかりでなく、一つ一つのシラブルを、あるときは平らに、あるときは尻あがりに、あるときは曲げて、あるときは急に落として発音する。故にこの国の言葉にあっては、なるべく言い易く、聞き易いように言葉を配列しようとする意欲が先天的に強烈である。日常の言葉においても、そうした配慮は働いている。「几时」jishi も「什么时候儿」Shenma shihour も、同じくいつということであるが、君がいつここへ来たということを「几时」を使って言えば、「你几时到这里」Ni jishi dao zheri となり、「什么时候儿」を使えば、「你什么时候儿到的这里」Ni shenma shihour dao de zheri と、「的」de を添えていうのが普通である。それは「什么时候儿」と長い言葉が上に来れば、下も「的」を添えて伸ばさねば、落ち着かないからである。また、今日は天気が好いというばあい、「今天天気好」Qintian tianqi hao といっても間違いではないが、「今天天気很好」Qintian tianqi hen hao というのが普通である。非常によいお天気でなくともそういうのである。また、さらに中国語は文字の形から言っても濃厚である。例えば「威」の画《かく》の組み合わせ方は恐ろしい感じを人に与える。Lafcadio Hearn(小泉八雲)は、日本の街を歩くと、看板が泣いたり笑ったりしている、と言ったというが、漢字は文字の形がある感情を持っている。「春風」chun feng と発音するときには、その音声が春風の感情を持つばかりでなく、文字の形が春風という形象と結び合わされるであろう。そのように中国語は、その音声からいっても、その形体からいっても、世界無比の濃厚な言葉である。こうした濃厚な言葉が、濃厚な修辞性を生み出しているといえよう。

　あるいは、こうした修辞性は前にのべた確実さと相い反する事柄ではないかと思われるかも知れない。何となれば、確実に写すならば音律などに縛られずに素直な言葉で写した方がよいと考えられるからである。しかし中国の過去においては、かならずしもこの二つは相い反することとは考えられていなかった。より確実に写すためには、より濃厚な言語で写されなければならぬと考えられていたのである。「左伝《さでん》」に孔子の言葉として、「言以足志、文以足言。」(言は以て志を足らし、文は以て言を足らす。)、言葉は観念の充足であり、文は言葉の充足である、と述べられている(襄公二十五年)が、これはものはものとして放置されてあるときには確実ではない。ものは言葉をもって表現されるときに、はじめて確実となる。言葉も規格を持つことによって、文として完成する、と考えられていたことを示している。また「左伝」の孔子の語は、それにつづけて、「言而無文、行之不遠。」(言にして文無きは、之を行ないて遠からず。)とある。言語がその効用を十分に果たすためには修飾が大切であるという思想があったことを、この孔子の言葉は示している。もっとも、志と文との関係は、かならずしもこのようには捉えられていない。「文不盡言、言不盡意。」(文は言を尽くさず、言は意を尽くさず。)というのは、「易《えき》」の繋辞伝に見える孔子の言葉であるが、そうした考え方も一方ではある。しかしながら、この国の文学にあっては、物をより確実にする道として修辞が行なわれるという意識がつねにあったといえる。従ってこの国では修辞はかならずしも遊戯とは思われず、形式がすなわち行為であるという意識が強かったといえる。

振り返って考えて見るのに、芸術は自然の模倣であるが、自然をそのままに写すことが芸術ではない。ゲーテは「選択がある。そこに芸術がある。」（「箴言と省察」）といっているそうだが、この言葉はゲーテが単なる素朴な模倣によっていたのではないことを示している。修辞は自然を芸術化するために行なわれるものであるが、言語は芸術の素材として、絵具のように緑は緑に描くことはできない。言葉は絵具のように自然に追従することによって芸術となるのではあるが、それは特殊な生かされ方によってはじめて芸術となるのである。

かくのごとく、この国にあっては、修辞は日常的な素材を高い次元に引き上げる表現行為であると意識されていたわけであるが、この国の文学では余りにもファンタジックな修辞は行なわれなかったといってよい。修辞の中心となるものは、つねに厳密さということであった。従ってこの国の文学は数式のような厳密さを持つことを必要とした。数式は理智的な検算をつねに期待するものであるが、この国の文学も理智によって追跡されうる厳密さを持っている。例えば前に引いた杜甫の「返照入江翻石壁、帰雲擁樹失山村」であるが、この二句は、ただ読み流しただけで調子がいいというだけではない。「返照—入江—翻—石壁、帰雲—擁樹—失—山村」というふうに一字一字が対になっているとともに、「返照入江翻石壁、帰雲擁樹失山村」というふうに・（仄字《そくじ》）と。（平字《ひょうじ》）とが交互に現われるように作られている。この国の文学は内容の上においても理智を尊重するが、理智の尊重は修辞の上にも現われているといえる。杜甫の詩はその点において、この国の文学の理想にかなうものであったといえる。

理智的な修辞の尊重は、この国の文学の中心を、歌われる事柄、述べられる事柄よりも、どういうふうに歌うか、どういうふうに述べるかに置かせることにもなった。換言すれば、文学の素材となったものは容易に常識的に理解されるが、それを言語によってしみじみと感動させることが、この国の文学の理想であったといえる。その点においてこの国の文学の全体の方向は詩的であったといえる。少なくとも現在の我々の文学の範疇をもってするならばそういうことができる。従来の理智では捕えられなかった新しい面を切り開くのが散文であり、既存の経験の細かなところを写すのが詩であるとするならば、中国人が文と意識したものも、実は詩の方向にあったといってよい。

「中国文章論」(全集2)の「二、その装飾性について」
「中国の文章語としての性質」(「漢文の話」全集2)
「中世の美文」(「漢文の話」全集2)

六

この国の文学が高度の修辞性をもつことは、この国の文学が唯美主義的方向にあったと言うことができるが、ではこの国の文学は唯美主義の傾向のみで成り立っていたかといえばそうではない。この国の文学は唯美主義的方向とともに、政治的な関心を一方では強度に持っていたといってよい。もっともこの国の文学の中から、強度に抒情的なものを抽象するのは不可能ではない。佐藤春夫の

「車塵集」は、もっぱら中国の詩の中からリューリックなもののみを抜き出したものである。フランスのJudith Gantierの“Le Livre de Jade”、“La Flute de Jade”や、ドイツのHans Bethgeの“Die chinesische Flöte”なども同様である。しかしながら、中国文学の実際はそうではない。詩においても、そのことは顕著である。「詩経」の毛氏の大序を見ると、「詩者志之所之也。」(詩は志の之《ゆ》く所なり。)つまり詩は心理の表白であるというとともに、詩は君主に対してある道徳的、政治的進言をするものだとも述べられている。また「關關雎鳩、在河之洲。窈窕淑女、君子好逑」(関関《かんかん》たる雎鳩《しょきゅう》は、河の洲《す》に在り。窈窕《ようちょう》たる淑女《しゅくじょ》は、君子の好《よ》き逑《つれあい》なり)という巻頭の詩についての毛氏の序を見ると、この詩は美しい夫婦生活の讃美であるとともに、社会全般に対して、あるいは未来の社会に対しても美しい夫婦生活を教えるものである、男女は宇宙の調和を具現する象徴である、というふうに説かれている。「詩経」の詩を読むと、毛氏の序のごとくに理解しなければ理解できないような詩があることからすれば、中国の詩は、その発生においてすでに政治的、倫理的な性格を帯びていたといえる。そしてその伝統はずっと後まで続いて伝わっているのである。ことに杜甫の詩はそうである。個人的感情を表白するのが抒情詩であるといってよいであろうが、杜甫はそうしたものは自分の詩の中の一義的なものではないと考えていたようである。杜甫がもっとも力を入れて作った「北征」を見れば、杜甫がいかに政治的関心を強く持っていたかを知ることができる。李白は唯美主義的傾向が強いといわれるが、政治的関心を持った詩がないことはない。彼の詩集は「古風」という詩ではじまるが、「古風」は政治と文化に対する批評のために作られた詩であったといえる。

こうした傾向は散文において一そう顕著である。例えば前に挙げた曾鞏の「越州鑑湖の図の序」であるが、それはわれわれの考える文学の素材とは大分ちがっている。水利ということは一種の政治的関心に他ならない。宋は政治的関心の強かった時代であるが、文学がもっとも修辞的であった六朝時代においても、政治への関心は有力に働いている。この時代に編纂された「文選《もんぜん》」の内容を見ると、はじめの賦、詩、騒、七は政治的関心には乏しい韻文であるが、次の詔、冊《さく》、令、教、策秀才文は政治的なものである。また次の表、上書、啓、弾事、牋《せん》、奏記、書、……論、碑文、墓志、弔文、祭文も、文体は極度の美文だが、述べられている事柄自体は非常に政治的である。このように文学が政治性を持つことは、中国文学を貫く大きな性格であり、その伝統は現代文学にまでつながっている。現代文学は自覚としては過去の文学と非連続であるが、現代の中国の小説は目的小説が多いということにおいては過去の文学と連続的である。その点において現代中国の小説は、アメリカの小説とよく似ており、日本の小説とは反対の方向にあると思われる。

このように、中国文学が政治的性格を持つのは、中国人の哲学と関係する。中国人の哲学の中心になって来た儒教では、人間は社会的存在であるということが、つねに強度に意識されていたといえる。人間は一人でいるものではない。人間は他人とともに存在しているのであり、人間には人と人との間の調和が必要である。すなわち仁が大切である。儒教はそう考えたのである。今世紀の一種の思想家である辜《こ》鴻銘《こうめい》は儒教がキリスト教と違うところは、キリスト教が人間をして“a good man”たらしめようとするのに対して、儒教は人間をして“a good citizen”たらしめるところにあると言っている。これは儒教の性格をうまく言い当てた言葉であるが、こうした思想が背後にあったために、この国では感動を求めるの余りに自己の世界に留まることは許されなかったのである。

また、そのことを他の方向から考えて見れば、それはこの民族の哲学が中庸を尊重したことによる。この国にあっては中庸、つまりバランスということが最高の倫理であり、何事によらず一方的に偏したものはいけないという考えが強かったのである。従って過度に抒情的なものが発生しても、人々はつねにそれに危惧を感じた。唐の詩人に李賀(長吉《ちょうきつ》)という人がある。その人の詩に「蘇小小墓」(蘇小小《そしょうしょう》の墓)というのがある。

幽蘭露
如啼眼
無物結同心
煙花不堪剪
草如茵
松如蓋

幽蘭の露は
啼《な》ける眼の如し
物の同心を結ぶ無く
煙花は剪《き》るに堪えず
草は茵《しとね》の如く
松は蓋《かさ》の如し

風為裳
水為珮
油壁車
久相待
冷翠燭
勞光彩
西陵下
風雨晦

風は裳《しょう》と為り
水は珮《はい》と為る
油壁《ゆうへき》の車して
久しく相い待つ
冷やかなる翠燭《すいしょく》
光彩を労《つか》らす
西陵の下
風雨晦《くら》し

この詩は今日のわれわれが考えやすい詩の平均と非常に近いように思われる。しかし中国自体の批評は、この詩をかならずしも最高の詩とは考えない。それはこの詩が美的感動のみを目ざして、倫理的な感動に欠けるからである。また、中国にあっては過度にパセティックなものもバランスを破るものと見られていた。先に引いた「詩経」の「關雎《かんしょ》」の詩の批評として、「論語」に「子曰、關雎樂而不淫、哀而不傷。」（子曰く、関雎は楽しんで淫せず、哀しんで傷《やぶ》らず。）とあり、また、「左伝」に季札が各国の詩を批評した言葉にも（襄公二十九年）「……なれども……ならず」というふうに、詩の感情が一方的でないのを価値としているのは、そのことを示している。

過度に美的なものが退けられるとともに、また逆に倫理的感動のみを目的の軸とするものも退けられている。中国の文学にあっては、倫理的感動はかならず美的感動を伴うものでなければならなかったのである。「文選《もんぜん》」はそのよい例であるが、さらにそれは経書のうちに「易」・「書」・「礼」・「春秋」とともに、「詩」と「楽」があるのを見ても分かる。最高の古典の選択にすでにその考えは現われているわけである。この国では言語は美的なものを持たなければ言語ではなかったし、文学性を持たぬ言語はこの民族の言語には無かったといってよい。日本にあっては法律の言語は美的なものの外にあるが、中国においては法律に関する行為さえも文学的要素を拒否せず、裁判の判決文は唐代においては四六文で書かれており、その形式は民国直前に至るまで有力であった。哲学書においては一そうそうであり、まず第一に「論語」はその言葉の持つ美しさが魅力の一つになっている。このように倫理的感動と美的感動との一致が、この民族の文学の最高の理想であったといえるが、このことは将来の人類の文学に対しても示唆を与えるものと思われる。

「中国文学の政治性」（全集1）
「中国の古典と日本人」（全集1）
「中国の知恵——孔子について——」（全集5）の「五」
「辜鴻銘」（全集16）

七

もう一つ指摘すべきことは典型の尊重である。典型となるべき作家が出ると、それが長く祖述されたということである。唐以後の詩の典型となったのは杜甫であり、散文では韓愈である。唐以前では司馬相如《しばしょうじょ》・揚雄《ようゆう》・曹植などの文学が典型であった。もちろん、そう言ってしまうのは大雑把であり、北宋時代には北宋に適するように杜甫・韓愈が祖述されたのである。そしてそれぞれの時代の小さな典型として、詩では北宋には蘇軾《そしょく》、南宋では陸游、元では虞集《ぐしゅう》、明では李東陽その他、清では王士禛《おうししん》があり、散文では宋の欧陽修《おうようしゅう》・蘇軾があったのである。このように中国においては、大なり小なり典型を認めて、それを祖述して行こうとする傾向が強かったと言うことができる。

もっとも典型が尊重されたのは、中国ばかりではない。日本においても同様であったと思われる。「古今集」が歌の典型として長く祖述されたのはその例の一つである。しかし中国の場合は、日本の場合よりも、典型の尊重はもっと強度であったと思われる。その結果、中国文学史の進展の速度は、ヨーロッパのそれに較べると緩慢となり、またしばしば文学は千篇一律なものになったということができる。唐以後には文学は個人の声であるという意識が発生してはいるが、唐以前においてはかならずしもそうではない。「文選」の作品はどれが誰の作品か見分けがつかないことがある。文体、内容ともに余り変化がなく、個人的差異に乏しいといえる。平安朝の散文はかならずしも文体が緊密な平均性を保ってはおらないように思われるが、「文選」の文体は緊密に平均している。唐代以後は文体が変わったが、それも時代全体が大きく変わったのであり、文体に個人差が甚しいわけではない。

　こういう現象はいかにして起こったのか。精神史的解釈を加えれば、これも現実の尊重、感覚的なものの尊重から起こっているといえる。この民族にとって価値あるものは、感覚の世界に持ち来たされた既存の事実であり、感覚の世界に持ち来たすことができない空想、例えば他の民族の Idea や神などには、この民族は信頼を置かなかった。人間には規範が必要であるが、その規範を中国人は神に求めることをせず、ものの道理を完全に実現したものは、人間の世界にあると考えたのである。杜甫は「詩聖」と呼ばれるが、「詩聖」ということは最高の詩人というのには留まらず、詩の世界における完全な存在であるということである。詩の道理は残る隈なく杜甫の詩に顕現されていると考えられたことを「詩聖」ということの言葉は示している。詩の道理は無限に遠い、完全な詩人はないというふうな考え方も、他の地域にはあろうが、中国においてはそうではなかったのである。典型の尊重はこうした考え方の上に生まれたと考えられる。

　典型の尊重は文学のみならず、諸種のことに見られる。聖人の尊重もそれである。周公・文王・武王・孔子・殷《いん》の湯《とう》王・夏《か》の禹《う》王・五帝の堯舜《ぎょうしゅん》のごとき古代の聖人は、人間の中の典型である。聖人は完全な人間、善意のみあって、悪意のない人間と意識された。「五経《ごきょう》」の尊重もまたそうした典型の尊重の一つである。それは言語の中の言語、完全な言語と意識され、そして尊重されたのである。また、この民族の人本主義も典型の尊重という考えから成り立っている。人間は万物と並列するものであるが、人間は万物の中でもっとも完全なものであるから万物の霊長であると考えられたのである。無数に並列するものの中から一つを取り上げて、それを典型として尊重するのが中国であり、それは人間はみな神に帰一すべしというヨーロッパの考え方とは違っていると言える。

「支那人の古典とその生活」(岩波書店刊・全集2)

八

典型の尊重は、この民族の普遍の心情の上に成り立つものであるが、その奥の原因を考えれば、それは中国の地理的環境と社会的環境に起因すると思われる。まず地理的環境について言えば、この国の文学は外国文学に接近する機会が最近に至るまでなく、もっぱら自分の知恵だけで発展して来たということがある。日本文学が発生の当初から外国文学を意識して発達し、西洋の文学が他の地域との対決において発展して行ったのとは異なる。中国が自国以外に文学があるということを意識したのは、実に今世紀に入ってからのことである。これは世界の文学史の上でも特異のことであると言える。従って文学の典型は自国の過去の文学から選ばれざるを得ず、またそれが外国の作家によってゆすぶられるということはなかったのである。

中国文学がそのように自分だけの知恵で発展して行ったのは、中国が内部的には相い対立し、相い抗争する異種の文化が生まれにくい地形であったことによる。中国の地形は四方の要害にさえぎられ、その中は平原であり、西半はだらだらと高くなった高原である。平原と高原とよりなる全面積は、全ヨーロッパに匹敵するが、ここにはヨーロッパを幾多の文化圏に区切ってきた多島海とか、アルプスとかいうようなものは存在していない。故に一角に生まれた文化は、すぐに四方に伝播して行き易かったといえる。こうした考え方は地理的決定論となりそうで、それにはいろいろ吟味しなければならぬ点があるであろうが、中国が一色の文化に塗りつぶされたことと、その地形とは無関係ではない。その結果、中国の文化は全人類に共通するものであるという感覚が生み出されたのである。また、中国は自らの文化が世界唯一のものであると信じさせるほどの広がりを持った地域でもあったわけである。

一方、垣根の外を見ると、大体無文化の地帯であった。すぐそばには中国に文化的影響を与えるような国家はまず存在しない。その地方にいろいろな部族は存在したが、少なくとも当面の問題である言語文化においては、中国に影響を与えるものはなかった。文字さえ持たないものたちが多かった。もっとも少し遠い処には印度があったが、古代の交通状態をもってしては、印度が中国に影響を与えることは、仏教という大きな例外をのぞき、困難であった。日本は近い地域にあったが、海がその間を距てており、日本の存在は中国人の意識には上らなかった。また意識に上ることがあっても、日本は文化的能力を持っていただけに、中国の文化を受け容れるのに従順であった。朝鮮・安南は日本よりもっと従順であった。日本は従順でありつつも、日本独自のものを生み出したが、朝鮮・安南は、より多く中国文明に従順な時期をもったかも知れない。中国の周辺の国はかくのごとくであったので、中国がこれらの国から影響を与えられることはなかったのである。

もっとも文学以外の生活においては、外国の影響を受けることがなかったわけではない。仏教が印度から入って来たのはそれである。しかしながら、仏教は受容されながら、印度に文学があるとは意識されなかった。お経は翻訳されたが、それは文学とは見られなかった。仏教の渡来が世の中の空気を変え、その結果として文学に大きな変化を生んだことは事実であるが、それは自覚されたものではなかった。また十七世紀、明の末年から清朝にかけては、ゼスイットの僧侶、いわゆる耶《や》蘇《そ》会士が渡来して、西洋の科学的知識を中国に伝えている。それは文学、広くしては中国の精神文化に無自覚の影響を与えている。清朝の科学的な古典学研究もその影響の一つである。しかしながら、かれらの本国にも文学があるということは、全然中国人の意識に上ったことがなかった。それはゼスイットの僧侶たちが文学には冷淡な人たちであり、文学を仇敵視するような人であったことにもよると思われる。西洋に文学があるということが意識されるようになったのは、実に今世紀に入ってからのことである。文学革命が起こったのは、そのためである。文学の典型がいつも自国の過去の文学から選ばれ、外国の作家によってその典型がゆすぶられることが無かったのは、そうした地理的環境に起因すると考えられる。

次に典型を強固にした奥の原因として、この社会においては、文学が人間の社会的身分を決定する尺度として利用されたことがあげられる。科挙の制度がそれである。科挙の試験にあっては、文学的課目がつねに課せられたが、ことに唐代においては、詩を作ることがもっとも大切にされた。唐の祖詠が及第したときは「終南山望餘雪」(終南山に余雪を望む)という詩題が出されたが、それに対する祖詠の答案の一部分は次のようなものであったという(「唐詩紀事」巻二十)。

終南陰嶺秀　　終南に陰嶺の秀で
積雪浮雲端　　積雪は雲端に浮かぶ
林長明霽色　　林は長くして霽色《せいしょく》明らかに
城中増暮雲　　城中は暮雲を増す

また、唐の銭起が受験したときは、「湘靈鼓瑟」(湘霊瑟《しょうれいしつ》を鼓《こ》す)という題であったが、それに対する銭起の詩の一部分は次のごとくであったという(「唐詩紀事」巻三十)。

流水傳湘浦
悲風過洞庭
曲終人不見
江上數峰青

流水は湘浦《しょうほ》に伝わり
悲風は洞庭を過ぐ
曲終わりて人見えず
江上に数峰青し

こういう詩によって身分が決定されたわけである。もっとも唐のころは極端にそういう方向に走った時代であり、他の時代もすべてそうであったわけではない。唐以後においては、文学的な課目がだんだん軽くなってはいるが、しかし依然としてそれは存在していたのである。文学的課目が重視されたのは、道徳的能力は判定しにくいが、文学的能力は判定し易いというばかりでなく、文学的感覚のないものは、裁判をしても、何をしても、残酷なことをすると考えられたことによろう。中国においても、家柄や金力が士、士大夫階級を成り立たせるものでなかったとは言えないが、それにもう一つ文学が必要であったのである。それは中国においては、庶民は文化、道徳に義務も持たねば、責任をもまた持たなかったが、士、士大夫は人間の選手として社会の文化と道義とを維持する義務を負わされていたことによる。

社会的身分の決定に文学が重視されたことは、社会のためには幸福な面をもったといえようが、文学のためにはかならずしもよいことではなかった。文学が身分の尺度となるのであるから、尺度が頻繁に変わっては困る。尺度が固定しているのが便利である。したがって尺度をぶちこわすような天才が出現することは望まれなかった。李賀のような鬼才は、「可以有一、不可有二。」(以て一有る可きも、二有る可からず。)といわれて嫌われた。李白は個人的なものを歌うことが多かったので、大詩人であることを認められても、典型的な尺度とは考えられなかった。李白は杜甫とともに李杜と並称されながらも、杜甫に軍配が挙がりがちであった。杜甫は日常生活を素材として詩を作り、その詩は誰にでも模擬されうる性格を持っている。杜甫の詩が尊重されたのはそのためでもある。こうしたことはまた、文学の典型の成立を容易にし、文学史の展開を緩慢にしたと言える。

「中国文学の環境」(全集1)
「中国の文学とその社会」(全集1)
「進歩の一形式——宋以後の中国の進歩について——」(全集13)
「曾樸氏の翻訳論——フランス文学と中国——」(全集16)

仏教の中国文学への間接の影響については、「一つの中国文学史」に、唐詩のイメージのふくらみが、仏教によって養われた空想力と関係があり、小説の起源が仏僧の辻説法に求められることを述べておられるが、また最近の「唐詩選序」(全集補篇)に、仏教の中国文学に与えた影響に触れて、唐人の詩が形無きものに対して敏感なのは、言語は事実のままではありえず、常に何ほどか、事実に対して誇張であり虚構であることを唐人が自覚していたためであろうと言われ、玄奘法師訳経の序文として書かれた太宗の「大唐三蔵聖教序」に、形無きものの、形有るものに対する優越が述べられていることを指摘しておられる。

「進歩の一形式」において、博士は、一般に中国文学の歴史は唐以後、詩の世界ではもはや進歩をとどめぬとされていることに反論して、宋以後、元、明、清と時代の移るにつれ、市民の詩文学の制作への参加がしだいに増えるとともに、だんだん細かい心情が歌われていることを指摘して、宋以後の詩文学にもやはり進歩はあったのであり、また多くの参加者を吸収するために、文化の規格を急激に変更しないことが必要であったと言っておられる。「宋詩概説」(岩波書店刊「中国詩人選集」二集・全集13)・「元明詩概説」(岩波書店刊「中国詩人選集」二集・全集15)は、この理論の実証として書かれたものである。

九

中国文学の特色として、いくつかのことを指摘して来たが、それらの特色は全く特殊なだけのものので、他の文学には無関係だということはできない。およそ人間の文学であるかぎり、それらのことはまた他の文学にも、程度の差こそあれ、共通に存在するものであると言える。しかしながら、中国文学にあっては以上のことがらが、他の文学におけるよりも顕著に現われていることは否定しえない。その点において、この国の文学は、将来の人類の文学を考える上に、いろいろなことをわれわれに教えてくれるといってよい。例えば(1)空想の文学を尊重する文学にあっては、ややもすれば現実がおろそかにされがちであるが、この国の文学は空想が現実の経験の上に組み立てられるものであることを教えるとともに、現実にも美しい世界のあることを教える。(2) 文学にあっては修辞は不可欠のことがらであるが、修辞の意義を考えるには、この文学はもっとも重要な素材となるであろう。(3) 倫理的感動、ないしは知的感動と、美的感動とが、今日の文学では分離しがちであるが、その一致もいつかは振り返られることがあるであろう。(4) 人間は典型なしに存在することはできないが、他の文学においては自覚せられぬ典型の問題を、この国の文学ははっきりと自覚していることにおいて、この国の文学は典型の問題を考えるのに役立つであろう。(5) 文学の歴史の展開が緩慢であることによって、この国の文学は他の文学では念を入れぬところに念が入れられており、それだけに他の国には見られぬエラボレイトなものが多い。(6) また、この国の文学は客観的には中国本部を中心にする地域の文学にすぎないが、自覚においては一つの世界文学であり、それだけに世界性を豊かに備えている。「論語」子《し》罕《かん》篇に「子在川上曰、逝者如斯夫。不舍晝夜。」（子《し》、川の上《ほとり》に在りて曰く、逝《ゆ》く者は斯《か》くの如き夫《かな》。昼夜を舎《お》かず。）という言葉がある。これは孔子が人間の使命なり運命なりを、川の水に結びつけて思いやった言葉である。中国では「百川東流」という言葉が示すごとく、川の水はかならず東に流れる。この孔子の言葉はそうした認識の中で生まれた言葉であるが、それは川の水が東に流れぬ地域にもまた妥当するであろう。

「中国の古典」（全集1）

中国文学、ないしは中国文明の全体について、その特色を述べたものに、すでに挙げた「支那人の古典とその生活」のほかに、井上靖氏らとの対談による「古典への道」(朝日新聞社刊・全集外)・梅原猛氏との対談による「詩と永遠」(雄渾社刊・全集外)・「中国文明と日本」(全集補篇)などがある。

第二章　中国文学史の時代区分

文化史の時代区分において、古代、中世、近代、現代の四区分は、歴史家の好んで用いるところである。たしかにヨーロッパの歴史においては、そのように明瞭に区分できる。ヨーロッパの歴史では、ルネッサンスからが近代であり、ルネッサンスの前が中世であり、その前にあってルネッサンスの典型となった時代が古代である。こうした区分は中国の歴史においても出来ないことはない。中国の歴史においてはヨーロッパのルネッサンスほどの顕著な現象はないが、唐から宋の間にかけて、ルネッサンスに似たものが起こっている。その中国風のルネッサンスを軸にして、それ以後を近代、その前に続く時代、すなわち三国・六朝・唐初が中世であり、三国より前が古代であると考えることができる。もっともここにいう古代、中世、近代とは、中国の比重の中におけるそれであって、それは中国的古代であり、中国的中世であり、中国的近代である。それはかならずしも西洋の古代、中世、近代と同一ではない。しかしこの区分は中国の文化史一般にも適用しうるであろうと共に、それは文学史に対してもっとも明瞭に適用できる。次にそうした時代区分の上に立って、中国文学の歴史を概観してみる。

まず古代の文学である。中国における文献の始まりは前一一〇〇年ごろ、今からちょうど三千年前のことである。それは周王朝が創業された時代である。文献としては、「書経」の中の「周書」であり、さらにその中の五誥《どこう》という初めの部分などである。これが中国の散文としては、われわれが目にしうる一番古いものである。具体的に篇名をあげてみれば、大誥《たいこう》・康誥・酒誥・梓材《しざい》・召誥・洛誥・多士・無逸・君奭《くんせき》・多方である。大誥とは蠢動する殷《いん》の残党討伐のときに告げた文であり、康誥・酒誥・梓材とは、殷の亡民を治めることについての戒めの言葉であり、召誥・洛誥・多士は、洛陽に新都を営む際に発した言葉である。無逸以下は周公が成王に政治の道理について訓戒を与えたものである。また韻文として古いものは、「詩経」の中の早い部分である。それが文字に記録されたのはいつであるかは別として、口誦として発生したのは周公の時から余り遠くないころであると思われる。これは近ごろの定説であるが、旧来の伝説はかならずしもそうではない。周の前には殷という王朝があり、殷の前には夏《か》という王朝があり、さらに夏の前には五帝の時代があったと司馬遷の「史記」には記載されている。事実、「書経」の中には殷には「商書」、夏には「夏書」、五帝の堯舜《ぎょうしゅん》の時代には「虞書《ぐしょ》」(堯典・舜典)などがある。司馬遷はそれにもとづいて「史記」を書いたのである。堯舜の時代は前二三〇〇年ごろであると好事家は推定しているが、それは当てにはならない。近ごろの歴史では殷という王朝はたしかに存在したとされている。それは今世紀の始めに河南省の安陽県から文字を伴った遺物が沢山出て来たことにより、司馬遷の記載が確かめられたためである。しかし、夏や堯舜の時代についてはまだ分かっていない。「虞書」にしても、「夏書」にしても、理想的なことが、現実の事実であるかのごとくに書かれているが、現代のわれわれの目をもってすれば、それは神話にすぎないと思われるからである。堯舜の時代が神話であって歴史事実でないということは、わが国の白鳥庫吉博士・内藤虎次郎博士や、フランスの Edouard Chavannes によって唱えられたが、その影響を受けて中国古代史の再検討をした擬古派の顧頡剛《こきつごう》の「古史弁」を見ればよい。文学の方から見るならば、言語表現の上からやはりこの時代が伝説に過ぎないことが確かめられる。それは「周書」は非常に読みにくく、中国の文献の中でもっとも難解な文であるのに、それよりも古いはずの「夏書」や「虞書」は読み易いからである。殷はその王朝の存在は疑えないが、「商書」は殷のものであるか、周になって出来たものかは分からない。近ごろの学者は大体において、それが殷のものであることに対しては否定的である。「詩経」は十分の九までは周のものである。「詩経」は風《ふう》、雅《が》、頌《しょう》の三つに分かれ、頌の中に「商頌」五篇があるが、それが殷王朝のものであるかどうかは早くから疑問のあるところである。要するに中国文学史は紀元前一一〇〇年ごろ、周王朝の創業のころから始まると考えてよい。それから春秋（前七七〇—前四〇三）・戦国（前四〇三—前二二一）・秦（前二二一—前二〇六）を経て前漢（前二〇六—後八）末までが古代文学である。この時代は前文学史の時代であり、この時代には専ら美的感動を主とするものはない。この時代にあっては、美的感動は倫理的感動と未分化のものとして存在しているに過ぎないが、この時代の文学は、後の文学の故郷としてつねに追想され、後の文学に大きな影響を与えたと言うことができる。

中世は後漢(二五―二二〇)・三国(二二〇―二六五)・晋(二六五―四二〇)・南北朝(四二〇―五八九)・隋(五八九―六一八)・唐(六一八―九〇七)・五代(九〇七―九六〇)を経て、北宋の中ごろ(一〇三〇)までである。この時代においては、文学は美しい言語表現、ことに音律的な美しさとして意識され、前代の司馬相如《しばしょうじょ》が文学の最高の神であった。前漢と後漢とはローマの帝政の前期と後期のごとくに、文化的には異なっている。散文の句数がちゃんと整理されて、四六文が出来たのは前漢末からである。唐の中ごろ、詩では杜甫《とほ》、散文では韓愈《かんゆ》が出て、詩文の外形よりも、内容に重きを置き、人間の生活が如実に述べられるようになった。しかし二人は当時にあっては、後に持つような文学の聖人というような地位にあったわけではない。杜甫もしばらくのあいだは妙な詩を作る詩人と見られていたようである。

中世が清算されて近世に移行するのは、十一世紀の中ごろの北宋の仁宗皇帝のときである。その前の真宗は仙人が好きで、側には道士が沢山おり、宮殿の屋根にはお札《ふだ》が沢山降ってくるというようにミスティックなものが好きであったが、次の仁宗の時には、司馬光・欧陽修・周敦頤《しゅうとんい》のごとき人が出て来て、人間的なもの、倫理的なものが重視されるようになる。新しいものを作るために、古代に帰ることを標榜した杜甫や韓愈の文学が、文壇にその地位を確立したのもこのころである。その宋(九六〇―一二七九)から、元(一二七九―一三六八)・明(一三六八―一六四四)・清(一六四四―一九一一)を経て、民国六年(一九一七)の文学革命に至るまでが近代である。この時期には、それまでには無かったフィクションの文学が大きな比重を占めている。一三〇〇年を前後とするころに発生した元の雑劇《ざつげき》や、一四〇〇年前後にまとめられた明の「水滸伝《すいこでん》」や「三国志演義」などの小説がそれである。また、この時期の特色として、文学の担当者として一般の町人が進出して来たことがあげられる。中世においては、文学は宮廷と関係があり、陶潜《とうせん》などの少数の人を除いては、みな宮廷詩人であったが、近代になっては一般の町人たちによっても文学が担当されるようになっている。元の雑劇や明の小説が町人的なものとして存在したばかりではなく、伝統的な詩も一般の人たちによって作られている。この時期は作者の側からも、それ以前の時期と区別できると言えよう。

このように、中国文学史は(中国的)古代、(中国的)中世、(中国的)近代と、それぞれ一千年ずつに分けて考えるのがよかろうと、私は考えている。

「中国文学」(全集1)

「第六巻漢篇自跋」(全集6)

上記のうち「中国文学」では、先秦を第一期、秦より唐の中ごろまでを第二期、唐の中ごろから清末までを第三期とし、「第六巻漢篇自跋」では、漢の武帝以前を古代、武帝から唐宋の交までを中世、宋から民国革命までを近世とされている。この考え方は、「漢の武帝」(岩波新書・全集6)の一七二ページ、「司馬相如について」(全集6)の一九一ページにも見えるが、この三区分法は博士の後の重要な学説となるもの、すなわち先秦は楽観の哲学が支配し、漢魏六朝は悲観の哲学が支配し、宋以後は中世の悲観を止揚して、古代の楽観を回復した時代とする考え方にも基礎を与えていると思われる。なお、宋が中国文明の大きな画期となることについては、「第十三巻宋篇自跋」（全集13）に、唐までの人物の伝記はすみずみまではよく分からぬのに対して、宋人の行動は手にとるように分かるばかりではなく、その生活周辺の雰囲気は今世紀初の清末までに近いように感ぜられると述べておられる。

第三章　古代の文学

一　「五　経」

紀元前十二世紀、周の創業から、前三世紀の中ごろ、周の滅亡に至るまでは、前文学史の時代であると言ってよい。この時期の文献は前五〇〇年前後に出現した偉人である孔子をもって、前後の二期に分かつことが可能である。孔子以前の言語として現在に伝わるものは、「五経《ごきょう》」、つまり、「易《えき》経《きょう》」・「書経」・「詩経」・「礼記《らいき》」・「春秋《しゅんじゅう》」の五つの経典である。この五つの経典は孔子が編纂したと「史記」の孔子世家《せいか》には書かれているが、近ごろの歴史家はその全部を孔子の手になるものとしては肯定していない。「書」と「詩」の大部分は孔子の編纂になるが、「易」は孔子より前に編纂され、「礼」は孔子より後に編纂されたものであろうと言われている。しかしながら、「五経」の内容になっている言語は、「礼」は別として、少なくともその中心的な部分は、孔子より以前のものであることには疑いがない。

「易」は元来はおみくじの言葉であり、宇宙の理法、それはまた人間の理法でもあるわけであるが、それを象徴的に説いたものである。例えば履《り》䷉という卦《か》について言えば、履虎尾、不咥人。亨。

虎の尾を履《ふ》むも、人を咥《くら》わず。亨《とお》る。

と説明があり、またその卦の各部分について、

六三、眇能視、跛能履。履虎尾、咥人。凶。

六三、眇《すがめ》にして能く視、跛《あしなえ》にして能く履《ふ》む。虎の尾を履めば、人を咥《くろ》う。凶なり。

というような注がついている。「書」は政令を集めたものであり、「礼」は冠婚葬祭などの細かい次第書きである。「春秋」は、魯《ろ》の国の隠公より哀公に至るまでの非常に簡単な歴史である。隠公九年の所を挙げてみると、

九年春、天王使南季來聘。三月癸酉、大雨震電。庚辰、大雨雪。挾卒。夏、城郎。秋七月、冬、

公會齊侯于防。

九年春、天王、南季《なんき》をして来聘《らいへい》せしむ。三月癸酉《きゆう》、大いに雨ふり震電《しんでん》す。庚辰《こうしん》、大いに雪を雨《ふ》らす。挾《きょう》、卒す。夏、郎に城《きず》く。秋七月、冬、公斉《せい》侯に防《ぼう》に会す。

というふうに書かれている。

「詩」は三〇五篇の詩よりなり、それには風《ふう》、雅《が》、頌《しょう》の三大別がある。風は大名の国々の民謡であり、雅は周王室をめぐって発生した歌であり、頌は王室の先祖を賞讃する歌である。これらの詩はすでに音数律を持っており、一句は四音節であるのが原則である。雅のうちの小雅の「鹿鳴《ろくめい》」を挙げてみる。この詩は四章から成っているが、その首章は次のごとくである。

呦呦鹿鳴　　呦呦《ゆうゆう》として鹿鳴き
食野之苹　　野の苹《へい》を食《は》む
我有嘉賓　　我に嘉賓《かひん》有り
鼓瑟吹笙　　瑟《しっ》を鼓《こ》し笙《しょう》を吹く
吹笙鼓簧　　笙を吹き簧《こう》を鼓す

承筐是將　筐《かご》を承《ささ》げて是れ将《おこな》う
人之好我　人の我を好《よみ》せば
示我周行　我に周行《しゅうこう》を示せ

毛詩の序に、「詩者志之所之也。在心爲志、發言爲詩。」(詩は志の之《ゆ》く所なり。心に在るを志と為し、言に発して詩と為る。)とあるように、「詩経」の詩は人間の個人的な心理、ことに感情を表白するものとして、それは後世における抒情詩の発展を、早い時期にすでに約束するものであると言える。また詩歌の技巧も高度に発達しており、一行末の「鳴」、二行末の「苹」、四行末の「笙」、五行末の「簧」、六行末の「將」、八行末の「行」というように、ほとんど毎句末において脚韻を踏んでいる。

しかしながら、「五経」のうち、「詩」以外のものが、文学であるかどうかは大いに疑問である。それらは何を目標とする言語であるかと言えば、かならずしもそれは美的な感動を目標とするものではない。それらの目標とするところは倫理的感動であり、それらは読者に理智によって受け取られることを期待するものであると言ってよい。では、それらには後代の中国文学と連なるものが全くないかというとそうではない。およそ言語は感情を伴わずに受け取られることは出来ないが、これらの言語は倫理的な感動を目標としながらも、そこには古代人の純粋な美しい感情が現われていると、中国人は考えて来たのである。こうした感情の美しさが、経書を経書たらしめた原因の一つであったといってよい。また経書は言語表現の技術においても、かなり高度に発達したものであるということができる。例えば「易」の言葉は、音数律の支配を原則的には受けていないが、往々にして脚韻を踏んでいる。前に引いた「眇能視、跛能履。」において、「視」と「履」とは押韻している。「易」はおみくじの言葉であるから、記憶を便利にするために脚韻を踏んだのが元来かも知れないが、それにしてもそれは決して素朴な言語表現であるとは言えない。また「易」は強度に比喩的である。例えば、「見豕負塗、載鬼一車。」(豕《いのこ》の塗《どろ》を負うを見、鬼《き》を載《の》すること一車。)、「困于石、據于蒺蔾。入于其宮、不見其妻。凶。」(石に困《くる》しみ、蒺蔾《しつり》に拠《よ》る。其の宮に入りて、其の妻を見ず。凶なり。)というようなのがそれである。「書」にもまた、「已。予惟小子、若渉淵水。」(已《ああ》。予《われ》は惟《こ》れ小子、淵水を渉《わた》るが若《ごと》し。)というのや、「若稽田。既勤敷菑、惟其陳修、爲厥疆畎。」(田を稽《な》すが若し。既に勤めて敷菑《ふし》し、惟《こ》れ其れ陳修し、厥《そ》の疆畎《きょうけん》を為す。)といったような比喩的表現が少しは見える。比喩は文学的な技巧に属する。また事柄を正確に写すことは、中国文学の伝統であるが、正確な描写も「五経」の中にすでに現われている。なかでも「礼」の記載は、驚くべく的確である。「礼」の経の一つである「儀礼《ぎらい》」の諸篇のごときは、儀式の次第という事実を詳細にそのままに写し得て、美しい言語になっている。このような点において、これらの文献は、後世の散文の先祖となる資格を持っていると言うことができる。

かくのごとく、「五経」はかなり高度に発達した言語であるとはいえ、それは「詩」をも含めて、後世の文学との間に大きな差異を含んでいる。その点より見て、「五経」は前文学史的存在であると言えるが、それは後の文学の淵源として後人に意識され、後の文学に大きな影響を与えている。六世紀、梁《りょう》の劉勰《りゅうきょう》の「文心雕龍《ぶんしんちょうりょう》」は文学評論の古典であるが、その五十篇のうちの第三篇は「宗経《そうけい》」篇である。梁の時代は六朝のさ中であり、極度に装飾的な文学が行なわれた時代であるが、そうした時代においても、このような「宗経」篇があることは、経書が後の文学の淵源としていかに尊敬されたかを物語るものと言ってよい。

では、なぜ経書は後の文学の淵源でありうるのか。それは経書が倫理的感動と、美的感動とを一体にして述べているからである。そのことは「詩」について考えて見れば明瞭である。毛詩の大序に、詩は心理の表白であるといっているが、また詩は政治に対する寄与を目的とするものであるとも述べられている。これは「詩経」の詩が感情を表現するだけの抒情詩でないことを意味するものといえよう。「鄘風《ようふう》」の中に見える「桑中《そうちゅう》」という篇について、そのことを具体的に見ることにする。

爰采唐矣
沫之郷矣
云誰之思
美孟姜矣

爰《ここ》に唐《とう》を采《と》る
沫《まい》の郷《さと》にてす
云《ここ》に誰をか思うや
美《うるわ》しき孟姜《もうきょう》ぞ

期我乎桑中
要我乎上宮
送我乎淇之上矣

爰采麥矣
沫之北矣
云誰之思
美孟弋矣
期我乎桑中
要我乎上宮
送我乎淇之上矣

爰采葑矣
沫之東矣
云誰之思
美孟庸矣

我を桑中《そうちゅう》に期《ま》ち
我を上宮《じょうきゅう》に要《むか》え
我を淇《き》の上《ほとり》に送る

爰《ここ》に麦を采《と》る
沫《まい》の北にてす
云《ここ》に誰をか思うや
美《うるわ》しき孟弋《もうよく》ぞ
我を桑中《そうちゅう》に期《ま》ち
我を上宮《じょうきゅう》に要《むか》え
我を淇《き》の上《ほとり》に送る

爰《ここ》に葑《ほう》を采る
沫《まい》の東にてす
云《ここ》に誰をか思うや
美《うるわ》しき孟庸《もうよう》ぞ

期我乎桑中　　我を桑中《そうちゅう》に期《ま》ち
要我乎上宮　　我を上宮《じょうきゅう》に要《むか》え
送我乎淇之上矣　　我を淇《き》の上《ほとり》に送る

この詩はちょっと読むと、庶民の女が男に与えた相聞の歌に受け取られるが、毛詩の序には次のように説かれている。「桑中、刺奔也。衛之公室淫亂、男女相奔。至于世族在位、相竊妻妾、期於幽遠。政散民流、而不可止。」(桑中は、奔《ほん》を刺《そし》るなり。衛の公室は淫乱にして、男女相い奔《はし》る。世族位に至るまで、妻妾を相い竊《ぬす》み、幽遠に期す。政は散じ民は流れて、止む可からず。)宋の朱子の「詩集伝《ししゅうでん》」は、毛詩の序にいうところは当てにならぬとして自由な立場を取り、この詩は淫詩であるといっている。ちょっと読むと朱子のいうように、この詩は恋歌であって、そこには毛詩に言うような政治的な意味はないものと思われるが、毛詩の序のような解釈を全面的に棄て去ることができないものもある。雅や頌に至っては政治に対する関心が非常に強いが、風も民謡として発生したとしても、その初めには政治的なものがあったと思われる。例えば次のような詩である。「斉風《せいふう》」の「南山」の詩である。この詩は四章から成るが、首章のみを掲げる。

南山崔崔　　南山は崔崔《さいさい》たり

雄狐綏綏
魯道有蕩
齊子由歸
既曰歸止
曷又懷止

雄狐は綏綏《すいすい》たり
魯の道は蕩《とう》たるあり
斉《せい》の子《むすめ》は由りて帰《とつ》ぐ
既に曰《ここ》に帰ぐ
曷《なん》ぞ又た懐《おも》うや

この詩の毛詩序には「南山刺襄公也。鳥獣之行、淫乎其妹、大夫遇是悪、作詩而去之。」(南山は襄《じょう》公を刺《そし》るなり。鳥獣の行、其の妹に淫す。大夫《たいふ》は是の悪に遇い、詩を作りて之を去る。)とある。春秋初期の斉《せい》の襄公は、妹の文姜《ぶんきょう》と兄妹相姦し、妹が隣の魯《ろ》の桓《かん》公に嫁入りしてからも、不義の関係を続けていたが、この詩はそのことを非難して作ったものであるというのである。この毛詩の解釈は朱子も認めているが、この詩には確かに毛詩の解釈を否定し得ないものがあるように思われる。こうしたものが、風の中には多く見られる。毛詩の大序に「治世の音」はなごやかであり(安以楽)、「乱世の音」は憤り(怨以怒)、「亡国の音」は悲しげである(哀以思)、つまり、詩は政治に対する無意識の批評であると言っているが、はじめは政治的なものとは無関係に発生したにしても、それが伝承されて行くうちに、政治的なものと結びついて行ったものと思われる。中国の古代においては、詩は人間性の現われではあるが、人間性が個人の情熱の発現としては認められず、人間全体の情熱として意識されていたと言うことができよう。

要するに「詩経」の詩は、後世の詩とはかなり性格の違ったものであり、それは前文学史の段階の中での詩であるといってよいが、それはまた言語表現の上においても未熟な詩であると言える。リズムの上から見ても、それは四言という退屈なリズムから成っている。中国語は一義一音の言葉ではあるが、一音では安定が悪いので、二音の言葉によって表現をなだらかにしようとする。従って四言は実際には2＋2の韻律のくりかえしであると言える。しかしもし四言にもう一字つけ加えてみると、例えば「南山高崔崔、雄狐行綏綏、魯道有平蕩、齊子由此歸」というごとくに、リズムは飛躍的に活発になってくる。また「桑中」の詩には、爰、矣、之、云、乎のように助字が多く入っている。それは波動を生むが間の抜けたものになる。詩の必要とする急迫には欠ける。「詩経」の詩はそうした点から見てもまた原始的なものであると言えよう。従って後世、この詩型を真似て作詩する人は稀である。陶潜《とうせん》(淵明)などは例外であったが、しかしながら彼のもっともよい詩はそうした四言の中にはない。

散文になると、詩よりも一そう成熟していない。「書経」は非常に読みにくい。自覚されざるある韻律がないと、散文は成立しにくいものであると言えるが、「書経」の文章にはそうした韻律についての考慮が払われてはいない。「周書」の多士篇を例に挙げてみよう。

王曰、告爾殷多士。今予惟不爾殺。予惟時命有申。今朕作大邑于茲洛。予惟四方罔攸賓。亦惟爾多士、攸服奔走臣我。多遜。

王曰く、爾殷《なんじいん》の多士に告ぐ。今予《われ》は惟《こ》れ爾《なんじ》を殺さず。予は惟れ時《こ》れ命の申《かさ》ぬること有り。今朕《われ》は大邑を茲《こ》の洛に作る。予は惟れ四方、賓とする攸罔《ところな》し。亦た惟れ爾多士、服して我に奔走し臣とする攸《ところ》。多く遜《したが》う。

この文章はリズムによる秩序がないために、句読点をどこで切ってよいか。なかなか分からない。また、語彙も難解である。ただここに一回しか現われぬ文字が沢山使われている。それは言語の公共性が意識されていなかったことを示している。要するに「五経」は言語表現としてまだ未熟な段階の言語であると言うことができる。この時期の最後に孔子が出たわけであるが、こうした状態を次の時代に転回させるのに果たした孔子の役割りはまことに大きいものがあったと言ってよい。

「中国文学の発生」（全集3）
「『五経・論語』解説」（全集補篇）
「『五経』の文章」（「漢文の話」全集2）
「詩経と楚辞」（全集3）

「詩経国風」(岩波書店刊「中国詩人選集」・全集3)
「詩経の文学」(「中国文学入門」全集1)
「古典への道」(朝日新聞社刊・全集外)の「中国古典をいかに読むか――五経・四書を中心に――」

二 戦国の散文

前五〇〇年ごろから、前二五〇年ごろまでを戦国時代と呼ぶが、戦国から漢初にかけての時代は連続した時代であったといえる。この時代は中国の散文の開花期であり、文献としては諸子百家の理論的散文と「春秋左氏伝」などの歴史記録とがある。「漢書《かんじょ》」藝文志《げいもんし》には、前漢末までの書物が記録されているが、今日伝わっているものは、その中でもっとも重要なものだけであろう。今日に伝わるものとしては、儒家では「論語」・「孟子」・「荀子《じゅんし》」があり(「漢書」藝文志では儒家も諸子に数えられている)、道家では「老子」・「荘子《そうし》」、法家では「管子」・「韓非子《かんぴし》」、その他では「墨子」・「呂氏春秋《りょししゅんじゅう》」・「淮南子《えなんじ》」がある。

これらの諸子のうち、儒家は「五経」を人類の生活の規範とするという点で、他の学派と異なる。もっとも墨家のごとく、「詩」や「書」を引いている学派もあることはある。しかしそれも儒家に較べれば、引用は少ない。儒家は「五経」の注釈付加として、いろいろな形でノートを作った。「易」には「十翼」がある。これは伝説によれば孔子の作であるといわれるが、宋の欧陽修の「易童子問《えきどうしもん》」

に早くも疑われている。それは戦国末年から漢初に出来たものと現代では言われている。「儀礼《ぎらい》」が出来たのは、孔子以後のことと思われるが、「礼記」はそのノートである。その早い部分は戦国に出来たと思われるが、それが出来あがったのは漢初と推定される。「春秋」の注釈は伝と呼ばれ、「公羊《くよう》伝」・「穀梁《こくりょう》伝」・「左氏《さし》伝」の三伝があるが、そのうち「公羊伝」と「穀梁伝」は理論的な散文である。先に引いた「詩経」の「南山」の詩で、斉の襄《じょう》公の夫人と魯《ろ》の桓《かん》公のことに触れたが、そのことについての「春秋」と「公羊伝」の記載とを挙げてみよう。まず「春秋」の桓公の条の記載を見ることにする。

十有八年、春、王正月、公會齊侯于濼。公與夫人姜氏遂如齊。夏、四月丙子、公薨于齊。

十有八年、春、王の正月、公斉侯に濼《らく》に会す。公と夫人の姜《きょう》氏と遂に斉に如《ゆ》く。夏、四月丙子、公斉に薨《こう》ず。

それに付加された「公羊伝」の解釈は次のごとくである。

公何以不言及夫人。夫人外也。夫人外者何。内辭也。其實夫人外公也。

公は何を以て夫人と及《とも》にと言わざるや。夫人を外にするなり。夫人を外にするものは何ゆえぞや。内よりするの辞なり。其の実は夫人の公を外にするなり。

ついで、「春秋」の荘公の条の

元年、春、王正月。三月、夫人遜于齊。

元年、春、王の正月。三月、夫人斉に遜《のが》る。

に付加された「公羊伝」は次のごとくである。

夫人何以不稱姜氏。貶、曷爲貶。與弑公也。其與弑公奈何。夫人譖公於齊侯。……齊侯怒、與之飲酒。……使公子彭生、……搚幹而殺之。

夫人は何を以て姜氏《きょうし》と称せざるや。貶《へん》するなり。曷為《なんすれ》ぞ貶するや。公を弑《しい》するに与《あずか》ればなり。

其の公を弑するに与るとは奈何《いかん》ぞや。夫人、公を斉侯に譖《しん》す。……斉侯怒り、之と酒を飲む。……公子彭生《ほうせい》をして、……幹《からだ》を搚《ひし》いで之を殺さしむ。

「穀梁伝」も大体同様である。それらが文字に記載されたのは漢初といわれている。

この他にもう一類の散文が発生した。すなわち「左氏伝」などの歴史叙述の散文である。「書」は言語の記述であり、十分な歴史記述ではなかったが、「左氏伝」は歴史記述としてすぐれるばかりでなく、ボリュームもまたある。それは「春秋」が簡単に記す事実の詳細を叙述したものである。

（荘公八年）冬十有一月癸未、齊無知弑其君諸兒。

（荘公八年）冬十有一月癸未《きび》、斉の無知は其の君の諸兒《しょげい》を弑す。

という「春秋」の記事に対する「左氏伝」の記載は次のようである。

齊侯遊于姑棼、遂田于貝丘。見大豕。從者曰、公子彭生也。公怒曰、彭生敢見。射之。豕人立而啼。公懼、墜于車。傷足喪屨。反誅屨於徒人費。弗得。鞭之見血。走出。遇賊于門。劫

而束之。費曰、我奚禦哉。袒而示之背。信之。費請先入、伏公而出鬭、死于門中。……遂入、

……見公之足于戸下。遂殺之。……

斉侯姑棼《こふん》に遊び、遂に貝丘《ばいきゅう》に田《かり》す。大いなる豕《し》を見る。従者曰く、公子彭生《ほうせい》なりと。公怒りて曰く、彭生敢て見《あら》わるるやと。之を射る。豕は人のごとく立ちて啼《な》く。公は懼《おそ》れて車より墜《お》つ。足を傷《そこな》い屨《くつ》を喪《うしな》う。反《かえ》りて屨を徒人《とじん》の費に誅《せ》む。得ず。之を鞭《むちう》ちて血を見る。走り出づ。賊に門に遇う。劫《おびや》かして之を束《つか》ねんとす。費曰く、我奚《なん》ぞ禦《ふせ》がんやと。袒《たん》して之に背を示す。之を信ず。費請いて先ず入り、公を伏せて出で闘《たたか》い、門中に死す。……遂に入り、……公の足を戸下に見る。遂に之を殺《ころ》す。……

「左氏伝」は小説的で、怪物や夢占いなどもしばしば出て来る。

「左伝」に洩れた春秋戦国の話をまとめたものに「国語」がある。「国語」は、「左伝」と同じく、左丘明《さきゅうめい》が書いたものといわれている。また戦国の話をまとめたものに「戦国策」がある。これらの書物は、後に司馬遷が「史記」を書いたときに、その材料となったものである。その点から言えば、これらは「史記」の先駆であったと言うことができるが、これらの戦国の散文は、言語表現の技術において、非常に進歩したものであると言える。「五経」の言語が語彙、語法の放恣によって大変

読みにくいのに対して、戦国の散文は文体が統一され、語彙にも特別なものがない。また、「五経」は韻律への考慮がなされていないが、戦国の散文は韻律に対する考慮が払われている。後世、「五経」は文学の故郷として回想はされても、模倣されはしなかったが、戦国の散文は後世の文章家の手本となった。宋の蘇洵《そじゅん》の文体は「戦国策」が手本となっていると言われている。

しかしながら、文体の確立は文学の初めではない。この時代はやはり前文学史の時代であったと言わなければならない。「左伝」襄公二十五年の条に「言以足志、文以足言。不言誰知其志。言之無文、行而不遠。」(言は以て志を足らし、文は以て言を足らす。言わずば誰か其の志を知らん。之を言いて文無きは、行なわれて遠からず。) つまり言語が効用を十分に果たすためには修飾が必要であるとあるが、諸子の文のような修飾を伴わない文章は文学とは認められていなかったことを、この言葉は示している。また梁の武帝の時代の「文選《もんぜん》」の序に「老荘之作、管孟之流、蓋以立意爲宗、不以能文爲本。今之所撰、又以略諸。」(老荘の作、管孟の流は、蓋し意を立つるを以て宗《むね》と為し、文を能くするを以て本《もと》と為さず。今の撰《せん》する所は、又た以て諸《これ》を略す。) とあるのは、中国人自体の意識にあっても、諸子の書が前文学史的なものとされていたことを示している。文学が生まれるためには、それにふさわしい時代の雰囲気が必要であるが、この時代の雰囲気は文学には適さぬものであったと言ってよい。この時代にあっては政治が人間の関心事であり、争乱を統一にもって行きたいというのが、その時代の人々の願望であったのである。諸子の中でも人間の感情生活を尊重したのは、儒家であり、墨家は音楽を否定し、法家は法律一点ばりである。

「中国文学の発生」(全集3)
「古代の議論の文章」(「漢文の話」全集2)
「古代の叙事の文章」(「漢文の話」全集2)
「春秋穀梁伝成公第八」(全集補篇)

三 「楚辞」の文学

「詩経」の詩のなかで最後のものは「陳風」の中に見える陳の霊公をそしった「株林《ちゅりん》」であるといわれる。「史記」の「十二諸侯年表」によると、霊公の在位は前六一四年から前六〇〇年までであるから、その詩は前七世紀の終わりのものだということになる。それから三百年は韻文の歴史の空白期である。それはこの時代が詩歌には適せぬ雰囲気の中にあったためであるが、その雰囲気を乗り越えて強度に文学的な詩が出現している。それがすなわち「楚辞《そじ》」である。

「楚辞」というのは、楚の国の唱《とな》え言《ごと》という意味であり、それは「詩経」のような歌謡ではなく、朗誦するための韻文であったと言われる。その重要な作者は屈原《くつげん》である。この人物は、楚の王の一族であり、かつ楚国の重臣であった。当時楚は、北方の秦の重圧の下にあり、国家は大へん危険な状態に置かれていた。屈原は楚国の将来を心配して、しばしば懐王に進言したが、聞き容れられぬばかりか、王にうとんぜられるに至った。後に懐王は秦の張儀にだまされて秦にとりこになり、頃《けい》襄《じょう》王が立ったが、頃襄王も屈原をうとんじ、彼を湖南に流した。屈原は国家の行く末を心配して汨《べき》羅《ら》（湖南省）という川に身を投じて死んだと言われる。

屈原はそうした悲劇的な人物であるが、その屈原が国事を愁えて作ったとされる幾つかの作品のうち、ことに重要なのは「離騒《りそう》」と呼ぶ三七六行、二千五百字ほどの長い詩である。まず初めには、自分の才能に対する自負と、それにもかかわらず自分の上に見舞いつづける不幸とが、繰り返し繰り返し歌われる。そうして結局この現実の世の中では、自分の理想がかなえられる可能性がないというので、屈原の魂は遠く天上に上って行き、おのれの苦衷を天帝に訴えようとするが、その願いはかなえられず、再び地上に帰って来る。以上が大体の構成であるが、そのうち、彼が天上へ旅立つ一節を挙げてみる。

駟玉虬以乗鷖兮　　玉虬《ぎょくきゅう》を駟《し》して以て鷖《えい》に乗り
溘埃風余上征　　埃風《あいふう》を溘《おお》って余は上征《じょうせい》す
朝發軔於蒼梧兮　　朝《あした》に軔《じん》を蒼梧《そうご》に発し
夕余至乎縣圃　　夕べに余は県圃《けんぽ》に至る
欲少留此靈瑣兮　　少《しばら》く此の霊瑣《れいさ》に留まらんと欲するも

日忽忽其將暮
……
路曼曼其脩遠兮
吾將上下而求索
飲余馬於咸池兮
總余轡乎扶桑
折若木以拂日兮
聊逍遙以相羊
……
吾令帝閽開闗兮
倚閶闔而望予
時曖曖其將罷兮
結幽蘭而延佇
世溷濁而不分兮
好蔽美而嫉妬

日は忽忽《こつこつ》として其れ将に暮れんとす
……
路は曼曼《まんまん》として其れ修遠なり
吾は将《まさ》に上下して求索せんとす
余《わ》が馬に咸池《かんち》に飲ませ
余が轡《くつわ》を扶桑《ふそう》に総《むす》び
若木《じゃくぼく》を折って以て日を払い
聊《いささ》か逍遙《しょうよう》して以て相羊《しょうよう》す
……
吾は帝閽《ていこん》をして関を開かしむるに
閶闔《しょうこう》に倚って予《われ》を望む
時は曖曖《あいあい》として其れ将に罷《く》れんとし
幽蘭を結んで延佇《えんちょ》す
世は溷濁《こんだく》して分かたれず
好んで美を蔽《おお》いて嫉妬《しっと》す

この一節が示すように、「楚辞」は大へん激烈な歌である。「詩経」が静かな歌であるのとは大いに異なっている。またそうした激烈な感情を示すために、強烈な語彙が選択されて用いられている。また、「詩経」の詩が退屈なリズムである四言から成るのに対して、「楚辞」は活動的な六言から成っている。またそれは内容から言っても高揚された感情である。また、その表現は誇張を伴っており、それはしばしば空想の世界にまでも突入する。「詩経」の世界が日常との隔絶がないのとは大へん違っているということができる。文学が成立するためには極端性が必要であるが、その点において「楚辞」は後世の文学よりも高度に文学的であると言えるかもしれない。

この作品が誰の手によって作られたのか、いかなる背景で突如として出現したかについては、今日なお分からぬことが多い。古来、この作品の主な部分は屈原の作であるとされているが、胡適《こてき》はそれに対して疑いを抱き、屈原は実在の人物ではないとまで言っている（「読楚辞」）。この作品の作者が屈原であるかどうかは別として、その作品の持つ尖鋭な憂愁から見て、特殊な境遇にいた人の作品であることには間違いがない。またこの作品の生まれる背景として、漢の班固《はんこ》はそれには「詩経」の影響があると言っているが、「詩経」は黄河流域で起こり、「楚辞」は南方で起こったというくらいのことしか分かってはいない。それにしても、「楚辞」が従来の文献と違うことは、それが個人の言語であるということである。「五経」にしても、戦国の散文にしてもその作者は分かっていない。「左伝」は左丘明が作ったといっても、それは編纂者としてその名がいわれるだけである。「墨子」や「管子」にしても、その記録者の名は分からない。著者がこれは私の作ったものだと主張したものはない。そこには学説が主張されていても、それはかならずしもはっきりとした個人の主張ではない。「楚辞」に至って初めて個人の言語が現われたわけである。

では、「楚辞」が社会全体によって継承されたかというとそうではない。社会全体はやはり文学の成育には適さなかったといえる。戦乱の世の中はやがて秦によって統一がもたらされたが、秦の時代は統制の時代であり、文学が生まれるのには適さず、次の漢もごろつきとならず者たちの作った国であった。高祖劉邦《りゅうほう》は典型的な不良青年であり、樊噲《はんかい》は犬殺し、韓信《かんしん》は浮浪児、蕭何《しょうか》は役場の書記であるというふうに、漢を作った人たちは文学とは無縁の人々ばかりであった。しかしながら、それも百年ばかり経つと文化に対する憧れがだんだんと生まれて来た。「楚辞」の流れはそれまで地下水として流れていたが、それが武帝のときに至り世の中の表面に溢れ出し、持続的なものになって行くのである。中国文学史はそのころから始まると言えるが、「楚辞」は前文学史時代に孤立した存在として考えるのがよいであろう。

「中国文学の発生」(全集3)
「詩経と楚辞」(全集3)
「楚辞の文学」(「中国文学入門」全集1)

四　漢の武帝時代㈠

漢の武帝が即位したのは、前一四一年である。漢の高祖が国を開いたのは、前二〇六年であるから、それから七十年ほど経ったころである。その間の文帝・景帝の時代は平和が続き、何か一つの新しい局面が開かるべき機運が成熟していたときに武帝が即位したわけである。武帝が天子の位に即いたのは十六歳のときであり、亡くなったのは七十歳(前八七年)であるから、五十四年の長きにわたって帝位にあったことになる。過去の中国のような体制にあっては、このように一人の天子が長く位にあるときには、歴史を一つの爛熟に導くのにふさわしい情勢が作り出されることが多かった。六世紀の梁の武帝、八世紀の唐の玄宗、十七、八世紀の清の康熙《こうき》帝、乾隆《けんりゅう》帝のごとく、文化史上にふくれ上がった時代は、みなそうであった。

また、過去の中国にあっては、天子の性格が時勢に大きな影響を与えたが、武帝は文化を爛熟させるのにふさわしい花々しい性格の持ち主であった。武帝は「雄才大略」といわれるごとく、才能、度量の大きな人物であったが、それだけにまた快楽主義者でもあった。音楽を愛し、婦人を愛したのはその現われである。そのロマンティックな性格については「漢書《かんじょ》」外戚《がいせき》伝を見られるがよい。また武帝は建築を起こすことが好きであり、「千門万戸」と言われた建章宮や、柏梁台《はくりょうだい》のごとき高い建物を造った。さらに、この世の快楽を無限に延長させるために神仙を好んだ。また北方の匈奴《きょうど》に対する対策は漢の最大の事業であったが、武帝は衛青《えいせい》や霍去病《かくきょへい》のごとき将軍を用いて、しきりに遠征軍を興して成功を収めた。また、武帝は、西域《せいいき》地方と手を握って匈奴に対する共同戦線を張ろうとして、張騫《ちょうけん》を使者として遣し、西域との交通ルートの開発に成功した。その結果として、西域の文化や天馬《てんば》、苜蓿《もくしゅく》などの異国の物産が中国に入って来るようになった。そしてそれらは世の中の空気を明るく、朗らかなものにした。

また、武帝は人間に快感を与えるものとして、「楚辞」の流れをくむ美的な言語を愛好したために、武帝の宮中には、ぞくぞくとして多くの文人が集まって来るようになった。そうした文人の代表者として有名なのは、司馬相如《しばしょうじょ》である。相如の伝記は「史記」に一つの列伝が立てられている。また班固《はんこ》の「漢書」にも列伝があるが、それは大体「史記」を写したものである。それらによれば、相如は蜀《しょく》、つまり四川《しせん》の人である。四川というところは、先秦時代は未開の地域であったが、それが漢代には開発されたのであろう。こうした新しい土地の人は、新しい事業を起こすのに適すると言えるが、相如はそうした新開地の人であったわけである。相如が蜀の人であったということには、それだけの意味があると言える。

相如は、はじめ武帝の叔父の梁の孝王に仕えていたが、余り志を得ず、一ど四川に帰っている。四川に帰った相如は、やがてこの地の金持ちであった卓王孫という者の家に出入りするようになる。ある日、卓王孫の家に遊びに行き、琴を弾いていたところ、この家の娘の文君というものが、その琴の音に魅せられて、相如のもとに奔るに至った。二人は居酒屋を開いて暮らしていたが、卓王孫はそれを知って、二人を呼びもどし、相如を娘の婿としたという。

　この話しは、ある意味を持つものと思われる。というのは、この話しが恋愛に一つの価値を認めて書かれているからである。これ以前の説話にも非常に感動的なものはある。例えば「礼記《らいき》」の「檀弓《だんぐう》」篇に見える葬式の場合の説話である。その一つを挙げてみる。「孔子之衛、遇舊館人之喪。入而哭之哀、出使子貢説驂而賻之。子貢曰、於門人之喪、未有所説驂。説驂於舊館、無乃已重乎。夫子曰、予郷者入而哭之。遇於一哀而出涕。予悪夫涕之無従也。小子行之。」(孔子衛に之《ゆ》き、旧館人の喪《も》に遇う。入りて之を哭して哀しみ、出でて子貢《しこう》をして驂《さん》を説《と》きて之に賻《おく》らしむ。子貢曰く、門人の喪《そう》に於て、未だ驂を説く所有らず。驂を旧館に説くは、乃《すなわ》ち已《はなは》だ重きこと無からんか、と。夫《ふう》子《し》曰く、予郷《われさき》に入りて之を哭し、一哀に遇いて涕《なみだ》を出だす。予は夫《か》の涕の従《よ》る無きを悪《にく》む。小子《しょうし》よ、之を行なえ、と。)こうした感動的な話しはこれ以前にもあるが、それらはいずれも親子の間の美しい関係や、市民の礼としてのものであり、相如のような恋愛の物語は見えない。男女間の情欲に関する話はあっても、相如のような恋物語はない。相如の話しは世の中が変わって来たことを物語る一つの象徴と言ってよい。

　かくて相如は武帝の宮廷に入り、武帝の好みに応じて作ったものが、かずかずの賦《ふ》と呼ばれる楚辞風の韻文である。そうした賦の中で一番有名なものは、「子《し》虚《きょ》賦」(子虚の賦)である。これは三千字以上の長篇であるが、その内容は次のごとくである。楚王の使者として斉国《せい》に赴いた子虚に対し、斉王は大規模な巻狩を催す。その帰途、子虚は烏有《うゆう》先生という者の家に立ち寄ると、烏有先生が今日の歓待はいかがだったかと尋ねる。子虚は楚王の狩猟のさまを述べたのち、それが斉の国のそれにまさることをいう。そこに先客として亡是《ぼうぜ》公という人が来ていたが、亡是公はそれに対して、君たちは漢の天子の上林《じょうりん》のことを耳にせぬのかと言って、天子の上林における御猟のさまを詳しく述べる。まずはじめには、縦横に連なる水脈のありさまと、その中にいる水族、水鳥について述べ、次には水脈の間にそびえる山々と、その山々に生い茂る植物の名を列挙し、さらに、そこに建つ数多くの建物の精緻さ、そこに植えられた果樹や飼育される動物たちについて述べた後、そこで行なわれる盛んな狩猟のありさま、狩猟の後の歌舞の宴のありさま、歌姫の美しさを極度に多くの形容詞を用いて述べるが、酒宴が酣わなるとき、天子は狩猟の余りにも奢侈に過ぎることを反省して、猟をやめ、酒宴をやめて、有司に命じて徳政を布き、種々の文化的道徳的施設を行なう。かくて天下はいよいよ泰平へと向かう。こうした道徳的な一面をもってこそ、狩猟は尊ぶべき行為であるのに、いま諸君の説くところのごときは、わずかな諸侯の領土の中で天子の楽しみをまねようとするものであり、それは人民の苦しみを増すのみであろう。亡是公がそう言うと、子虚と烏有先生の二人は、すっかり恐れ入って、自らの見識の狭かったことを詫びる、というのがこの賦のあらましである。この賦の後半は「上林賦」と呼ばれるが、それはことに極度に美麗な文字を縦横に駆使して述べたところにその特色がある。武帝はこの賦を読んで非常に感心し、それが相如の出世の初めになったという。

この他に、相如の賦には「哀二世賦」(二世を哀しむ賦)、「大人賦」(大人《たいじん》の賦)がある。次に「哀二世賦」を掲げてみる。これは秦の亡国の天子二世皇帝を歌ったものである。

登陂陁之長阪兮、坌入曾宮之嵯峨。臨曲江之隑州兮、望南山之參差。巖巖深山之谾谾兮、通谷豁兮谽谺。汩淢噏習以永逝兮、注平皐之廣衍。觀衆樹之蓊薆兮、覽竹林之榛榛。東馳土山兮、北揭石瀨、彌節容與兮、歷弔二世。持身不謹兮、亡國失埶。信讒不寤兮、宗廟滅絶。嗚呼哀哉。操行之不得兮、墳墓蕪穢而不脩兮、魂無歸而不食。……

陂陁《はた》たる長阪《ちょうはん》に登り、坌《そ》いて曾宮《そうきゅう》の嵯峨《さが》たるに入る。曲江の隑州《がいしゅう》に臨み、南山の參差《しんし》たるを望む。巖巖たる深山の谾谾《ろうろう》たるあり、通谷の豁乎《かっこ》として谽谺《かんか》たるあり。汩淢《いつよく》とし噏習《きゅうしゅう》として以て永く逝《ゆ》き、平皐《へいこう》の広衍《こうえん》たるに注ぐ。衆樹の蓊薆《おうあい》たるを観《み》、竹林の榛榛《しんしん》たるを覧《み》る。東のかた土山に馳せ、北のかた石瀬《せきらい》を掲《わた》り、節を弥《ゆる》め容与《ようよ》して、二世を歴弔《れきちょう》す。身を持するに謹まず、国を亡ぼし勢いを失う。讒《ざん》を信じて寤《さと》らず、宗廟は滅絶す。嗚呼《ああ》哀しい哉《かな》、操行の得ざる、墳墓は蕪穢《ぶあい》して修められず、魂は帰する無くして食《まつ》られず。……

この例が示すように、相如の賦は大へんリズミカルであり、言葉がよく整えられている。「楚辞」もそうであったが、それはまだ不安定なところがあった。しかし相如の賦は純粋に美的なものを狙った文学であると言ってよい。相如はそうした過度に美的な効果をあげようとして、ことさらにむずかしい言葉を使っているが、そのために自分で「凡将篇」という字引を作って難語を採集したという。このほかに「文選」には、武帝の最初の皇后である陳皇后が武帝の寵を失いかけた時、その寵を取りもどそうとして相如に作らせたという「長門賦」(長門《ちょうもん》の賦)を収めている。「楚辞」に始まる美的な表現は、相如に至って完結したということができる。

相如の賦は、安定と完結に達したものであり、それは一つの典型として祖述されるべきものを持っていたが、相如のもう一つの仕事は、賦によって養われた能力を散文に移したことである。そうした散文として「喩巴蜀檄」(巴蜀《はしょく》を喩《さと》す檄《げき》)、「難蜀父老」(蜀の父老を難ず)や、「封禅文」があるが、ここでは「難蜀父老」の一節を挙げてみよう。これは、武帝が西南夷を討とうとしたとき、蜀の人民がその遠征軍の通過に協力しなかったために、相如が蜀の人民に協力を要請して書いたものである。

漢興七十有八載、徳茂存乎六世、威武紛紜、湛恩汪濊、羣生澍濡、洋溢乎方外。於是乃命使西征、随流而攘。……

漢興りて七十有八載、徳茂は六世に存し、威武は紛紜《ふんうん》たり、湛恩《ちんおん》は汪濊《おうわい》たり、群生は澍濡《にゅじゅ》し、方外に洋溢《よういつ》す。是《ここ》に於いて乃ち命じて西征し、流れに随いて攘《はら》わしむ。……

「紛紜」fen yun はしまいの響きを同じくする畳韻の語であり、「洋溢」yang yi は頭の子音を同じくする双声の語である。また「威武紛紜」と「湛恩汪濊」は句の文法的構造を同じくする対句である。

この文章が示すように、相如は辞賦の技巧を散文に移して美的な文章をこしらえたのである。そこに述べられているのは、常識で分かる事柄であるが、そうした事柄を種にして美しい文章を作ってみようというのが相如の散文であった。こうした相如の散文を典型として六朝の四六文が起こってくるが、相如をエポック・メーキングの作家とすることは、すでに六世紀の梁の裴子野《はいしゃ》の「雕虫論《ちょうちゅうろん》」(「文苑英華」巻七四二)に始まっている。それには、過度に美的要素を重視するようになったのは「楚辞」に始まり、それを拡大したのは司馬相如であると言っている。また十三世紀の宋の朱子の「読唐志」にも「戦国時代の申子・商子・孫子・呉子、あるいはまた蘇秦・張儀・列子・荀子・荘子・韓非子の文章は皆な内容のある言葉である。屈原もなおそうである。無用の美文が始まったのは、宋玉・相如からである。」と言っている。このように、相如は早くから一つの時期を画した文学者として見られていた。唐の初めに至るまで、文学者と言えば「揚馬《ようば》」（揚雄《ようゆう》と相如）・「賈馬《かば》」（賈誼《かぎ》と相如）というごとくに、相如は尊敬された。賈誼はこの講義では触れなかったが、相如にやや先だってその先駆となった賦家である。なお、地方の王侯の中には、小規模ながら武帝のまねをした人がある。梁の孝王（景帝の弟）は辞賦が好きで、そのもとには鄒陽《すうよう》・枚乗《ばいじょう》のごとき辞賦家があり、また淮南《わいなん》王安《あん》（文帝の弟）や呉王濞《ひ》（高祖の兄の子）のもとにも辞賦家が集まっていた。

「漢の武帝」（岩波新書・全集6）
「司馬相如について——中国文学史の開幕——」（全集6）
「中国文学の発生」（全集3）

五　漢の武帝時代㈡

武帝の時代は文学の成熟の時期であったばかりではなく、それはまた儒学の成熟の時期でもあった。武帝以前にあっては、儒家の思想は有力ではあったが、まだ絶対的なものではなかった。それを絶対的なものたらしめたのは武帝である。中国の社会はいつかは儒家の精神を中枢にして進む時期をもつべきであったので、儒家の思想が絶対的な地位を占めたことは、偶然ではなくて必然であったと言ってよい。

儒家の思想が絶対的なものとなったことは、それは文学にとっては保証人を得たことであった。何となれば儒家は、その経典の中に詩を持つことが示すごとく、人間的完成には文学が必須であると考える思想であるからである。この後の文学はそうした儒家の保証の上に発展して行くのであるが、武帝は文学をただ観念的に尊重したのではなく、制度の上にそれを表わそうとした。儒家的教養を持つ者を役人とするという制度である。董仲舒《とうちゅうじょ》や公孫弘《こうそんこう》が抜擢されたのはこの制度による。文学はここに社会的保証を得たわけである。

しかしながら、文学がこうした保証を得たことは、文学にとって幸福であったとのみは言い難いものがある。それはまた文学に少なからぬマイナスを与えたことも事実である。というのは、儒家以外の考え方はすべて異端であるとされたことは、以後の中国の文学を思想的に一色に塗りつぶすことになったからである。また、儒家的能力を備える者を役人とするという制度は、文学がしばらく宮廷にのみ偏在するという結果をも招いたと言える。

この時代のもう一つの出来事に史学の成熟ということがある。司馬遷によって「史記」が書かれたのがそれである。司馬遷の「史記」の出現は、まことに画期的な事件であり、それは中国人の記載の行為が、この時代に至って完全に達し、中国史学の伝統が確立されたことを意味するが、それはまた歴史学の問題、言語表現の問題であるばかりでなく、文学の問題でもあると言える。何となれば、「史記」は今日のわれわれの目をもって見れば、司馬相如以上の文学であり、人間記録であるからである。

司馬遷の伝記については、司馬遷の自伝である「太史公自序」、および「漢書」の司馬遷伝によって知ることができる。それらによれば、司馬遷は司馬相如より余程後輩である。王国維の考定したところによれば(「太史公行年考」)、司馬遷が生まれたのは前一四五年である。亡くなったのは、武帝よりも後であり、「史記」が完成したのは、武帝の末年である。その先祖は周王室の史官であったと自ら言っているが、父の司馬談は確かに太史令《たいしれい》であった。談は歴史を書こうという志を持っていたが、それを遂げることができず、死の床に臨んで息子の遷に向かって、「人類はいま盛んな開花期に当たっている。されば歴史を書け。」と遺言して亡くなった。遷はそれに感奮したと自ら述べている。

「史記」は一百三十巻、五二万六千五百字からなり、その叙述は五つの部分に分かれている。まず最初は「十二本紀《ほんぎ》」である。これは総論ともいうべき部分で、五帝本紀・夏本紀・殷本紀・周本紀・秦本紀・秦始皇本紀・項羽本紀・高祖本紀・呂后《りょこう》本紀・孝文本紀・孝景本紀・今上《きんじょう》本紀からなっている。次が「十表《ひょう》」である。これは年表であるが、事柄の多い時、例えば項羽《こうう》と劉邦(高祖)とが争ったころなどは、月表にして整理されている。次が「八書《しょ》」である。これは礼書・楽書・律書・暦書・天官書・封禅書・河渠書・平準書と事項別に記されている。次が「三十世家《せいか》」である。これは大名の家のごとく、代々身分が世襲される家の歴史である。終わりが「七十列伝《れつでん》」である。

これは歴史の組み立てに与かった重要人物の一人一人の伝記である。「史記」ののち、「漢書《かんじょ》」・「後《ご》漢書《かんじょ》」・「三国志」・「晋書《しんじょ》」以下「明史」に至るまで、二十四ないしは二十五の歴史書が編まれているが、「史記」がいくつかの王朝を通して書かれたいわゆる通史であるのに対して、「漢書」以後は一王朝をくぎって書いたいわゆる断代史である。また、「世家」は後のものには余りなく、「書」が「志」となっているという違いはあるが、その歴史叙述の方法は、すべて「史記」の体裁にならっている。これらの書物は正史と呼ばれ、またその体裁は、本紀と列伝をその大切な部分とするところから紀伝体と呼ばれる。

司馬遷がこの書物を書くのに際して取った態度は、これまでに出現した諸種の文献を綜合することであった。司馬遷の自伝によると、春秋以前を書くに際しては「六経《りくけい》」を、春秋時代には「左伝」・「国語」を、孔子以後から秦の始皇帝に至る三百年間は「戦国策」を、秦末漢初には「楚漢春秋」を用いたとあるが、それは彼が、当時存在していた歴史記述の文献をすべて使用したことを示している。そして、また相互の文献の矛盾を点検して正しいと思われるものを取ったとして、「協六經異傳、整齊百家雜語。」(六経の異伝を協《かな》え、百家の雑語を整斉《せいせい》す。)と言っている。

では、「史記」は今日の歴史書と全く同じであるかと言えば、そうは言えないものがある。「史記」の記述するところは、単に人間ばかりではなく、人間を取り巻く世界全体のことを、すっかり書こうという面を持っている。人間が中心になってはいるが、それは世界を書こうとして、その中心が自ずから人間に行ったに過ぎない。「八書」の中の「天官書」や「律書」などが、時間によっては変化しないものまで記録しているのは、そういう意識があったからである。また列伝は、その世界観の各論として書かれたものであるが、それは、歴史の発展に寄与した英雄の伝記を書こうとしたというよりも、人間の類型を書こうとしたと言える面を持っている。故に、列伝の中に書かれた人物は、かならずしも英雄豪傑ばかりとは言えない。例えば「游侠《ゆうきょう》列伝」は侠客の伝記であり、「貨殖《かしょく》列伝」は闇商人の伝記であり、「佞幸《ねいこう》列伝」は男色の伝記であるというごとくである。その点において、列伝はヨーロッパの近代小説に近いものがあると言わなければならない。

また、「史記」は、その書き方においても、今日の歴史書とは相違する。司馬遷は資料に厳密な批判を加えた上で事柄を記述しているのではあるが、その書き方は強度に情熱を帯びている。不遇な豪傑の事蹟を書くときには、特にそうである。列伝の一番初めに「伯夷《はくい》列伝」が置かれているのは、はなはだ象徴的であると言えよう。このように司馬遷が不遇な豪傑に特に同情を寄せるのは、彼自身が不幸な人であった、というよりは、生まれつき不幸な運命に陥るべき神経の鋭い人であったことによる。その友人に李陵という者がいたが、李陵が匈奴と戦って敗れ、その捕虜となったとき、司馬遷は李陵を弁護して、武帝の怒りに触れ、宮刑《きゅうけい》という極刑に処せられた。司馬遷が不遇の人物を書くとき、その筆先が情熱を帯びてくるのは、そうした事情があったためである。

では、「史記」はロマンティックであって、リアルでないかと言えばそうではない。中国の文学においては、一種のリアリズムが常にその底流になっており、それは文学の新しい形式が起こるときには、常に強度に現われて来ると言ってよい。相如の賦は修辞の極致であるが、一方では確実に物を写そうとする精神が強度に働いている。「史記」においてもそれは同様である。先に挙げた「項羽本紀」の鴻門《こうもん》の会のくだり（一〇ページ）のごときは的確な描写のよい例であるが、ここでは別の箇所を例としよう。「淮陰侯《わいいんこう》列伝」の一節である。

淮陰侯韓信者、淮陰人也。始爲布衣時、貧無行、不得推擇爲吏。又不能治生商賈、常從人寄食。……淮陰屠中少年、有侮信者曰、若雖長大、好帶刀劍、中情怯耳。衆辱之曰、信能死、刺我。不能死、出我袴下。於是信孰視之。俛出袴下、蒲伏。一市人皆笑信以爲怯。

淮陰侯韓信は、淮陰の人なり。始め布衣《ふい》たりし時、貧にして行い無く、推択されて吏と為ることを得ず。又た生を治めて商賈《しょうこ》すること能わず、常に人に従って寄食す。……淮陰屠《と》中の少年に、信を侮《あなど》る者有り、曰く、若《なんじ》は長大にして、好んで刀剣を帯ぶと雖も、中情は怯《きょう》なるのみと。衆、之を辱《はずかし》めて曰く、信よ、能く死《ころ》さば、我を刺せ。死すこと能わずんば、我が袴《こ》下より出でよと。是《ここ》に於いて信は之を孰視《じゅくし》す。俛《ふ》して袴下を出でて、蒲伏《ほふく》す。一市の人、皆な信を笑いて以て怯《きょう》と為す。

村の悪童たちのあざけりの言葉が、実に生き生きと写されている。

また、もう一つ会話を如実に写した箇所を挙げてみる。周昌の伝である。漢の高祖が皇太子を廃して、愛人に生ませた子をそれに替えようとした時に、周昌がそれを諫めたところである。

昌爲人吃。又盛怒曰、臣口不能言。然臣期期知其不可。陛下雖欲廢太子、臣期期不奉詔。上欣然而笑。

昌《しよう》は人と為り吃《ども》る。又た盛怒《せいど》して曰く、臣の口は言うこと能わず。然れども臣は期、期、其の不可なるを知る。陛下は太子を廃せんと欲すと雖も、臣は期、期、詔を奉ぜず、と。上《しよう》は欣然《きんぜん》として笑う。

「期、期」qi, qi というのは、周昌がどもった言葉をそのままに写そうとしたものである。日本語に訳すと、「ぜ、ぜったいに」というほどの語気である。

こうした会話は、「漢書」にも取り入れられているが、後世の歴史書は「史記」を手本としつつも、だんだんマンネリズムに堕して、リアリズムが失われてくる。生き生きとした会話は最初の「史記」

にもっとも活発に見られる。

かくのごとくに「史記」は、個人を広く人間の象徴として見、それを生き生きと写し出そうとしたということができる。その点において、「史記」は小説を読むような面白さを備えており、「史記」の出現は小説的な面白さを中国文学に加えたと言うことができる。しかしながら、それはまた純粋な小説の発達を妨げることにもなった。というのは、「史記」は常にうそは書くまいという強烈な意識によって貫かれているからである。司馬遷は過去の伝説の中から実在したものと、実在しなかったものとを厳密に区別して、人間の空想によって作り出されたものは、すべて振るい落としている。歴史を五帝から書き始めているのは、五帝以前のものは、ミスティックなものが多いとして採らなかったためである。また五帝についての記述も、一つ一つとしては平凡な日常起こり得べきことばかりである。司馬遷の時代には、五帝についても、さまざまの神秘的な伝説が盛んであったことは、「淮南子《えなんじ》」を見れば分かる。その「本経訓」によれば、堯《ぎょう》の時には天に十箇の太陽が出て、地上の物はそのために皆な焦げただれたという。しかし司馬遷は「五帝本紀」の終わりに付けた賛《さん》の中で、五帝については色々なミスティックな伝説があるが、その雅馴を選んでこれを作る、とことわっているように、そうしたミスティックな伝説は採っていない。また、夏《か》の禹《う》についても、いろいろなミスティックな伝説がある。例えば禹が崑崙《こんろん》山に行ったというような話である。しかし自分はそうした話は採らないと「大宛列伝」の終わりで司馬遷は言っている。要するに司馬遷はすべて実在の経験のみをもって歴史を書き直しているわけである。もっとも五帝は今日ではその存在自体が伝説であるとされているが、司馬遷自身としては実在のことと思っていたのである。司馬遷のこうした態度は、以後の中国における記載の倫理となり、人間の空想力によって出来る小説の発展を防ぎ止めることになったと言える。

「常識への反抗——司馬遷『史記』の立場——」(全集6)
「史伝の文学」(全集6)
「『史記』と日本」(全集6)
「歴史書の文章」(「漢文の話」全集2)
「東方における人と歴史の概念」(全集1)
「読書の学(二十四)」(全集補篇)

六　前漢後半期の文学

武帝は儒学が思想として支配的地位を占めるべきものであるという勅語を下すとともに、官吏には儒家の教養のある者を採用し、各地に儒学の学校を建てた。それ以来、儒家の思想は社会にしだいに浸潤して行った。武帝までの世の中の支配的空気は遊侠的なものであり、強い感情が尊ばれたが、武帝以後の世の中は武ばったバーバルなものが姿を薄め、しだいに文弱になって行った。昭帝・宣帝・元帝を経て、成帝に至ると、彼は完全な文化人であり、女好きであった。皇帝がそうであったばかりでなく、大臣もだんだん書生あがりのものが多くなって行った。宣帝の時の宰相である丙吉《へいきつ》について、次のような話が「漢書」丙吉伝に見える。丙吉は道で暴力団の喧嘩にぶつかったが、知らぬ顔で通り過ぎた。しばらく行くと、今度は牛が舌を出して喘いでいるのに出会った。すると丙吉は足を留めてそのわけを尋ねた。供の者がそれを怪しんで問うたところ、丙吉は宰相の任務は陰陽の気を調和することにあり、喧嘩の取り締りにはないと答えたという。

こうした社会の空気の中に、文学はどういうふうに転回して行ったか。宣帝のころ、司馬相如の後継者となった宮廷詩人は王褒《おうほう》(子淵)である。王褒は蜀の人で、「洞簫《どうしょう》賦」をもって有名である。宣帝は王褒をそばにおいて歌頌を作らせたが、ある人が宣帝を諫めて美文などは無用だといったところ、宣帝は「不有博奕者乎、爲之猶愈乎已。」(博奕《ばくえき》なる者あらずや、之を為すは猶お已《や》むに愈《まさ》れり。)と答えている。この言葉は「論語」の陽貨篇に見える孔子の言葉で、何もせぬ人間よりは、ばくちでもする人間の方がましだという意味である。また宣帝は「辭賦大者、與古詩同義。」(辞賦の大なる者は、古詩と同義なり。)とも言っている。当時辞賦は最高の価値とは認められていなかったが、儒教の実践の一部分として積極的にその存在を主張しうるものと考えられていたことを、宣帝のこの言葉は示していると言える。

元帝・成帝のころの文人としては劉向《りゅうきょう》(子政)・谷永《こくえい》(子雲)がいる。これらの人によって散文の体裁は一そうよく整頓され、その散文は以後の散文の基礎的スタイルになった。谷永が成帝を諫めた上奏文を挙げてみよう。「建始三年、擧方正對策」（建始三年、方正《ほうせい》を挙《あ》ぐる対策）の一部である（「漢書」谷永伝）。

夫妻之際、王事綱紀、安危之機、聖王所致愼也。昔舜飭正二女、以崇至德、楚莊忍絶丹姫、以成伯功。幽王惑於褒姒、周德降亡、魯桓脅於齊女、社稷以傾。誠修後宮之政、明尊卑之序。貴者不得嫉妬專寵、以絶嬌嫚之端、抑褒閻之亂。賤者咸得秩進、各得厥職、以廣繼嗣之統、息白華之怨。後宮親屬、饒之以財、勿與政事、以遠皇父之類、損妻黨之權、未有閨門治而天下亂者也。

夫妻の際は、王事の綱紀《こうき》、安危の機にして、聖王の慎みを致す所なり。昔、舜《しゅん》は二女を飭正《ちょくせい》して、以て至徳を崇《たか》くし、楚荘は忍んで丹姫《たんき》を絶ち、以て伯功を成す。幽王は褒姒《ほうじ》に惑い、周徳は降亡し、魯桓《ろかん》は斉女に脅《おびや》かされ、社稷《しゃしょく》は以て傾く。誠に後宮の政を修め、尊卑の序を明らかにすれば、貴き者は嫉妬《しっと》して寵《ちょう》を専らにするを得ず、以て嬌嫚の端を絶ち、褒閻《ほうえん》の乱を抑《おさ》う。賤《いや》しき者は咸《み》な秩進《ちっしん》を得、各ゝ厥《そ》の職を得、以て継嗣の統を広め、白華の怨みを息《や》む。後宮の親属は、之を饒《ゆたか》にするに財を以てし、政事に与《あずか》ること勿く、以て皇父の類を遠ざけ、妻党の権を損《そこな》う。未《いま》だ閨門《けいもん》の治まりて、天下の乱るる者は有らざるなり。

この文章は、四字句、もしくはその延長としての六字句からなり、散文としての音数律がよく整備されている。また、ほとんど全部が対句からなり、故事の引用が多い。

成帝のころから王莽《おうもう》の時代にかけて活躍した人に揚雄《ようゆう》(子雲)がいる。その代表作としては、「甘泉賦」・「羽獵賦」・「長楊賦」・「解嘲《かいとう》」・「劇秦美新」が挙げられる。揚雄は蜀の人で、司馬相如の完全な後継者であったが、晩年には「法言」の中で、賦を作ることは「雕虫篆刻《ちょうちゅうてんこく》」、つまり非常に細かい細工であると後悔し、相如の美文に対しても批判的なことを言っている。

「揚雄」(全集6)

第四章　中世の文学（上）

一　後漢の文学

中世の文学は、後漢《ごかん》から始めることができる。中世の文学を説く前にこの時代前半の研究資料について述べておく。

中世期前半の最も代表的な作品を収めるものは、梁の昭明太子（蕭統）の編になる「文選《もんぜん》」である。三十巻よりなり、「楚辞」から、漢・三国・晋・六朝の主な作品が選ばれている。「文選」には、唐の李善注と、五臣注の二つの注があるが、五臣注は出来ばえがよろしくない。邦人のものとしては、江戸時代の「文選正文」・「文選傍訓」や、昭和初年の「国訳漢文大成本」がある。「文選」の研究を選学といい、その研究書の数は多い。また、「古文苑」九巻は、北宋のころに発見されたもので、「文選」の補いとなる。

「藝文類聚《げいもんるいじゅう》」一百巻は、唐初の欧陽詢《おうようじゅん》の編になる類書で、百科事典的な内容を持つ。例えば、「人」の部の所には、司馬相如《しばしょうじょ》の「美人賦」（美人の賦《ふ》）が挙げられているといったように、人間に関連する唐以前の詩、賦、文の全文、ないしは部分が挙げられている。この書物も、早くわが国に伝わり、詩文の作製に利用されたようである。

個人の別集もこの時期には大分あったらしい。唐初に出来た正史の「隋書《ずいしょ》」経籍志は、その集部の所に「司馬相如集一巻」・「司馬遷集一巻」というふうに、非常に多くの別集の名を挙げている。しかし今日ではそのうちの僅かしか伝わっておらぬ。清の厳可均《げんかきん》によると、その本来の形を伝えていると思われるものは、阮籍《げんせき》・嵆康《けいこう》・陸雲《りくうん》・陶潜《とうせん》・鮑照《ほうしょう》・江淹《こうえん》の六つの集であり、他のものは後人の手によって再編纂されたものであるという。

総集としては、明の張溥《ちょうふ》の「漢魏六朝一百三家集」一百八十巻、清の厳可均の「全上古三代秦漢三国六朝文」七百四十一巻がある。これらは唐以前の文章をすっかり集めたものである。また、明の馮惟訥《ふういとつ》の「(古)詩紀」一百五十六巻は、唐以前の詩をほとんど全部収めているが、出処が分からぬものがあるのは残念である。清の丁福保の「全漢三国晋南北朝詩」五十四巻は、「古詩紀」の焼き直しである。また、この時期の歌謡をすっかり集めたものとしては、宋の郭茂倩《かくもせん》の「楽府《がふ》詩集」一百巻がある。

この時期の詩のアンソロジーとしては、「文選」の中の詩のほかに、陳の徐陵の「玉台新詠」十巻がある。「文選」の詩が固いものを中心にしているのに対して、これはもっぱら綺艶の詩を中心にして選んである。また清の沈徳潜《しんとくせん》の「古詩源」十四巻は、この時期の詩の抜粋としてよく出来ている。

なお、この他に「文館詞林」というのがある。これは唐初の許敬宗が勅を奉じて編纂したもので、六朝時代の詩文を広範囲に集めたものであったらしい。元来は一千巻であったが、現在は日本に二十巻ほどが残っているに過ぎない。この書物には、他の書物では見られないものが多くある。寛政末年、林述斎がその一部分を覆刻して刊行し、それが中国に逆輸入されている。

また、文学評論の書物に、梁の劉勰《りゅうきょう》の「文心雕龍《ぶんしんちょうりょう》」十巻と、梁の鍾嶸《しょうこう》の「詩品《しひん》」三巻がある。前者は文学理論の書であり、後者は詩人の評論である。

ところで、後漢に入り、世の中の空気は一そう儒学的になった。武帝以後の前漢の社会は儒学的になったとはいえ、まだ遊侠の雰囲気を残していた。宣帝は法家を重んじ、自ら「王覇雑用」、つまり政治にあたって儒学と法家を二つ用いると言っている。かくのごとく前漢においては儒学はまだ社会を完全におおっていたわけではない。しかし後漢に入ると社会の雰囲気は完全に儒学的になった。それをもっともよく示しているのは天子の性格である。前漢の高祖は田舎のばくちうちの親分であったが、後漢の光武帝は南陽(湖北省)の地主であったようであり、若いころには長安の大学に行って「尚書」の講義を聞いていたインテリであった。また、高祖の臣下の蕭何《しょうか》・韓信《かんしん》・樊噲《はんかい》などが市井の無教養な人たちであったのに対して、光武帝の「雲台二十八将」は、皇帝の大学の同窓であったりして、かれらもまた多くは儒家の教養の持ち主であった。そのことについては清の趙翼《ちょうよく》が「廿二史劄記《さつき》」の中で詳しく論じている。また、光武のあとを継いだ明帝・章帝・和帝はいずれも皇太子のころより経書を学び、しばしば大学に臨幸している。また、後漢の皇后も教養のある女性が多かった。前漢の皇后は、成帝の趙飛燕《ちょうひえん》のごとく芸者あがりが多かったが、後漢の皇后は、明帝の皇后である明徳馬皇后や、和帝の皇后である和熹鄧《わきとう》皇后のごとく才媛が多かった。

後漢の皇帝や皇后がこのように儒家の教養を持っていたことは、当時の社会を象徴するものであり、この時代には儒学は非常な発展を見せている。前漢では経書が読まれたのは、「通経致用」(経に通じて用を致す)、つまり実際政治に役立てるためであり、それだけにその読み方は大雑把であったが、後漢では細かに経書が読まれるようになった。その結果として、テクストがやかましく言われるようになった。前漢のテクストは隷書《れいしょ》で書かれていたが、それは孔子のころの書体とは違うところから、もっと古い書体で書いたものはないかと探された結果、古文と呼ぶ古い字体のテクストが発見された。ここに今文《きんぶん》と古文《こぶん》の二つの学派が生まれたが、この二つの学派はテクストの字体が異なっていたばかりではなく、解釈もまた相違した。博士は今文により、民間は古文によったが、古文による新儒学者として初期の賈逵《かき》、中ごろの馬融《ばゆう》、後期の鄭玄《じょうげん》が有名である。

学問の研究の発達に伴い、この時代には古いものを読むための字引が生まれている。和帝の十二年(一〇〇)の序をもつ許慎《きょしん》の「説文解字《せつもんかいじ》」がそれである。これは後の「康熙《こうき》字典」のごとき体裁になっており、系統によって漢字を配列した字引として最初のものである。それまでの中国で文字を子供に教える目的で作られたものは、いろは歌のごとき体裁でしかなかった。司馬相如の「凡将篇」

や、揚雄の「訓纂篇」がそれである。またもっと古いものとしては、「蒼頡篇《そうけつ》」というものがあったらしい。これらはすべて今に伝わらぬが、これらと同じような目的、体裁で作られたと推定されるものに、元帝のときの史游《しゆう》の「急就篇《きゆうしゆう》」がある。それは「急就奇觚与衆異、羅列諸物名姓字、分別部居不雑厠。用日約少誠快意、勉力為之必有喜。……」（急就は奇觚《きこ》にして衆と異なり、諸物の名と姓字を羅列し、分別部居して雑厠《ざつし》せず。日を用うること約少にして誠に意に快く、勉め力《つと》めて之を為せば必ず喜び有らん。……）というような二〇一六字からなる七言中心の歌になっている。これは同じ字を一つも二遍は使わぬという点で、いろは歌のようなものである。こうしたものに較べるとき、「説文解字」の出現は、この時代における古典学の進歩を示すものと言えよう。

後漢はかくのごとく儒学の盛んな時代であったが、この時代には人間の精神は、もっぱら儒学の方へ向けられ、文学には余り秀れたものは出ていない。この時代には司馬相如・揚雄によって確立された美文の文学が継承されたが、その製作に携わったものは儒家であった。それはこうした美文の製作が、儒家的実践の一面であると意識されていたためである。その点は後の宋儒とは異なっている。初期では班固（孟堅）がいる。班固は「史記」の体裁にならって漢一代の歴史を書いた人であるが、一方では司馬相如・揚雄の流れを汲む賦家でもあった。「兩都賦」（両都の賦）はその代表作である。この賦の構成は仮想の人物を登場させ、その間の問答の形をとっている。まず「西都の賓」なるものが出て来る。この人は長安の人で、彼は今や漢の都は洛陽に去って行ったが、洛陽の新都は長安の古都には及ばぬと言い、長安の宮廷のありさまや、都会生活の快楽的なことを述べ立てる。そこに洛陽の人である「東都の主人」という者が出て来て、洛陽が大漢の都として、いかにそれにふさわしい威厳と秩序を持つかということを述べる。

東都主人喟然而歎曰、痛乎風俗之移人也。子實秦人。矜夸館室、保界河山。……烏睹大漢之云爲乎。……建章甘泉、館御列仙、孰與靈臺明堂、統和天人。……游俠踰侈、犯義侵禮、孰與同履法度、翼翼濟濟。……

東都の主人喟然《きぜん》として歎じて曰く、痛ましいかな風俗の人を移すや。子《し》は実に秦人《しんびと》なり。館室を矜《おご》り夸《ほこ》りて、河山を保ち界《さかい》せり。……烏《いずく》んぞ大漢の云為《うんい》を睹《み》んや。……建章と甘泉の、列仙を館御するは、霊台と明堂の、天人を統《す》べ和《やわ》らぐるに孰与《いずれ》ぞや。……游侠《ゆうきょう》の踰《こ》え侈《おご》り、義を犯し礼を侵すは、同じく法度を履《ふ》んで、翼翼済済《よくよくせいせい》たるに孰与《いずれ》ぞや。……

この「両都の賦」は、物事の並べ方が極度に羅列的である。「賦」は語源的に言えば、そのころの語源字書である「釈名《しゃくみょう》」に「賦者敷也。敷布其義、謂之賦。」（賦は敷《し》くなり。其の義を敷《し》き布《し》く、之を賦と謂う。）とあるごとく、並べるという意味である。その点から言って、この賦はもっともよく賦の元来の性格を現わしたものと言うことができる。

班固は賦の作家であるとともに、「漢書《かんじょ》」の作者でもあるが、「漢書」の文体は中国における文体発展史の上において大きな意義を持つものと認められる。その前半分の「史記」と重なる部分は、「史記」にちょっと手を加えただけのように見えるが、班固は「史記」の文章が口語に近かったのを文語にしようとする注意を隅々に行き渡らせ、文章としての形式を整えようとしている。次に二つの文章を読み較べてみることにする。まず「史記」の「外戚世家《がいせきせいか》」の竇《とう》皇后が幼いころに別れた弟に再会したところを挙げてみる。

竇皇后言之於文帝。召見問之、具言其故。果是。又復問他何以爲驗。對曰、姉去我西時、與我決於傳舍中。丐沐沐我、請食飯我、乃去。於是竇皇后持之而泣、泣涕交横下。侍御左右、皆伏地泣、助皇后悲哀。乃厚賜田宅金錢、封公昆弟、家於長安。

竇皇后は之を文帝に言う。召見して之に問うに、具《つぶさ》に其の故を言う。果たして是《これ》なり。又た復た問う、他に何を以て験《しるし》と為すかと。対《こた》えて曰く、姉の我を去りて西せし時、我と伝舎の中に決《わか》る。沐《もく》を丐《こ》いて我を沐《もく》さしめ、食を請うて我に飯《はん》せしめ、乃《すなわ》ち去ると。是《ここ》に於て竇皇后は之を持して泣き、泣涕《きゅうてい》交《こもご》も横《ほしいまま》に下る。左右に侍御《じぎょ》するもの、皆な地に伏して泣き、皇后を助けて悲哀す。乃ち厚く田宅金銭を賜い、公の昆弟《こんてい》に封じ、長安に家せしむ。

このところを「漢書」の外戚伝は、次のように書き直している。

皇后言帝。召見問之、具言其故。果是。復問。曰、姉去我西時、與我決傳舍中。丐沐沐我、已飯我乃去。於是竇皇后持之而泣。侍御左右、皆悲。乃厚賜家於長安。

皇后、帝に言う。召見して之に問うに、具《つぶさ》に其の故を言う。果たして是なり。復た問う。曰く、姉の我を去って西せし時、我と伝舎の中に決す。沐《もく》を丐《こ》いて我を沐さしめ、已に我に飯せしめて乃ち去ると。是に於て竇皇后は之を持して泣く。左右に侍御するもの、皆な悲しむ。乃ち厚く賜わり長安に家す。

「漢書」の文章は、中国の文章がより口語的なものから、より文語的なものになったことを示す点において、注目に値いする。日本人は勇み肌で、秩序を破ったものが好きゆえ、「史記」の文章を愛するが、中国ではかならずしもそうではない。中国人の中には「漢書」の文章をより高く評価する人がある。

後漢の後半期の文学者としては、馬融《ばゆう》(季長)・張衡《ちょうこう》(平子)・蔡邕《さいよう》(中郎)がいる。馬融には「長笛賦」(長笛《ちょうてき》の賦)があり、張衡には「両京賦」(両京《りょうけい》の賦)がある。「両京の賦」は班固の「両都の賦」をさらに詳しくしたものである。一つのものが出来ると、それを拡大強化するということが、当時にあっては文学の義務と考えられていたのであり、それは模倣とは考えられていなかったのである。蔡邕には、散文、ことに碑文が多い。その文体は非常によく整頓されており、なかでも「陳太丘碑文」(陳太丘《ちんたいきゅう》の碑文)は有名である。

先生諱寔、字仲弓、潁川許昌人也。含元精之和、膺期運之數、兼資九徳、總脩百行。於郷黨、則恂恂焉、斌斌焉。善誘善導、仁而愛人、使夫少長、咸安懷之。……

先生、諱《いみな》は寔《しょく》、字は仲弓《ちゅうきゅう》、潁川許昌《えいせんきょしょう》の人なり。元精《げんせい》の和を含み、期運の数《すう》を膺《いだ》き、九徳を兼ね資《と》り、百行を総《す》べ修《おさ》む。郷党に於ては、則ち恂恂《じゅんじゅん》たり、斌斌《ひんぴん》たり。善く誘い善く導き、仁にして人を愛し、夫《か》の少長をして、咸《ことごと》く安んじて之を懐《なつ》かしむ。……

蔡邕の文は対句が非常に多いが、それは六朝《りくちょう》の中ごろに極点に達する四六駢儷体《べんれいたい》の文体がこのころに固定を見ようとしていたことを示している。

「歴史書の文章」(「漢文の話」全集2)

「尚書孔氏伝解題」(全集7)の「一、孔氏伝以前」は、古文と近文について説く。

二　五言詩の成育

魏《ぎ》・呉《ご》・蜀《しょく》の三国の時代になり、文学は顕著な転回を遂げる。五言《ごごん》の詩の出現がそれである。五言の詩の出現は、抒情詩の文学が完全に成育したことを意味するが、五言詩が成育するに至るまでの過程は実はよく分からない。五言詩の作者として最初の顕著な詩人は、後漢の末年、献帝の建安(一九六—二二〇)のころに活躍する魏の曹操《そうそう》(武帝)と、その子の曹丕《そうひ》(文帝)・曹植《そうしょく》(陳《ちん》の思王《しおう》)であるが、ことにすぐれた作家は曹植であった。かれらの詩がいわゆる建安体である。

曹植の「七哀」の詩を次に掲げてみる。

明月照高楼
流光正徘徊
上有愁思婦
悲歎有余哀
借問歎者誰

明月は高楼を照らし
流光は正に徘徊《はいかい》す
上に愁思の婦あり
悲歎して余哀あり
借問《しゃもん》す　歎ずる者は誰ぞと

言是客子妻　　言う是れ客子《かくし》の妻なりと
君行踰十年　　君行きて十年を踰《こ》え
孤妾常獨棲　　孤妾は常に独り棲《い》ぬ
君若清路塵　　君は清路の塵の若《ごと》く
妾若濁水泥　　妾《しょう》は濁水の泥の若《ごと》し
浮沈各異勢　　浮沈　各ゝ勢《いきおい》を異にす
會合何時諧　　会合　何の時にか諧《かな》わん
願爲西南風　　願わくは西南の風と為り
長逝入君懷　　長逝《ちょうせい》して君が懐《むね》に入らん
君懷良不開　　君が懐の良《まこと》に開かずんば
賤妾當何依　　賤妾は当《まさ》に何にか依るべき

もう一つ、曹植が親友の旅立ちを送った「送應氏詩」（応氏を送る詩）というのを挙げてみる。

步登北邙坂　　歩みて北邙《ほくぼう》の坂を登り
遙望洛陽山　　遙かに洛陽の山を望む

洛陽何寂寞
宮室盡焼焚
垣牆皆頓擗
荊棘上參天
不見舊者老
但覩新少年
側足無行徑
荒疇不復田
游子久不歸
不識陌與阡
中野何蕭條
千里無人煙
念我平生親
氣結不能言

洛陽　何ぞ寂寞《せきばく》たる
宮室は尽く焼焚《しょうふん》す
垣牆《えんしょう》は皆な頓擗《とんぺき》し
荊棘《けいきょく》は上って天に参《まじ》わる
旧者老《きゅうきろう》を見ず
但だ新少年を覩《み》るのみ
足を側《そばだ》つるに行径無く
荒疇《こうちゅう》　復《ま》た田《でん》せず
游子　久しく帰らず
陌《はく》と阡《せん》とを識《し》らず
中野　何ぞ蕭条《しょうじょう》たる
千里　人煙無し
我が平生《へいぜい》の親《しん》を念えば
気は結ぼれて言う能わず

前の詩は楽府《がふ》、つまり歌われるリードであり、後の詩は歌われない詩であるが、いずれも情熱的、抒情的なものである。抒情詩を先にたずねると「詩経」があるが、「詩経」の四言というリズムは単調で退屈である。それに対して五言詩は、それに一言が付け加わることによって、リズムが活動的になる。また「詩経」は感情が昂ぶることがあっても、すぐにもとの平静なところにそれを引きもどそうとするが、五言詩の方は感情を出しっ放しである。その点で五言詩はより多く抒情詩的な詩型だと言うことができる。

　建安の抒情詩はこうした五言詩が詩型の中心であるが、五言詩のほかにも、四言の詩も作られている。曹操の「観滄海」というのを挙げてみる。

東臨碣石　　東のかた碣石《けっせき》に臨み
以観滄海　　以て滄海を観《み》る
水何澹澹　　水は何ぞ澹澹《たんたん》たる
山島竦峙　　山島は竦《そび》え峙《そばだ》つ
樹林叢生　　樹林は叢《むらが》り生じ
百草豊茂　　百草は豊かに茂る
秋風蕭瑟　　秋風は蕭瑟《しょうしつ》として
洪波湧起　　洪波《こうは》は湧き起こる

日月之行　　日月の行《あゆ》みは
若出其中　　其の中に出づるが若《ごと》し
星漢燦爛　　星漢は燦爛《さんらん》として
若出其裏　　其の裏《うち》に出づるが若《ごと》し
幸甚至哉　　幸甚は至れる哉《かな》
歌以詠志　　歌いて以て志を詠ず

また、七言の詩も作られている。曹丕の「燕歌行」というのを挙げてみる。

秋風蕭瑟天氣涼　　秋風は蕭瑟《しょうしつ》として天気涼し
草木搖落露爲霜　　草木は揺落して露は霜と為る
羣燕辭歸雁南翔　　群燕は辞し帰りて雁は南に翔《かけ》る
念君客游思斷腸　　君が客游を念えば思いは腸を断つ
慊慊思歸戀故鄕　　慊慊《けんけん》として帰らんことを思いて故郷を恋う
君何淹留寄他方　　君は何ぞ淹留《えんりゅう》して他方に寄するや
……　　……

援琴鳴絃發清商
短歌微吟不能長
明月皎皎照我床
星漢西流夜未央
牽牛織女遙相望
爾獨何辜限河梁

琴を援《と》り絃を鳴らして清商を発す
短歌は微吟して長くすること能わず
明月は皎皎《こうこう》として我が床《しょう》を照らす
星漢は西に流れて夜は未だ央《なかば》ならず
牽牛《けんぎゅう》と織女《しょくじょ》と遙かに相い望む
爾《なんじ》は独り何の辜《つみ》あってか河梁に限らる

これらの詩も、従来の詩歌には見られなかったほどに情熱的なものであり、またその情熱は柔軟である。それは「詩経」の詩が平静であり、叙述的であり、漢代の賦が一そう叙述的、叙事的であるのとは大変な違いである。

では、どのようにしてかかる建安の抒情詩が出現したのであろうか。前漢の武帝のころに、すでにこうした体の詩があったというのが古い説である。「文選」に李陵《りりょう》の詩が三首載せられているが、それはいずれもきわめて建安体に近いものである。李陵の詩というのは、匈奴《きょうど》の捕虜となっていた李陵が、許されて故国に帰る友人の蘇武《そぶ》と訣別したときの作とされる「與蘇武」（蘇武に与う）という詩である。その一つを挙げてみる。

良時不再至
離別在須臾
屏營衢路側
執手野踟躕
仰視浮雲馳
奄忽互相踰
風波一所失
各在天一隅
長當従此別
且復立斯須
欲因晨風發
送子以賤軀

良時は再び至らず
離別は須臾《しゅゆ》に在り
衢《く》路《ろ》の側《かたわら》に屏営《へいえい》し
手を執《と》りて野に踟躕《ちちゅう》す
仰いで浮雲の馳《は》するを視るに
奄忽《えんこつ》として互いに相い踰《こ》ゆ
風波に一たび所を失えば
各〻天の一隅に在り
長く当《まさ》に此れ従《よ》り別るべし
且《か》つ復《ま》た立つこと斯《し》須《しゅ》す
晨風《しんぷう》の発するに因りて
子《し》を送るに賤軀《せんく》を以てせんと欲す

これに答えたとされる蘇武の詩四首もまた「文選」に載っているが、それらもまたきわめて建安体に近いものである。しかしながら、これらの詩が果たして彼ら自身の作であるか否かは疑問である。梁の劉勰《りゅうきょう》の「文心雕龍《ぶんしんちょうりょう》」の中には、すでにそのことに疑いを挿さむ人がいたことが記されている。また、宋の蘇軾《そしょく》も後人の擬作であろうと言っている。

「文選」にはこれら李陵・蘇武の歌のほかに、「古詩十九首」という五言の詩が見える。その第九首を挙げてみる。

庭中有奇樹　　庭中に奇樹あり
緑葉發華滋　　緑葉　華を発すること滋《しげ》し
攀條折其榮　　条《えだ》を攀《ひ》きて其の栄《はな》を折り
將以遺所思　　将《まさ》に以て思う所に遺《おく》らんとす
馨香盈懷袖　　馨香《けいこう》は懐袖《かいしゅう》に盈《み》つれども
路遠莫致之　　路の遠くして之を致す莫《な》し
此物何足貴　　此の物は何ぞ貴ぶに足らんや
但感別經時　　但だ別れて時を経たるに感ずるのみ

もう一つ第十一首を挙げてみる。

廻車駕言邁　　車を廻《めぐ》らして駕《が》して言《ここ》に邁《ゆ》き

悠悠涉長道　悠悠として長道を渉《わた》る
四顧何茫茫　四顧すれば何ぞ茫茫《ぼうぼう》たる
東風搖百草　東風は百草を揺《うご》かす
所遇無故物　遇う所　故物無し
焉得不速老　焉《いずく》んぞ速《すみや》かに老いざるを得んや
盛衰各有時　盛衰　各〻時あり
立身苦不早　身を立つること早からざるに苦しむ
人生非金石　人生は金石に非ず
豈能長壽考　豈に能く長く寿考《じゅこう》ならんや
奄忽隨物化　奄忽《えんこつ》として物に随いて化す
榮名以爲寶　栄名をば以て宝と為さん

いずれも詩としては非常にすぐれたものであるが、「文選」には誰の作とも書いてない。「文心雕龍」には前漢の枚乗《ばいじょう》の作であるという説があったことが記されているが、劉勰はその説には懐疑的な態度をとっており、また梁の鍾嶸《しょうこう》の「詩品」には、いつのころのものか分からぬが、建安のころのものを含むかも知れぬと言っている。近ごろの文学史家も早くて後漢の作と見ている。

「文選」に見えるこれらの詩は、いずれにせよ後漢以後のものであり、前漢のものではないとされる。はっきり前漢のものと分かる詩歌の形は、上述したような作品とは大分違っている。はっきりたしかに前漢の詩歌であるものを収めた資料は、「史記」の楽書《がくしょ》、「漢書」の礼楽志《れいがくし》であるが、それらには武帝が李延年に作曲させた式楽や、房中歌、郊祀歌が載っている。また「宋書《そうじょ》」の楽志にも、前漢の歌と推定される「短簫鐃歌《たんしょうどうか》」というものが載せられている。それらの歌は詩型からいうと四言が中心であり、感情も素朴なものである。またそれらの他にも、個人が折に触れて歌ったものも「史記」・「漢書」に載っていないわけではない。「漢書」の李陵伝には、李陵が蘇武に別れるときに作ったという歌が載せられているが、それには「陵起舞歌曰」（陵は起ちて舞いつつ歌いて曰く）として、次のような詩を載せている。

徑萬里兮度沙幕
爲君將兮奮匈奴
路窮絶兮矢刃摧
士衆滅兮名已隤
老母已死
雖欲報恩將安歸

万里に径《みち》して沙幕《さばく》を度《わた》る
君将と為りて匈奴《きょうど》に奮う
路は窮絶して矢刃《しじん》は摧《くだ》く
士衆は滅び名は已《すで》に隤《つい》ゆ
老母は已に死す
恩に報いんと欲すと雖も将に安《いず》くにか帰せんとはする

この歌は李陵の作でないとしても、李陵を去ること遠からぬ時代に李陵の作と信ぜられていたと言える。従って、この歌は前漢のものとして信用できるが、この歌の内容ははなはだ素朴であり、単に事実を羅列しているにすぎない。それは成熟した抒情詩というには距離がある。また形の上から言っても、この歌は五言の詩ではない。この歌は七言のリズムを中心としているが、それは「楚辞」の韻律から転化しやすい韻律であると言える。この歌から見るならば、前漢の詩歌はこのようなものであったであろうと考えられる。

七言の詩については、漢の武帝が柏梁台《はくりょうだい》という宮殿において、長い七言の聯句を作ったという伝説がある。この伝説についても疑いはあるが、前漢の詩に七言のものがあったことは、「急就篇《きゅうしゅう》」が「急就奇觚與衆異、羅列諸物名姓字、云々」（九五ページ）というように、七言から成っているのを見ても分かる。またもう一つの資料としては鏡の銘がある。これは作られた年号がはっきり書かれているので、それがいつのものか知ることができる。次に掲げるのは、紀元一〇年、王莽《おうもう》のときのものであるが、それは七言の句を中心とする。

唯始建國二年新家尊。詔書□下大多恩。賈人事市不財嗇田。更作辟廱治校官。五穀成孰天下安。有知之士得蒙恩。宜官秩、葆子孫。

唯だ始《し》建国《けんこく》二年新家尊し。詔書□下り大いに恩多し。賈人《こじん》は市を事として田を畜《う》うるを財とせず。更《あらた》めて辟廱《へきよう》を作り校官を治《おさ》む。五穀は成孰《せいじゅく》し天下は安し。知る有るの士は恩を蒙《こうむ》るを得。官秩《かんちつ》に宜しく、子孫を葆《まも》る。

これらの資料より考え、前漢の世には七言が用意されつつあったことはたしかだが、五言の韻律が用意されつつあったというたしかな資料はない。五言の韻律の資料がはっきりするのは、やはり後漢のときであると思われる。それは最初は恐らくは民歌の韻律として発達したものであろう。それがすなわち古楽府《こがふ》と呼ばれる古い民謡であるが、その中には往々にして五言の韻律によるものがある。それを載せる最初の文献は梁の沈約《しんやく》の「宋書《そうじょ》」の楽志である。それには雅楽と俗楽に区別されているが、そのうち俗楽は民謡として発生し、雅楽は式楽に用いられたものである。俗楽の一つを挙げてみよう。「江南」と題する歌である。

江南可採蓮　　江南　蓮《はす》を採る可し
蓮葉何田田　　蓮葉《れんよう》　何ぞ田田《でんでん》たる
魚戯蓮葉間　　魚は戯る蓮葉の間

魚戯蓮葉東　　魚は戯る蓮葉の東
魚戯蓮葉西　　魚は戯る蓮葉の西
魚戯蓮葉南　　魚は戯る蓮葉の南
魚戯蓮葉北　　魚は戯る蓮葉の北

「蓮」lian は憐（いとしい人）と同じ音であり、魚 yu は吾 wu と近い音であり、「魚は蓮葉の東に、西に、南に、北に戯れる」というのは、わたしは恋人に四方八方からふざけかかる、ということにもなる。

また「雞鳴」というのをあげてみる。

雞鳴高樹巓　　鶏は鳴く　高樹の巓《いただき》
狗吠深宮中　　狗《いぬ》は吠《ほ》ゆ　深宮の中
蕩子何所之　　蕩子《とうし》　何の之《ゆ》く所ぞ
天下方太平　　天下は方《まさ》に太平なり
……　　……
舎後有方池　　舎後に方池《ほうち》あり

池中雙鴛鴦　池中に双鴛鴦《そうえんおう》あり
鴛鴦七十二　鴛鴦　七十二
羅列自成行　羅列して自ずから行《こう》を成す
鳴聲何啾啾　鳴声　何ぞ啾啾《しゅうしゅう》たる
聞我殿東廂　我が殿の東廂《とうしょう》に聞こゆ
兄弟四五人　兄弟　四五人
皆爲侍中郎　皆な侍中の郎と為る
五日一時來　五日　一時に来たり
觀者滿路傍　観る者　路傍に満つ
……　……

これらの歌はいずれも「宋書」楽志に「漢世街陌謡謳」（漢の世の街陌《がいはく》の謡謳《ようおう》）とあるのからすれば、それらは建安以前のものであり、漢の民謡であったに違いない。これらの楽府古辞の全部が五言というわけではないが、五言のリズムを基調とするものではもっとも早いものであると言ってよい。中国では一つのメロディーが先に出来、その後に替え歌が次々に作られることがしばしばであるが、この楽府古辞もやがて専門の文人に取り上げられて替え歌が行なわれるようになったものと思われる。魏の武帝親子の作品にわれわれはすでにそれを見ることができるが、こうした時代を過ぎると、替え歌ではなくして直接に自分の感情を盛り込むものが生まれるに至る。かくして五言詩が成立したものと思われる。

「三国志実録　曹氏父子伝・曹植兄弟」(全集7)
「伊藤正文『曹植』跋」(全集7)
「推移の悲哀——古詩十九首の主題——」(全集6)
「第六巻漢篇自跋」(全集6)
「項羽の垓下歌について」(全集6)
「漢の高祖の大風歌について」(全集6)
「古香炉詩」(全集6)
「短簫鐃歌について」(全集6)
「班固の詠史詩について」(全集6)
「人間詩話」(岩波新書・全集1)のその九からその十八まで
「中津浜渉著『楽府詩集の研究』序」(全集補篇)

この講義では、「古詩十九首」は後漢のものとされているが、「第六巻漢篇自跋」においては、それは帝国が繁栄の頂点にあり、享楽の生活が急激に膨脹した前漢に作られた可能性を持たぬかとされ、その見解の実証として「史記」・「漢書」に五言詩の断片の引用と思われるものが幾つかあると述べておられる。なお、「項羽の垓下歌について」・「漢の高祖の大風歌について」は、人間の能力を信ずる先秦の楽観から、漢六朝文学の基調となる悲観へと推移する接点として、これらの歌を捉えたものである。

三　建安の社会

ところで、建安の抒情詩は、どのような社会的基礎の上に発達したのであろうか。後漢の社会が儒学の尊ばれた理智的な、謹直な時代であったことはすでに述べたが、後漢の前半分はことにそうであったと言ってよい。しかしながら和帝の時代(八八―一〇五)から、献帝の時代(一九〇―二二〇)にかけては、世の中は節度を失い、デカダンスに流れて行った。そうした情勢に拍車をかけたものは後漢の皇室の生理的衰弱であった。和帝から献帝に至る十代の天子はみな十一歳から二十七歳までに亡くなっている。このように天子が早死をすると、威張り出すのは外戚、宦官《かんがん》、乳母である。天子が夭折すれば、これらのものがほかから天子を迎えて来ることになる。また、天子の側近者にはなるべく若い者が選ばれたが、それらの側近者には無教育な者が多かった。それに反して一般の人々には儒学の教養が隅々まで行き渡っていた。許慎《きょしん》(九四ページ)は田舎の人であり、また鄭玄《じょうげん》(九四ページ)も田舎の中産の百姓の次男坊であった。かくのごとく儒学は社会に広く浸透していたのであるが、それは単に知識としてばかりではなく、儒学的実践としてでもあったのである。

後漢の社会はこのように無学な上層階級と、しからざる一般の人たちとによって構成されていたが、やがて両者は深刻な対立状態を呈するようになった。楊震《ようしん》という大臣のごときは、宦官、外戚の圧迫によって自殺させられている。かくして、民間の名士(それは清流と呼ばれた)は団結して連盟を作り、上流階級に対抗するに至った。儒教主義的科学者同盟のごときものができたわけである。その領袖が非常な力を持っていたことは、陳寔《ちんしょく》が亡くなったとき、三万余人の会葬者があったということからも知ることができる。こうした知識人の団結を恐れた宦官や外戚たちは知識人の集団をば、朋党を作って政治を論ずる者とし、すべて禁錮に処するという態度に出た。知識人たちはそうした弾圧に対してますます強固に団結するようになった。その結果、知識人たちの言動はだんだんと矯激で、エキセントリックなものになり、ついには狭い儒学の枠からはみ出して、むしろ自由な人間としての活動を始めるようになって行った。

そうした萌芽はすでに建安以前からもあったが、それは建安に入ってから一そう顕著である。孔《こう》融《ゆう》はそうした人物の代表者であり、その行為は時代相をよく現わしている。孔融の伝記は「後漢書《ごかんじょ》」の文苑伝に入っているが、それによると彼は子供のころから神童であった。「恐るべき子供《アンファン・テリーブル》」であった。そのころの科学者同盟の盟主は李膺《りよう》であったが、少年の孔融は李膺に会見することを願った。しかし面会はなかなか容易ではない。孔融は一計を案じ、私はあなたの家の先代と付き合いのある家の子であると言って取りつがせた。李膺がそのことについて説明を求めたところ、少年は私の先祖は孔子で、あなたの先祖は老子(老子の姓は李)である。あなたの先祖はわたしの先祖の先生であったというではないか、といって李膺を感服させた。そのとき、ちょうど陳煒《ちんい》という人が来合わせていたが、陳煒は孔融をたしなめようとして、早熟の子供は、大人になると往々にしてただの人になるゆえ、気を付けられるがよいと言ったところ、孔融はすかさず「おじさんは定めし子供の時には賢かったのでしょう。」と言ったという。孔融は成長して知識人の一方の旗頭になったが、彼の家にはいつも客がつめかけていたという。「賓客日盈其門。嘗歎曰、坐上客常満、樽中酒不空、吾無憂矣。」（賓客は日に其の門に盈《み》つ。嘗て歎じて曰く、坐上に客は常に満ち、樽中《そんちゅう》に酒は空しからざれば、吾には憂い無し、と。）彼は文化人ゆえに、ちゃんと対句で言っている。

　孔融の親しかった友達に禰衡《でいこう》という人がいるが、彼は非常に常軌を逸した人物であった。そのころは曹操《そうそう》が実際の権力者として政治的に勢力を振るっていた時代であるが、禰衡はなかなか曹操に頭を下げようとはしなかった。そこで曹操は禰衡を連れて来て、曹の家の太鼓を打つ役にした。すると禰衡は裸になって太鼓を打って、曹操に恥をかかせたという。いわゆる「撃鼓《げきこ》罵《ば》曹《そう》」で、後の芝居の外題となった話である。孔融がその禰衡と交わしたという会話に次のような言葉がある。「父之於子、當有何親。論其本意、實爲情欲發耳。子之於母、亦復奚爲。譬則寄物瓶中、出則離矣。」（父の子に於《お》ける、当《まさ》に何の親《しん》かあるべき。其の本意を論ずれば、実に情欲の発《はつ》と為すのみ。子の母に於ける、亦た復た奚《なん》ぞ為さん。譬《たと》うれば則ち物を瓶《へい》中に寄するがごとく、出づれば則ち離る。）父が子供を作るのは、親愛の情のためではない。元来の動機は性欲の満足のためである。また子の母に対する関係も、大した意味はない。かめの中に物を入れておくのと同じく、外へ出たらそれでおしまいである、というのである。孔融はこうした儒学の根本倫理に反する矯激なことを言ったために、曹操に殺されている。

この時代は、知識の尊重という点においては後漢の前半期の延長であるが、この時代の知識の尊重は儒学の枠の中から外に飛び出していた。「荘子」という書物は、それまでは余り読まれなかったものであるが、この時代に入ってそれは俄然読まれるようになった。精神的にそういう変化がこの時代にはあったが、そうした情勢は政治と結びついて一そう促進された。建安二十五年(二二〇)、曹丕《そうひ》が献帝の禅位を受けて帝位に即いて魏《ぎ》という国を建てたが、それを承知しない連中があちこちに起こり、劉備《りゅうび》は蜀《しょく》を、孫権は呉《ご》の国を建てて、分裂の時代に入った。こうした政治情勢は実力主義の世の中を招来し、世の中の空気はますます自由になった。魏の末年になると、阮籍《げんせき》・嵆康《けいこう》のごとき放逸きわまりない人たちの時代になる。文学における五言詩という新しいジャンルは、そうした雰囲気の中で成熟したのである。

「三国志実録　曹植兄弟」(全集7)の「三」は孔融について述べる。

四　魏・晋の文学

建安以後の文学は、賦、詩、文の三本立てとなり、それが唐初まで四百年間つづくが、だんだん賦よりも詩の方が盛んになって行った。魏は漢から、表面的には平和な折衝で、つまり禅譲によって位を譲り受けたが、実際には権力による漢の天下の簒奪であった。以後の王朝の交替は、つねにこの形で行なわれるようになった。魏の末年の実際の勢力家は司馬炎《しばえん》であるが、二六五年、彼が天子の位に即いて晋の武帝となると、蜀と呉は彼に併呑された。しかし晋の帝国は不安定であり、三一六年に一度亡んでいる。それは北中国にいつのまにか大量に入り込んできた匈奴、その他の北族が反乱を起こしたためである。

ところで、この時代の文学はどういうふうであったか。まず魏の初めに活躍するのは、王粲《おうさん》・劉《りゅう》楨《てい》らのいわゆる建安七子と、曹操・曹丕・曹植の曹父子である。また、魏の末期には阮籍《げんせき》があり、晋末には左思《さし》がある。まず阮籍について述べれば、彼は後漢末から生まれつつあった放誕《ほうたん》、放蕩《ほうとう》の人であり、その仲間の嵇康《けいこう》・劉伶《りゅうれい》らとともに「竹林の七賢」と呼ばれた。「世説新語《せせつしんご》」の中に「任誕《にんたん》」という篇があるが、そこには彼の常識を超えたいろいろな行為が記されている。その一つに次のような話がある。阮籍はその甥の阮咸《げんかん》と一緒に暮らしていたが、二人は貧しくて道の南に住んでいた。七月七日、虫干しの日、道の北に住んでいた親類の金持の家では豪華な衣裳を誇らしげに掛け連ねていたが、二人はふんどしを干してそれに対抗したという。また母親が亡くなった時に、阮籍は平気で酒を飲んでいたともいう。阮籍は外面的にはかかる常識を外した行為をしたが、内面的にはどこまでも物の本質を求める強い精神を持っていて、世俗の便宜的なことを好まなかった。彼がそうした非常に純粋な人であったことは、別の逸話によっても知られる。「阮公隣家婦有美色、當壚酤酒。阮與王安豐常從婦飲酒。阮醉便眠其婦側。夫始殊疑之、伺察終無他意。」(阮公の隣家の婦に美色《びしょく》あり、壚《ろ》に当《あ》たりて酒を酤《う》る。阮は王安豊と常に婦に従って酒を飲む。阮は酔えば便《すなわ》ち其の婦の側に眠る。夫は始め殊に之を疑い、伺察するに終に他意なし。)また彼が母の死の時に酒を飲んでいたのも、実は親に対する愛情を欠いていたのではなかった。いよいよ埋葬という日、阮籍は酒を二斗ばかり飲んで別れを母のひつぎに告げ、そうしてわっと哭き出して血を吐いたという。

このように阮籍は、真率を尊んだ人であったが、それはある意味では健康な精神の現われであったと言える。事実、彼の詩は高い健康を示している。それは中国における最も高い健康の詩であると思われる。その「詠懷八十二首」は、非常に調子の高い詩であるが、次にその八番目の詩を挙げてみる。

灼灼西隤日　　灼《しゃく》灼《しゃく》として西に隤《くず》るる日

餘光照我衣　　余光は我が衣を照らす

迴風吹四壁　回風は四壁に吹き
寒鳥相因依　寒鳥は相い因り依る
周周尙銜羽　周周《しゅうしゅう》も尚お羽を銜《ふく》み
蛩蛩亦念饑　蛩蛩《きょうきょう》も亦た饑《う》えを念《おも》う
如何當路子　如何《いかん》ぞ当路の子
磬折忘所歸　磬折《けいせつ》　帰る所を忘るるや
豈爲夸譽名　豈《あ》に誉名を夸《ほこ》る為なるや
憔悴使心悲　憔悴《しょうすい》して心をして悲しましむ
寧與燕雀翔　寧《むし》ろ燕雀《えんじゃく》と翔《かけ》るも
不隨黃鵠飛　黄鵠《こうこく》に随って飛ばず
黃鵠遊四海　黄鵠は四海に遊ぶ
中路將安歸　中路　将《まさ》に安《いず》くに帰らんとする

もう一つ十七番目の詩を挙げてみる。

獨坐空堂上　独り空堂の上に坐す

誰可與歡者
出門臨永路
不見行車馬
登高望九州
悠悠分曠野
孤鳥西北飛
離獣東南下
日暮思親友
晤言用自寫

誰か与《とも》に歓《よろこ》ぶ可き者ぞ
門を出でて永路に臨めば
行く車馬を見ず
高きに登りて九州を望めば
悠悠として曠野《こうや》分かる
孤鳥は西北に飛び
離獣は東南に下る
日暮れて親友を思い
晤言《ごげん》して用《もっ》て自ら写《すす》ぐ

「詠懐」の詩が主題とするところは、「古詩十九首」以来の五言詩の伝統である厭世的感情の吐露であるが、阮籍のこうした詩は、その背後に彼の深い思索があると感ぜられる。

晋末の詩風は、非常に男性的な強さを持つが、この時代を代表するのは左思《さし》である。その「詠史詩八首」は名高く、かつ秀れている。次にその二番目の詩を掲げてみる。

皓天舒白日

皓天《こうてん》は白日を舒《の》べ

靈景輝神州
列宅紫宮裏
飛宇若雲浮
峩峩高門内
蕩蕩皆王侯
自非攀龍客
何爲欻來遊
被褐出閶闔
高歩追許由
振衣千仞岡
濯足萬里流

霊景は神州に輝く
宅を列ぬ紫宮の裏《うち》
飛宇《ひう》は雲の浮かぶが若《ごと》し
峩峩《がが》たる高門の内
蕩蕩《とうとう》として皆な王侯たり
攀竜《はんりゅう》の客に非《あら》ざる自《よ》りは
何為《なんす》れぞ欻《たちま》ち来たり遊ばん
褐《かつ》を被《こうむ》りて閶闔《りょこう》を出で
高歩して許由《きょゆう》を追い
衣を千仞《せんじん》の岡に振るいて
足を万里の流れに濯《あら》わん

晋末にこうした男性的な詩が生まれたのは、背後では白刃をもって天子を脅かしながら、表面は禅譲という形をとった陰湿な当時の政治情勢に反発してのことと思われる。

左思の他に晋末の詩人としては、陸機・陸雲のいわゆる二陸と、潘岳《はんがく》がいるが、彼らは詩のみではなく、一方では賦や美文をも作っている。ことに陸機の「文賦」（文《ぶん》の賦《ふ》）は、文学の理論を述べたものとして重要である。文学の理論を説いたものは、陸機以前よりあるらしいが、まとまった量をもって現われるのは、魏の文帝(曹丕)の「典論」の中の「論文」(文を論ず)篇と、この賦が最初のものである。「文賦」の初めのところを挙げてみる。

佇中區以玄覽、頤情志於典墳。遵四時以歎逝、瞻萬物而思紛。悲落葉於勁秋、喜柔條於芳春。心懍懍以懷霜、志眇眇而臨雲。

中区に佇《たたず》みて以て玄覧し、情志を典墳《てんぷん》に頤《やしな》う。四時に遵《したが》いて以て逝《ゆ》くを歎き、万物を瞻《み》て思い紛《ふん》たり。落葉を勁秋《けいしゅう》に悲しみ、柔条《じゅうじょう》を芳春に喜ぶ。心は懍懍《りんりん》として以て霜を懐《いだ》き、志は眇《びょう》眇《びょう》として雲に臨む。

人間はかく自然から感動を受けるが、それをどのように筆に写すか。

其始也、皆收視反聽、耽思傍訊。精騖八極、心遊萬仞。其致也、情曈曨而彌鮮、物昭晰而互進。……

其の始めや、皆な視《し》を収め聴《ちょう》を反《かえ》し、耽《ふか》く思い傍《あまね》く訊《たず》ぬ。精《たましい》は八極に騖《は》せ、心は万仞《ばんじん》に遊ぶ。
其の致るや、情は曈曨《どうろう》として弥《いよいよ》〻鮮かに、物は昭晣《しょうせつ》として互いに進む。……

これは中国の文学理論としては非常に重要である。というのは、それは中国における文学の製作過程をよく言い現わしているからである。

この時代の散文としては、嵆康《けいこう》の「與山巨源絶交書」（山巨源に与うる絶交の書）が有名である。これは政府の人事委員長をしていた山濤《さんとう》が、自分の後任に嵆康を推薦したところが、嵆康はそのことを怒って山濤に宛てて書いた絶交書である。それは散文としては特殊なものであるが、よく当時の時代相を現わしている。その一節を挙げてみる。

性復疏懶、筋駑肉緩。頭面常一月十五日不洗。不大悶癢、不能沐也。毎常小便、而忍不起。令胞中略轉、乃起耳。

性は復た疏懶《そらん》にして、筋は駑《ゆる》び肉は緩《ゆる》ぶ。頭面は常に一月に十五日は洗わず。大いに悶《もだ》え癢《か》ゆきにあらずば、沐《あら》う能わざるなり。毎《つね》に常に小便せんとして、而も忍んで起きず。胞《ほう》中を略《ほぼ》〻転ぜしめて、乃《すなわ》ち起くるのみ。

自分は性来の怠け者で、頭を一か月に半分は洗わぬ。小便に起きるのさえ面倒くさく、お腹の中がひっくりかえるようになってから初めて起きる、と言うのである。次いで嵆康は役人が嫌いなことを述べて、まず七つの理由を挙げる。一つは、「臥喜晩起、而當關呼之不置。」(臥して晩《おそ》く起くるを喜《この》めども、当関之を呼んで置《ゆる》さず。)ということであり、二つは「抱琴行吟、弋釣草野、而吏卒守之、不得妄動。」(琴を抱いて行く行く吟じ、草野に弋釣《よくちょう》するも、吏卒之を守りて、妄《みだり》に動くことを得ず。)ということであり、三つは「危坐一時、痹不得搖。性復多蝨、把搔無已。而當裹以章服、揖拜上官。」(危坐すること一時もすれば、痹《しび》れて搖《うご》くことを得ず。性復た蝨《しらみ》多く、把《か》き搔《か》くこと已《や》む無し。而るに当《まさ》に裹《つつ》むに章服を以てし、上官に揖拝《ゆうはい》すべし。)ということであり、四つは字が下手で嫌いなこと、五つは弔問に行くのが嫌いなこと、六つは俗人が嫌いなこと、七つは面倒くさいことが嫌いなことである。また、自分の役人に不適格な理由を二つ挙げて、次のようにいう。「每非湯武、而薄周孔。在人間不止此事。會顯世教所不容。」(每《つね》に湯武《とうぶ》を非《そし》りて、周孔を薄《うと》んず。人間に在りては、此の事に止《とど》まらず。会《かなら》ず世教の容《い》れざる所なるを顕《あら》わにすべし。)、これが一つの理由。また、「剛腸疾惡、輕肆直言、遇事便發。」(剛腸《ごうちょう》にして悪を疾《にく》み、軽肆《けいし》にして直言《ちょくげん》し、事に遇いては便《すなわ》ち発す。)、これが二つの理由である。そう述べた後に、「野人有快炙背、而美芹子者。欲獻之至尊。雖有區區之意、亦已疏矣。願足下勿似之。其意如此。既以解足下、并以爲別。」(野人の背を炙《あぶ》ることを快しとし、而して芹子《せり》を美《うま》しとする者あり。之を至尊に献ぜんと欲す。区区の意ありと雖も、亦た已に疏《うと》し。願わくは足下の之に似たること勿《な》かれ。其の意は此《か》くの如し。既に以て足下に解き、幷《あわ》せて以て別れと為す。)、昔、百姓が日なたぼこと、芹をすばらしいとして、それを殿様に献上に行ったというが、折角の君の好意はそれと同じことゆえ、そんなことはやめておかれるがよい、と結んでいる。この文章は大胆不敵な事柄を、大体やはり四字一くぎりの表現で述べたものであるが、よくこの時代の精神を現わしていると言える。

「阮籍伝」（全集7）
「阮籍の『詠懐詩』について」（全集7）
「中世の美文」（「漢文の話」全集2）
「五言詩の文学」（「中国文学入門」全集1）

博士は「一つの中国文学史」において、漢に点火された懐疑と、人間の微小さへの敏感が、魏晋において増大して絶望と孤独を生むと述べられているが、「阮籍伝」は阮籍の「詠懐」の詩をその点から分析しようとされたものである。この講義では阮籍の詩の持つ調子の高さが、ただその当時の政治の不潔に対する抵抗として捉えられているにとどまる。

五　東晋・宋の文学

三一七年、晋が異民族の反乱のために北中国を棄てて南に遷り、建康(南京)に都を定めてからが、東晋と呼ばれる時代である。それから五八九年までの二百七十年ばかりは、建康を中心に漢民族の国家が次々と興亡している。四二〇年には劉裕《りゅうゆう》が東晋の譲りを受けて宋を作り、四七九年には蕭道《しょうどう》成《せい》がそれを奪って斉《せい》を作り、五〇二年にはさらに蕭衍《しょうえん》が梁《りょう》を作り、五五七年には陳覇先《ちんはせん》がさらに陳を作っている。四二〇年、宋が国を立ててより、五八九年に陳が隋《ずい》に亡ぼされるまでが、いわゆる南朝である。晋の南渡ののち、淮水《わい》(淮河)以北には、匈奴《きょうど》・羯《けつ》・鮮卑《せんぴ》・氐《てい》・羌《きょう》の五胡が十六の国を次々に立てて行ったが、四三九年には鮮卑族の北魏《ほくぎ》によって統一され、五三四年にはそれが西魏・東魏の二国に分裂し、さらに西魏は北周に、東魏は北斉に替わって行った。四三九年の北魏の統一以後がいわゆる北朝である。このように中国は南北の二つに分裂していたわけであるが、文化的には南朝の方が秀れていたことは言うまでもない。それは客観的な事実であったばかりではなく、北朝の人たちの自覚するところでもあり、北朝の人たちは常に南朝文化を模倣しようと努めていた。要するに客観的に言っても、当時の自覚から言っても、文化の中心は南方にあったと言える。従って、まず南方の文学の状況から述べて行くことにする。

まず初めの東晋の時代は文化的生活が営まれた時代である。西晋の時代には阮籍《げんせき》や嵇康《けいこう》が自由人として尊敬されたようであるが、東晋時代にはもう少しきめの細かな貴族趣味が尊ばれ、きめの細かい文化生活が営まれた。それは恐らくは経済的理由がその下部構造としてあったものと思われるが、この時代には特定の家柄として王氏や謝氏などが尊ばれている。これらの家はわが平安朝における藤原氏のごとくにあらゆる官職を独占したというのではないが、かれらは王朝の興亡に超然としてその地位を保っている。この時代に高度の貴族趣味が発達したのは当然と言えよう。この時代の貴族がいかに物わかりがよく、非常にくだけた、しかも政治的才能を持った人たちであったかは、「世《せ》説《せつ》新語《しんご》」を見ればよく分かる。この時代の前半期の代表的人物は王導であり、後半期は謝安であるが、かれらが洒脱な人物であったことは、例えば次の「世説新語」徳行篇に見える逸話によって知られる。謝安はふだん少しも子供の勉強を見てやらなかったので、その夫人がなぜあなたは少しも子供に教訓をおっしゃらぬのかと不満を訴えたところ、謝安は「我常自教兒。」（我は常に自ずから児に教う。）と答えたという。この言葉は通人の語ともいうべきであり、こうした言葉は文化が高くないところからは出て来ないものと言えよう。

この時代にはかくのごとく洗練された行為が尊ばれたが、それが芸術として現われたのが、王羲《おうぎ》之《し》と、その子の王献之《おうけんし》の書である。王羲之の「蘭亭序《らんていじょ》」を見れば、その書がいかに均整のとれ、緊張感のあるものであるかが分かるであろう。またこのころに流行したものに清談がある。清談とは「老子」・「易」・「荘子」をもとにしてディスカッションをすることであるが、東晋ではそれがことに盛んであり、王導や謝安のごとく、官僚として高い地位についていたものも盛んに清談に耽っている。東晋の時代はかくのごとく中国の歴史を通じてもっとも洗練された趣味の発達した時代であったと言うことができる。

しかしこの時代の文学は余り伝わってはいない。詩について言えば、この時代には哲学的な詩が流行したようである。「詩品」によれば、晋の南渡の後は、詩人は玄学を詩に導入したために、そのころの詩はみな道徳論、すなわち老子論であり、「建安の風力《ふうりよく》」は亡くなってしまった、「建安之風力盡矣。」(建安の風力は尽きたり。)と言っている。「文心雕龍《ぶんしんちようりよう》」や「宋書《そうじよ》」にも同じことが書かれている。この時代の詩が後に伝わらぬのは、それが詩としては一種の奇形であったためであろう。こうした文学のブランクの後に東晋の末に至って光を放つのは、陶潜《とうせん》(淵明)である。

陶潜は東晋末に生まれ、宋の初年まで生存した人であるが、彼は宋に仕えることを潔しとしなかったので、人々は彼を宋の淵明とは言わずに、晋の淵明と呼ぶのである。彼は詩の題材をその身辺にとり、日常生活を素材として詩を作った。その「飲酒」と題する二十首の連作の五番目の詩を掲げてみる。

結廬在人境　　廬《ろ》を結んで人境に在り
而無車馬喧　　而《しか》して車馬の喧《けん》なし

問君何能爾　君に問う何ぞ能く爾《しか》るやと
心遠地自偏　心遠ければ地も自ずから偏なり
采菊東籬下　菊を東籬《とうり》の下に采《と》り
悠然見南山　悠然として南山を見る
山氣日夕佳　山気は日夕に佳なり
飛鳥相與還　飛鳥は相い与《とも》に還る
此中有眞意　此の中に真意有り
欲辨已忘言　弁《べん》ぜんと欲して已に言を忘る

淵明の詩が面白いのは、そこに思想的深さがあるためである。深い思索を経た人のみが言える深いものが、その詩の端々ににじみ出している。西晋・東晋における清談という思索の時代を経て、はじめてこうした詩が生まれて来たと言えよう。このころから歴史は転回して、文学の時代に入って行く。

宋では顔延之《がんえんし》（延年）・謝霊運（康楽）・鮑照《ほうしよう》（明遠）がいる。謝霊運の詩には自然を題材にしたいわゆる山水の詩が多い。時代が哲学の愛好から自然の愛好へと移って行ったことを、「文心雕龍」では「荘老告退、山水方滋。」（荘老の退くを告げて、山水は方《まさ》に滋《しげ》し。）と言っている。謝霊運の「石壁精舎、還湖中作」（石壁精舎《せいしゃ》より、湖中に還る作）というのを挙げてみる。

昏旦變氣候
山水含清暉
清暉能娛人
遊子憺忘歸
出谷日尚早
入舟陽已微
林壑斂暝色
雲霞收夕霏
芰荷迭映蔚
蒲稗相因依
披拂趨南徑
愉悅偃東扉
慮澹物自輕
意愜理無違

昏旦に気候は変わり
山水は清暉《せいき》を含む
清暉は能く人を娯《たの》しましめ
遊子は憺《たん》として帰るを忘る
谷を出づるときは日は尚お早かりしに
舟に入れば陽《ひ》は已に微なり
林壑《りんがく》は暝色《めいしょく》を斂《おさ》め
雲霞は夕霏《せきひ》を収む
芰荷《きか》は迭《たが》いに映蔚《えいうつ》し
蒲稗《ほはい》は相い因り依る
披払《ひふつ》して南径に趨《おもむ》き
愉悦して東扉《とうひ》に偃《ふ》す
慮澹《りょあわ》ければ物は自ずから軽く
意愜《かな》えば理は違《たが》うこと無し

寄言攝生客　　言を寄せん　摂生《せっせい》の客《かく》に
試用此道推　　試みに此の道を用《もっ》て推せ

この詩は、大へん細かに自然を観察していると言えるが、その自然観察はその前に哲学時代のあったことを顕著に思わせる。また、この詩は言葉の置き方が非常に技術的であり、対句が多いことに気が付く。また「林壑は暝色を斂め、雲霞は夕霏を収む」と言うのは、大へん細かい表現であるが、そうした細かい表現は建安のころには無かったと言ってよい。しかしながら、謝霊運はまだ技巧的ではない。顔延之・鮑照のものはさらに技巧的である。

宋の散文は詩以上に技巧的で、一句四字、全文対句から成っている。こうした技巧的な散文は漢に始まり、三国、両晋とだんだん強まって来たと言える。前にあげた嵆康《けいこう》の「山巨源に与うる絶交の書」のごときものでも、一句の字数はだいたい決まっている。次に鮑照の「登大雷岸與妹書」（大雷の岸に登りて妹に与うる書）を挙げてみる。

吾自發寒雨、全行日少。加秋潦浩汗、山溪猥至。渡泝無邊、險徑遊歷。棧石星飯、結荷水宿。旅客貧辛、波路壯闊。始以今日食時、僅及大雷。塗登千里、日踰十晨。嚴霜慘節、悲風斷肌。去親爲客。如何如何。……

吾の発して自《よ》り寒雨、全行の日は少なし。加うるに秋潦《しゅうりょう》は浩汗《こうかん》にして、山渓は猥《みだ》りに至る。渡泝《とそ》に辺無く、険径に遊歴す。石を桟《さん》として星に飯し、荷《はす》を結んで水に宿る。旅客は貧辛にして、波路は壮闊《そうかつ》なり。始めて今日の食時を以て、僅かに大雷に及ぶ。塗《みち》は千里に登り、日は十晨《しん》を踰《こ》ゆ。厳霜は節に惨として、悲風は肌を断つ。親《しん》を去って客《かく》と為る。如何如何《いかんいかん》。

……

全文を四字句で作ることは後漢の初めごろにも馮衍《ふうえん》のものがある。しかしそれは滑稽な文章に使われたに過ぎず、オーディナルな文章には使われることはなかった。が、ここに至ってはオーディナルな文章にそれが使われるようになったのである。また、この文章の対句は単に同じことを繰返したものではない。「塗登千里」と「日踰十晨」、「嚴霜慘節」と「悲風斷肌」とは、それぞれ違った事がらである。対句の中でもこうしたものは、より技巧的なものというべきである。このような詩文の技巧は、次の斉・梁の時代に至ってさらに進み、それは遊戯的といってよいまでになった。

「第七巻三国六朝篇自跋」(全集7)
「謝安」(全集7)
「蘭亭序をめぐって」(全集補篇)

「陶淵明伝」（全集7）
「陶淵明の文学」（「中国文学入門」全集1）

博士は「第七巻三国六朝篇自跋」において、東晋の哲学時代から宋の美文学への推移を説いて、美文の裏にあるものは熟慮であったことを指摘し、美文は表現の過程において、すでに熟慮を必要とするとともに、表現される内容についても熟慮を作用させたと述べ、さらにそうした熟慮は不安な時代における明哲保身の感覚と無関係でないであろうと説いておられる。この講義ではそうした考えはまだ十分に成熟していないと思われる。

六　斉・梁の文学

文学史の上において、普通に斉梁《せいりょう》と呼んでいるのは、その中に陳をも含めているとみてよい。この斉・梁・陳の三代にわたる百年間の中心になるのは、梁の武帝の時代である。武帝は四十何年か天子の位に在ったが、その時代が南朝の極盛期である。南朝の朝廷の創始者には武人が多いが、武帝は一方では武人でありながら、一方では大学教授の経歴を持つ文化人でもあった。また仏教が最盛期に入ったのはこの時代であるが、武帝は仏教的教養をも持っていた。武帝はそうした哲学的教養に加えるに文学的教養を持ち、かつまた作家でもあった。武帝の息子の昭明太子・簡文帝・元帝もまた父に似て文学好きであり、かつ作家でもあった。この武帝の治世四十年の間に文学は非常に興隆し、極度に技巧的で、極度に修辞的な詩文が行なわれるようになった。このころの文学は、詩のみならず散文にも音数律があり、用語も修飾的であり、典故のある言葉が尊ばれた。後漢に始まり、三国・両晋・宋を経て、しだいに高まって来た詩文の修辞は斉梁の時代に至って極点に達したと言える。この時代の詩文をもう一つ修飾的にしたものは韻律論である。すなわち言葉の抑揚をいかに配置するかということである。それが四声の現象の発見に伴って生まれてきたのである。漢字における四声の現象は古くからあったのではあるが、漢字がすべて平声《ひょうしょう》、上声《じょうせい》、去声《きょせい》、入声《にっしょう》の四つのトーンに帰納できることが確認されたのは梁の沈約《しんやく》による。それは印度の音声学の影響であったと言われるが、詩文はその結果として一種の音楽のような形を呈して来た。

斉末から梁の前期にかけては沈約(休文)・江淹《こうえん》(文通)があり、梁の後半期から陳にかけては徐陵《じょりょう》(孝穆《こうぼく》)、北周にかけては庾信《ゆしん》(子山《しざん》)、陳・隋にかけては江総(総持)がある。これらの詩人は繊細な末端的技巧に長じ、その感情は甚だセンチメンタルである。またかれらの文学の題材はしばしば女性の生活であり、恋愛に近づく。もっともそれは人が恋をしたらこうだろうという仮想された恋である。こうした詩を宮体《きゅうたい》と呼ぶが、それは梁の簡文帝が太子のときに好んでこうした詩を作ったからである。陳の後主《こうしゅ》と呼ぶ亡国の天子は、繊細な趣味の天子であったが、その天子を取り巻く文人たちの詩はすべてこうした宮体の詩であった。徐陵の編んだ「玉台新詠」は、もっぱらそうした詩を集めたものである。そのうちから沈約の「六憶詩」(六憶《ろくおく》の詩)の中の二つを挙げてみよう。

憶來時
灼灼上堦墀
勤勤敍別離
慊慊道相思
相看常不足
相見乃忘飢

憶坐時
黯黯羅帳前
或歌四五曲
或弄兩三絃
笑時眞無比
嗔時更可憐

来たる時を憶う
灼灼《しゃくしゃく》として堦墀《かいち》に上る
勤勤《きんきん》として別離を叙し
慊慊《けんけん》として相思を道《い》う
相い看て常に足らず
相い見て乃《すなわ》ち飢《う》えを忘る

坐る時を憶う
黯黯《あんあん》たり羅帳の前
或るいは四五曲を歌い
或るいは両三絃を弄《もてあそ》ぶ
笑う時には真に比する無し
嗔《いか》る時には更に憐れむ可し

もう一つ「詠桃」（桃を詠ず）という詩を挙げてみる。

風來吹葉動
風去畏花傷
紅映已照灼
況復含日光
歌童暗理曲
游女夜縫裳
詎減當春涙
能斷思人腸

風の来たりて葉を吹いて動かし
風の去りて花の傷むを畏《おそ》る
紅は映じて已に照灼《しょうしゃく》す
況や復た日光を含むをや
歌童は暗に曲を理《おさ》め
游女は夜に裳を縫《ぬ》う
詎《なん》ぞ減ぜん　春に当《あ》たりての涙の
能く思人《しじん》の腸を断つを

かくのごとくこのころの詩は、はなはだセンチメンタルであり、かつ多くの場合はエロティックでもある。中国の言葉でいうところの「尖艶《せんえん》」の詩である。晋の詩は多少の思想性を持っていたが、斉梁の詩に至っては全く無思想であり、それは一種のデカダンスの文学であると言える。中国文学の底流には常に実体を如実に写そうとする精神があるが、それもこれらの詩では薄れていると言わざるを得ない。このころの詩はただ言葉の音楽を作るという方向にあったのである。このころの詩人がいかに言葉の音律に神経を使ったかは、鈴木虎雄博士の「支那詩論史」や、青木正児博士の「支那文学思想史」を見るがよい。「宋書」の謝霊運伝には色には五色があり、それを配置すればよい絵ができるごとく、音にも四つの抑揚があり、それをうまく排列すれば美しい詩文が生まれるということを述べて次のように言っている。「若前有浮聲、則後須切響。一簡之内、音韻盡殊。両句之中、輕重悉異。」（若し前に浮《かる》き声あらば、則ち後には須《すべか》らく切《きび》しき響きあるべし。一つの簡《ふみ》の内にて、音韻は尽《ことごと》く殊なり。両句の中にも、軽重は悉《ことごと》く異なれ。）このようにこの時代の人は詩文の音律に心を砕いたのである。その結果として、当時の文学論に「文筆論」がある。「文」と「筆」との差はまだ十分には確定されていないが、「文」と「筆」とは異なった概念であるように見受けられる。そのことについては、清の阮元《げんげん》や、わが鈴木虎雄博士・青木正児博士・斯波六郎博士に議論がある。それらによれば、技巧をこらしたものが「文」であり、技巧をこらさぬ二次的な言語が「筆」であるという認識であるようである。また沈約は「八病《はっぺい》」ということを唱えたと言われる。「八病」については中国の書物からはよく分からぬが、わが弘法大師《こうぼうだいし》の「文鏡秘府論」によってそれを知ることができる。

この時代の文学が技巧的であることは、単に詩においてばかりではなく、詩以外の散文や賦においても同様である。江淹の「恨賦」（恨みの賦）を例に挙げてみよう。

試望平原、蔓草縈骨、拱木斂魂。人生到此、天道寧論。於是僕本恨人。心驚不已。……

試みに平原を望めば、蔓草は骨に縈《まと》い、拱木《きょうぼく》は魂を斂《おさ》む。人生の此《ここ》に到れば、天道は寧《なん》ぞ論ぜん。是《ここ》に於て僕は本と恨みある人なり。心は驚いて已《や》まず。……

線の細い急迫した感情がこの賦の中を流れている。賦は元来は叙事的なものであったが、この時代の賦はパセティックなものに変化して来ている。

また、散文で例を挙げると、徐陵の「玉台新詠」の序文がある。

凌雲概日、由余之所未窺、千門萬戸、張衡之所曾賦。周王璧臺之上、漢帝金屋之中、玉樹以珊瑚作枝、珠簾以玳瑁爲押。其中有麗人焉。其人也、五陵豪族、充選掖庭、四姓良家、馳名永巷。……

凌雲概日《りょううんがいじつ》は、由余《ゆうよ》の未だ窺《うかが》わざる所、千門万戸は、張衡《ちょうこう》の曾《かつ》て賦する所なり。周王璧台の上、漢帝金屋の中、玉樹は珊瑚《さんご》を以て枝と作し、珠簾《しゅれん》は玳瑁《たいまい》を以て押《おう》と為す。其の中に麗人有り。其の人や、五陵の豪族にして、掖庭《えきてい》に充選され、四姓の良家にして、名を永巷に馳す。……

ほとんど全文が対句からなっており、用語は典故を持つ詩語が多く使われている。また音律の抑《よく》揚《よう》に細心の注意が払われている。試みにこの文章の韻律を調べてみると次のようである。「凌雲概日、由余之所未窺、千門萬戸、張衡之所曾賦、周王璧臺之上、漢帝金屋之中、玉樹以珊瑚作枝、珠簾以玳瑁爲押、其中有麗人焉、其人也、五陵豪族、充選掖庭、四姓良家、馳名永巷」。○は平字《ひょうじ》、・は仄字《そくじ》であるが、それが交互に現われるように言葉が置かれている。

かくのごとく斉梁の文学は、はなはだ技巧的であり、それは一種の言語の過剰であり、言語の奇形であると言ってよい。また、その内容ははなはだセンチメンタルである。要するに文学として大切なところを避けて、隅っこをつついているような感がある。今日から見ればそれは文学史的価値はあるにしても、文学的価値には乏しいと言わなければならない。こうした南朝の文学に反発して起こるのが、唐の文学であったのである。

「読書の学(十五)」(全集補篇)

斉梁の美文学について、博士は「一つの中国文学史」において、晋宋の時期では思想が美文の裏づけとしてあったが、斉梁の時期では、沈約らによる声律論の整備とともに、思想と個性を失った美辞麗句への耽溺となったのは、文学が絶望の心理の逃避の場所であったことによると述べておられる。同様のことは、「唐詩の精神」(全集11)にも見え、そこでは「造花のような斉梁の艶体の詩」は、「絶望の地色の上での一種の消遣であった」と述べられている。

七　北朝の文学

四三九年、魏の拓跋《たくばつ》氏が五胡十六国の紛乱を治めて北中国に統一をもたらしてから、五八九年、隋が南朝の陳を併呑するまでが北朝であるが、北朝の文学は南朝のものほどには文献が残っておらず、またそれを研究した人も余りいない。北朝の文化で一番よく研究されているのは書である。「北碑南帖《ほくひなんちょう》」という言葉があるように、南朝の書が王羲之《おうぎし》の手紙を手本とするのに対して、北朝の書は碑文の書に特徴がある。それは見ようによっては樸拙であるが、それには独特の味わいと趣きがあり、今日ではそれを愛する人が少なくない。わが中村不折の字は北碑の書法を真似たものである。北朝の文化遺産として、書についでよく研究されているのは雲崗《うんこう》(山西省大同県)の石仏である。それらに比して文学や思想のことは余りよく分かっていない。唐の文化を、少なくともその初期に担当したものは北人の子孫であるから、唐文化には北朝の影響が相当あると思われる。今後の研究が望まれる分野の一つである。

北朝の天子は純粋な漢族ではなく、蕃族ではあるが、後の蒙古や満洲の天子の如く突然中国に侵入して来たのとは違い、早くから中国に住みついており、また蕃族の侵入によって漢人の官僚がすべて南方に移住したのではなく、半分は北方に残っており、北朝はそれらの協力を得て国を建てたのであるから、北朝はそれほど野蛮ではなかったと思われる。また、北朝は南朝を模倣することに熱心であったので、北朝は南朝とそう異なったものではなかったであろう。「宋書《そうじょ》」の索虜伝《さくりょでん》に載っている北魏の太武帝が宋の天子に送った書などは舌足らずの文章で、まことに樸拙であるが、北魏の全盛の時代、すなわち孝文帝のとき（四七一―四九九）には、北朝の文学もだんだん盛んになり、大体において南方に倣ったものとなっている。もっとも北周には、一種の文章の改革運動が起こったことがある。蘇綽《そしゃく》という大臣が宰相の命を受け、「尚書《しょうしょ》」に倣った文章を書き、それを大誥《たいこう》と名づけたのがそれである。しかしながら、こうした復古運動は支配的なものにはならなかった。それは梁の庾信《ゆしん》が北周の捕虜となって優遇を受けたことからも分かる。庾信が北周に捕われてその宮廷詩人となったのは、彼の文章が北方で珍重されたためであった。庾信の詩は修飾性が強く、退屈なものであるが、それが北朝では珍重されたのである。こうした傾向は隋の時代にも続いている。

「北周の大誥について」（全集7）

八　南北朝の民間文学と史書など

南北朝には以上の宮廷文学のほかに、民間の文学、すなわち歌謡や、文学評論や、後世の小説の萌芽となったものなどがある。民間の歌謡は当時の言葉で言えば楽府《がふ》であるが、六朝《りくちょう》時代になると、漢の楽府とは別の形式と言えば言えるものが発生している。それはわが国の小唄のようなもので、その多くは五言四句からなっている。こうしたものが東晋のころから宋にかけて大量に発生したらしい。それらは北宋末の郭茂倩《かくもせん》の編集した「楽府詩集」の巻四十五あたりに見えるが、その代表は「子夜歌《しやか》」と呼ばれる恋愛の歌である。その一つである「子夜春歌」を例に挙げてみよう。

春風動春心
流目矚山林
山林多奇采
陽鳥吐清音

春風は春心を動かし
流目して山林を矚《み》る
山林には奇《き》采《さい》多く
陽鳥は清音を吐《は》く

「子夜」というのは、その歌の節を初めて作った女性の名であるが、「宋書《そうじょ》」の楽志《がくし》によれば、東晋の末年、太元《たいげん》のころ(三七六―三九六)、幽霊までがどこかの家でこの歌を歌ったりしていたと言う。また「宋書」はこのことから考えて、この歌はそれよりも先に出来たものに違いない、とも言っている。次に、さらに幾つかこうした形の歌を挙げてみよう。

前渓歌
黄葛生爛熳

前渓歌
黄葛《こうかつ》　生じて爛熳《らんまん》たり

誰能斷葛根　　誰か能く葛の根を断たんや
寧斷嬌兒乳　　寧《むし》ろ嬌児の乳を断つも
不斷郎慇懃　　郎の慇懃《いんぎん》を断たず

「嬌兒」は甘えっ子、「慇懃」は愛情である。

碧玉歌　　碧玉歌《へきぎょくか》

碧玉破瓜時　　碧玉の破瓜《はか》の時
相爲情顚倒　　相い為《おも》うて情は顚倒《てんとう》す
感郎不羞郎　　郎に感じて郎に羞《は》じず
回身就郎抱　　身を回らして郎の抱《いだ》きに就《つ》く

「碧玉」は娘の名、「破瓜」は十六歳のことである。

懊儂歌　　懊儂《おうのう》歌

江陵去揚州　　江陵は揚《よう》州を去ること

三千三百里　　三千三百里なり
已行一千三　　已に一千三を行けば
所有二千在　　有《あま》す所は二千在《のこ》る

江陵は揚子江《ようすこう》の中流の町、揚州は下流の町の名であるが、それらの地名はこの歌が南方の水郷で発生したことを思わせる。

　　華山畿　　　　華山畿《かざんき》
奈何許　　　　奈何許《せんすべもなし》
天下人何限　　天下の人は何ぞ限りあらんや
慊慊只爲汝　　慊慊《けんけん》として只《た》だ汝を為《おも》う

「慊慊」は飽きることなくの意である。

　　讀曲歌　　　　読曲歌
打殺長鳴鶏　　長鳴鶏《ちょうめいけい》を打殺し

弾去烏臼鳥　　烏臼鳥《うきゆうちよう》を弾去し
願得連冥不復曙　　願わくは得ん　冥《よる》を連ねて復た曙《あ》けず
一年都一暁　　一年の都《す》べて一暁なるを

「長鳴鶏」はすずめ、「烏臼鳥」はにわとりである。「願得連冥不復曙、一年都一暁」とは、毎日、夜のみ続いて明けることなく、一年分も寝てみたいという意味である。

こうした歌の中には、双関語、すなわち懸け詞を用いたものが往々にしてある。そうしたものを次に挙げて見よう。

讀曲歌　　読曲歌
奈何許　　奈何許《いかんともするなし》
石闕生口中　　石闕《せきけつ》の口中に生ずるを
銜碑不得語　　碑を銜《ふく》んで語ることを得ず

「碑」は悲の双関語である。

讀曲歌　　　読曲歌
罷去四五年　　　罷《や》め去って四五年なり
相見論故情　　　相い見て故情を論《い》う
殺荷不斷藕　　　荷《か》を殺して藕《ぐう》を断たざれば
蓮心已復生　　　蓮心は已に復た生ず

「藕」ははすの根であるが、偶の双関語であり、「蓮」は憐、つまりいとしい気持ちの双関語である。

これらの歌は、その形が短いところから小楽府《しょうがふ》と呼ばれている。それは晋宋の間に発生したものであるが、やがてそれは斉梁の文人によって取りあげられて、その擬作が行なわれるようになり、唐の五言絶句の形が完成するのである。小楽府は唐の五言絶句の萌芽の一部となったものとして重要であるが、今まで充分には研究されていない。

次にこの時代における文学論について述べておく。文学が盛んになると文学論が出て来るのは当然である。梁の劉勰《りゅうきょう》の「文心雕龍《ぶんしんちょうりょう》」五十篇は、この時代に生まれたもっとも体系のある文学論である。それはまた中国における唯一の体系のある文学論でもある。十一世紀、宋以後になると、詩話という一種の文芸雑話のようなものはあるが、「文心雕龍」のごとき体系的なものはついに出ていない。この時代に生まれた文学論としてはこのほかに、梁の鍾嶸《しょうこう》の「詩品」がある。またより早いものとしては先に説いた晋の陸機の「文賦」や、魏の文帝の「典論」の中の「論文」(文を論ず)篇や、文帝が友人の呉質と往復した書簡が「文選《もんぜん》」の中に入っているが、これらも文学について論じた文章である。当時はもっと沢山あったらしいことは、「隋書」経籍志や、わが弘法大師《こうぼうだいし》の「文鏡秘府論」によって知ることができる。

最後に、この時代の歴史の書物と、その付随として発生した逸話、小説、地理書について述べておく。この時代に生まれた歴史書のうちで正史としては、晋の陳寿の「三国志」がある。これは大へんよく出来ており、文体もまた堅実である。ついで宋の范曄《はんよう》の「後漢書《ごかんじょ》」・梁の沈約《しんやく》の「宋書《そうじょ》」・梁の蕭子顕《しょうしけん》の「南斉書《なんせいしょ》」・北斉の魏収の「魏書《ぎしょ》」があるが、これらも面白いものである。中国正史の理想は、個別的なものを述べることによって、広く人間の問題を提供することであるが、そうした態度が薄らぎつつも、「魏書」が乱雑に傾くのを除いてはなおこれらの史書には存在していると言える。そのほかにこの時代のことを書いた史書としては、「梁書《りょうしょ》」・「陳書《ちんしょ》」・「北斉書《ほくせいしょ》」・「周書《しゅうしょ》」・「晋《しん》書《じょ》」がある。これらは次の唐の初めに編纂されたものであるが、その資料は南北朝時代に書かれたものである。これらもまた同じような面白さを持っていると言える。これらの史書は「文選」の中に入っている文章ほどには装飾的ではないが、相当に修飾的な文章で書かれている。しかしながら、当時の概念では、これらの史書の文章は、「文」よりも「筆」の範疇に属するものであり、かならずしも文学とは意識されなかったのである。

こうした正史のほかに、歴史の付加物として生まれたものが幾つかある。その第一類は宋の劉義《りゅうぎ》慶《けい》の「世《せ》説新語《せつしんご》」である。これは当時の逸話を集録したものであり、後漢から東晋までの人物の逸話が記録されている。その中から東晋の王徽之《おうきし》(子猷《しゆう》)についての条を挙げてみよう。

王子猷、嘗暫寄人空宅住、便令種竹。或問、暫住何煩爾。王嘯詠良久、直指竹曰、何可一日無此君。

王子猷、嘗て暫く人の空宅に寄りて住し、便《すなわ》ち竹を種え令《し》む。或るひと問う、暫く住するに何ぞ爾《しか》するを煩《わずらわ》すやと。王は嘯詠《しょうえい》すること良久《やや》しくして、直《ますぐ》に竹を指さして曰く、何ぞ一日も此の君の無かる可けんやと。

「任誕《にんたん》」篇に見える話であるが、こうした行為は後の中国の知識人の一つの典型となったものである。なお竹のことを「此君《しくん》」というのはこの話しにもとづいている。

「世説新語」はまた、当時の口語が往々にしてその中に入っていることにより、語学史の上からも大切な書物である。右の文の「寄人空宅住」というのは口語的な言い方であるが、次には別の例を挙げてみよう。西晋の王衍《おうえん》（夷甫《いほ》）についての話である。

王夷甫、雅尚玄遠、常嫉其婦貪濁、口未嘗言錢字。婦欲試之、令婢以錢遶牀不得行。夷甫晨起、見錢閡行、呼婢曰、擧卻阿堵物。

王夷甫《おういほ》は、雅《つね》に玄遠を尚《とうと》び、常に其の婦《つま》の貪濁《どんだく》を嫉《にく》み、口は未《いま》だ嘗て銭の字を言わず。婦之を試みんと欲し、婢《ひ》をして銭を以て牀《しょう》を遶《めぐ》らして行くことを得ざら令《し》む。夷甫は晨《あした》に起き、銭の行くを閡《さえぎ》るを見て、婢を呼んで曰く、阿堵物《あとぶつ》を挙げ卻《さ》れよと。

「規箴《きしん》」篇に見える話であるが、「阿堵《あと》」というのは、当時の口語であり、今日の「那个」nageに相当して、そのという意味である。後世、「阿堵物《あとぶつ》」と言えば銭のことを指すが、それはこの話にもとづいて生まれたものである。

第二類は妖怪談である。これは当時の意識としては歴史書の一種として発生したものである。こうしたものとしては晋の干宝《かんぼう》の「捜神記《そうしんき》」がある。それには例えば次のような話が載せられている。

南陽の宋定伯という者が夜道を歩いていると、向こうから人が来る。「お前は誰か。」と尋ねると、「私は鬼《き》（幽霊）だ。」という。定伯は「いや、わしも幽霊だ。」と言うと鬼は大へん喜んだ。二人は目的地が同じ宛市《えん》という所であることが分かったので一緒に旅をすることになった。そのうちに鬼の提案で、代わり番こにおんぶして行くことにした。鬼が先ず定伯をおんぶしたが、定伯が重いのを怪しんで、「お前は大へん重い。鬼ではないだろう。」と言う。「おれは、このあいだ新しく幽霊になったばかりだからまだ体重が抜けないんだ。」と定伯はごまかす。定伯は鬼の一番こわいものは何かと尋ねると、鬼はそれは人間のつばだという。やがて川に出た。鬼が渡ると音がしない。定伯は「おれは新米なので音がするんだ。」と言い訳をして渡った。やがて宛市に着くと、定伯は市場まで鬼をかついで走った。市場の前まで来ると、鬼は羊に化けた。そこで定伯はつばをかけておき、その羊を売って千五百円もうけた(「宋定伯」)。

こうした不思議な話を集めたものに、「捜神記」のほか、陶淵明の編纂と言い伝えられる「捜神後記《そうしんこうき》」や、宋の劉敬叔の「異苑」がある。近ごろの魯迅《ろじん》の「古小説鉤沈《こうちん》」は、この三種以外の妖怪談の逸文を集めたものである。

このようにこの時代には幾つかの妖怪談を集めたものがあるが、こうしたお化けの話は編纂者がその話の中に空想による文学としての面白さを見出だしたためではない。それはむしろ歴史の意識をもって書き留められたのである。中国の歴史家には、世界にある限りのものは書き写そうとする精神があるが、こうしたお化けの話を書き写すことも歴史家の仕事の一つである、つまり「史官之末事」(「隋書」経籍志)であると考えられていたのである。こうした志怪の書は文学としては、それほど面白いものではないが、口語史の資料としての価値は大きい。

また、第三類としては地理書がある。北魏の酈道元《れきどうげん》の「水経注《すいけいちゅう》」はその代表である。これは四十巻の大部な書物であり、中国の河川と水道の模様や、両岸の風物や風景、古跡とそれにまつわる伝説を記録したものである。中国人の書物として体系のあるものであるが、文学としてこの書物が価値を持つのは、その文章が美しいことである。特に風景の描写は大変に美しく、それは後世の風景描写に影響を及ぼしている。また北魏の楊衒之《ようげんし》の「洛陽伽藍《がらん》記」もよい文章で叙述されている。

「中津浜渉著『楽府詩集の研究』序」（全集補篇）
「世説新語の文章」（全集7）
「六朝の『小説』」（『中国古小説集』解題」全集1）
「『唐宋伝奇集』解説」（全集11）

第五章　中世の文学（下）

一　唐代の文学

唐の高祖が隋の譲りを受けて帝位に即き、唐の国を始めたのは六一八年のことであるが、高祖は間もなく帝位を息子の太宗に譲っている。太宗の治世はその年号をもって「貞観之治《じょうがんのじ》」と呼ばれるほど、世の中がよく治まった。唐はその貞観の治をもって始まる国家である。唐が亡びたのは九〇七年であるから、開国からそれまで三百年間つづいたことになる。この間、唐は中国の全土を統一し、その版図は広く極東一帯と、中央アジアにまで広がっている。それは中国のもっともフラワーリッシュな時代であったと言えるが、それはまた中国文学史のクライマックスでもあった。少なくとも中国の詩のクライマックスであった。

唐の前の六朝《りくちょう》は、文学の外形が整備された時代であるが、文学の内容が整備されたのは唐の時代である。なかでも、もっとも重要な現象は、詩の完成である。中国の詩はこの時代に頂点に達し、宋以後はむしろ下り坂である。この時代には詩の完成のほかに、散文の文体の変革が行なわれている。これまでの文体は過度に装飾的であったが、この時代に文体はより自由なものへと転換している。しかし、その新しい文体が完全なものとなるのは次の宋の時代になってからのことである。詩がこの時代を頂点とするのとは異なっている。その点において、この時代の文学の中心となるものは、やはり詩であると言わなければならない。したがって詩を中心に述べることにする。

唐代の詩は、初唐・盛唐・中唐・晩唐の四期に分けるのが普通である。このことを初めて唱えたのは、元の楊士弘の「唐音」(「湖北先正遺書」所収)であるが、また明の高棅《こうへい》の「唐詩品彙《ひんい》」には、より完成した見解が見えている。初唐は六一八年から七〇〇年まで、盛唐は七〇〇年から七五〇年まで、中唐は七五〇年から八〇〇年まで、晩唐は八〇〇年から九〇七年までと考えてよい。初唐の詩人としては王勃《おうぼつ》・楊炯《ようけい》・盧照鄰《ろしょうりん》・駱賓王《らくひんのう》のいわゆる四傑があり、盛唐には李《り》白《はく》・杜《と》甫《ほ》・王維《おうい》があり、中唐には白居易《はくきょい》と韓愈《かんゆ》があり、晩唐には杜牧と李商隠がある。

ついでにこの時代の資料について述べておく。「四庫全書」は清代に編纂されたもので、当時の中国に伝わる書物の集大成であるが、それには唐人の別集として七十数人が収められている。そのほかの零細なものを加えると、唐人の別集としては百内外のものが今日に伝わっていることになるが、それらは多く後人によって再編集されたもので、元来の形をそのままの形で伝えるものは、白居易の「白氏文集《はくしもんじゅう》」など少数の例外を除き多くない。次に総集としては、北宋初期の官撰になる「文苑《ぶんえん》英華《えいが》」一千巻がある。これは「文選《もんぜん》」の後を継ぐという意識をもって編纂されたものであるが、当時伝わる詩文のおおむねを集めたもので、その作品の選択は「文選」に較べて点が甘い。それは内容による部類分けがなされており、作者別にはなっていない。また清《しん》の康熙《こうき》年間の「全唐詩」九百巻、嘉慶《かけい》年間の「全唐文」一千巻がある。これは現在見うるすべての唐代の詩と散文とを作者別に収めたものである。また、傑作を選び出そうとした選集には、まず宋の姚鉉《ようげん》の編する「唐文粋《とうもんずい》」一百巻があるが、これは退屈な作品が多く、出来がよろしくない。わが国の「本朝文粋」は、この書物に模擬して作られたものである。そのほかに詩のみを選んだものとしては、明《みん》の李于鱗《りうりん》の「唐詩選」七巻が日本では有名である。これは中国では行なわれなかったが、わが荻生徂徠《おぎうそらい》の推奨によって、江戸中期以後のわが国に広く行なわれた。それ以前に日本で流行したのは宋の周弼《しゅうひつ》の「三体詩《さんていし》」三巻であるが、これもまた中国ではあまり有力でない書物である。そのほかにも、唐詩の選集は数え切れないほど沢山ある。それは宋以後においては唐詩は詩の古典であり、唐詩のうちのどの時期のものを宗とするかによって、詩壇は多くの流派に分かれたが、それぞれの流派の宗匠が唐詩の中から自分の主張にかなうものをよりぬいて、具体的に自分の詩学を弟子たちに示そうとしたためである。したがってそれらの選集は、それぞれに偏向を持っており、公平に選択されたものではかならずしもない。公平ということを規準にして、初唐では初唐らしい詩を、盛唐では盛唐らしい詩をというふうに選んだものとしては、清の沈徳潜《しんとくせん》の「唐詩別裁集」二十巻がある。

「『唐詩選』序」（全集補篇）

二　初唐の詩と散文

初唐は一つの過渡期である。もう少し具体的に言うと、多分に前代の六朝末の美文の大家である徐陵・庾信《ゆしん》の延長であり、次の盛唐の前奏曲となる時代である。しかしながら、初唐の詩は全く徐陵・庾信の詩に同じかと言えばそうではない。それは似てはいるが、その色調にはどこか違っているところがある。こころみに先だつ庾信の「喜晴」(晴るるを喜ぶ)という詩を例に挙げてみる。

比日思光景
今朝喜暫逢
雨住便生熱
雲晴即作峰
水白澄還淺
花紅燥更濃
已歡無石燕
彌欲棄泥龍

比日《ひじつ》　光景を思いしに
今朝　暫《たちま》ち逢うことを喜ぶ
雨は住《や》みて便《すなわ》ち熱を生じ
雲は晴れて即ち峰を作る
水は白くして澄みて還《ま》た浅く
花は紅にして燥《かわ》きて更に濃し
已に歓《よろこ》ぶ　石燕《せきえん》の無きを
弥《いよいよ》泥竜を棄てんと欲す

次に王勃の「麻平晩行」（麻《ま》平《へい》の晩の行《たび》）という詩を挙げてみる。

百年懷土望
千里倦遊情
高低尋戍道
遠近聽泉聲
磵葉纔分色
山花不辨名
羈心何處盡
風急暮猨清

百年　土を懐《おも》うての望み
千里　遊びに倦《う》むの情
高低して戍道《じゅどう》を尋ね
遠近に泉声を聴く
磵《かん》葉は纔《わず》かに色を分かち
山花は名を弁ぜず
羈《き》心《しん》は何処《いずこ》にか尽くる
風は急にして暮《ぼ》猿《えん》は清し

庾信の詩はかっこうは唐の五言律詩に近いが、退屈な詩である。それは対句の語呂合わせをするために言葉が並べられているに過ぎない。また、外的には物の真相に迫ろうとはしていないし、内的には形式が心理の表象としては働いていない。それに対して、王勃の詩は感情と言葉とにアクセントがある。それがことによく現われているのは終聯の二句「羈心は何処にか尽くる、風は急にして暮猿は清し」である。堆積して来た感情が、そこでぐっと持ち上げられている。つまり殺し文句になっている。それは自然のもっとも尖鋭な風景を提出して、心理がそれに答えるがごとく答えざるがごとくである。

初唐は文の方もやはり過渡期にある。この時期の文は四六文であり、一見すると前代の連続のように思われる。やはりさきだつ庾信の「爲梁上黄侯世子與婦書」（梁の上黄侯の世子《せいし》の為に婦に与うる書）を挙げてみる。

昔仙人導引、尚刻三秋、神女將梳、猶期九日。未有龍飛劍匣、鶴別琴臺。莫不銜怨而心悲、聞猿而下淚。……

昔、仙人は導引せんとして、尚お三秋を刻み、神女は将に梳《くしけず》らんとして、猶お九日を期す。未だ竜の剣匣《けんこう》に飛び、鶴の琴台に別るること有らず。怨みを銜《ふく》んで心は悲しみ、猿を聞いて涙を下《お》とさざること莫《な》し。……

一読して何のことかさっぱり分からない。余程の教養を持っていなければ当時の人も分からなかったであろう。それに対して初唐の文は同じく四六文でありながら、それほど分かりにくくはない。王勃の「春日孫學宅宴序」（春日に孫学の宅に宴する序）というのを挙げてみる。

若夫懷放曠寥廓之心、非江山不能宣其氣。負鬱快不平之思、非琴酒不能洩其情。則林泉爲進退之場、樽罍是言談之地。白衣送酒、青陽在節。鳧雁亂而江湖春、梅柳開而庭院晩。楚屈平之瞻望、放于何之。王仲宣之登臨、魂兮往矣。俠客時有、且傾鸚鵡之杯、文人代興、聊擧麒麟之筆。人釆一字、四韻成篇。

若《も》し夫《そ》れ放曠寥廓《ほうこうりょうかく》の心を懐《いだ》かば、江山に非ざれば其の気を宣《の》ぶること能わず。鬱快不平の思を負《お》えば、琴酒に非ざれば其の情を洩《も》らすこと能わず。則ち林泉は進退の場と為り、樽罍《そんらい》は是れ言談の地なり。白衣もて酒を送り、青陽は節に在り。鳧《ふ》雁《がん》は乱れて江湖は春にして、梅柳は開いて庭院は晩《く》る。楚の屈平の瞻望《せんぼう》、放たれて何《いず》くにか之《ゆ》く。王仲宣の登臨、魂は往《ゆ》きぬ。俠客は時に有りて、且つ鸚鵡《おうむ》の杯を傾け、文人の代わるがわる興りて、聊《いささ》か麒麟《きりん》の筆を挙ぐ。人ごとに一字を采《と》り、四韻もて篇を成す。

この文には典故を使っているところがあるが、それは子供でも知っているようなやさしい典故である。典故があるらしいと感じさせるような典故ばかりである。またその典故が分からなくとも、われわれはそこに何かあるポエジーを感じ得る。また、「白衣送酒」と「青陽在節」とは、事柄としては類似していないが、そうした類似せぬ事柄を利用して対句を作っている。いわゆる借対《しゃくつい》である。また、この文章では句が長くなっていることも注意される。こうした文章が生まれてきたのは、人間の精神が活動的になってきたことの副産物であると言えよう。王勃の詩集に寄せた楊炯《ようけい》の序文には、すでにそのことが指摘されている。

初唐の詩文はこのように多くの点で前代に連なりつつ、だんだん新しいものに移って行ったと言える。ではなぜ、このように唐になって文学が変化して来たのであろうか。それは人間は六朝《りくちょう》のような余りに遊戯的な文学に永く堪えうるものではないことによるのは言うまでもないが、別の原因を考えれば、唐と六朝とでは、文学を生み出す環境が違っていたということが考えられる。前代の文人はおおむね貴族であり、かれらには煩瑣な文学を生み出す生活の煩瑣と、それを成り立たせ、維持するだけの環境とがあった。しかし、初唐の詩人たちはもはや決して一流の家柄の出身ではない。かれらはおおむね田舎の士族の出身であった。つまり新しい階級であったと言える。こうしたことは文学者の層ばかりでなく、唐代の政治や文化を通じて見られることである。太宗の周囲に集まって創業を助けた房玄齢《ぼうげんれい》・杜如晦《とじょかい》らは、みな二流、三流の家柄の出身者であった。政治の担当者がそうであると、文学の担当者も違って来る。かれらも従来の貴族のようにむずかしい文章を作り、解することには、もはや興味と能力を薄め、またかれらの精神の若々しさは、そうしたむずかしい文章を作るには余りにも活動的であったと言ってよい。さらにもう一つの原因としては、前代の文人が南方人であったのに対して、初唐の詩人たちが北方人であったということが考えられる。初唐の四傑のうち、王勃は山西竜門の人であり、楊炯は陝西《せんせい》華陰の人であり、盧照鄰は河北范陽（涿県）の人である。南方の人が繊細で、器用であるのに対して、北方の人は気魄と精神に富んでいる。初唐の文学はそうした北方人によって産み出されたのである。要するに初唐の詩人は、従来の詩人とは出身階級も違うし、出身地も違うわけである。それは初唐について言えるばかりではなく、唐全体を通じても、ある程度言えることである。

この時期はまた、前代に用意された詩の韻律が、完全に整備されるのに近づいた時期でもあった。その点でもまたこの時期は過渡期であったと言うことができる。前の王勃の詩について言えば、詩の韻律は次のようになっている。

百年○懐土・望・　千里・倦遊○情◎
高低○尋戍・道・　遠近・聴泉○聲◎
磵葉・纔分○色・　山花○不辨・名◎
羈心○何處・盡・　風急・暮猨○清◎

○は平声、・は仄声で、◎は平声の脚韻である。この詩は、完全な後の律詩の詩型ではないが、それは律詩の詩型がこの時期にほぼ成立したことを示している。また絶句も四傑の時代に形式が整備されている。しかしながら、この時代は詩の形式の確立の方になお重点があり、それが内容をもって充実されるのは次の盛唐の時期を待たねばならなかった。また文は中唐を待たねばならなかった。

「隋唐時代・文学」(全集11)
「唐詩の精神」(全集11)
「第十一巻唐篇Ⅳ自跋」(全集11)
「『唐詩選』序」(全集補篇)

唐詩の優越する理由を説いて、「唐詩の精神」は、それを厳密な詩型と、唐人の能動的な思想の中にあるとし、また、「『唐詩選』序」は、それを唐人の無限定なもの、不可知なものへの接触と交感にあるとし、その証拠として、柳絮、夕陽、春風など、従前の詩には稀であったイメージが、唐詩に至って頻繁に現われることを指摘する。こうした見解は、他に「一つの中国文学史」(全集1)、「杜甫の詩論と詩」(全集12)の中にも見えるが、この講義ではそうした学説はまだ提出されていない。

三　盛唐の大詩人たち

盛唐は玄宗皇帝の開元・天宝の時代である。開国百年の間、唐の国運は上昇し、その極が玄宗の時代である。それは中国の国運が文化的、政治的にもっとも栄えた時代の一つであったと言うことができる。玄宗は政治的手腕の持ち主であり、即位の初め、則天武后《そくてんぶこう》以来の女性による変則的な政治を見事に断ち切り、男系の天子による政治を確立している。また、この時代は唐の国力が中央アジアにまで伸びた時期であるが、玄宗は外交的手腕にも富み、外国との交渉を巧みに処理した。また、玄宗は豊かな芸術的才能の持ち主であり、音楽、文学を愛した。そうしたいきな天子ゆえ、美しい女性が好きであった。玄宗はこのような花やかな天子であったが、この花やかな天子の時代に至り、前代からの蓄積がぱっと一時に花を開かせた感がある。この時代にはすぐれた詩人が数多く出現しているが、なかでも秀れるものは李白（太白《たいはく》）と杜甫（子美《しび》）である。二人は中国の最もすぐれた詩人とされ、その評価は今に至るまで変わっていない。民国初年の文学革命を経て過去の文学の評価には大きな変化があったが、この二人に対する評価は動いていない。二人の文学の優劣については、昔からいろいろの議論があるが、中世の文学を近世の文学へと大きく転換させたという点では、李白よりも杜甫の功績の方が大きい。従ってまず杜甫の方から述べる。

杜甫の詩は、いろいろの点において従来の詩に対する革命であったと言える。杜甫以前の詩は、整った修辞ということばかりに重点が行きがちであり、いきおい、題材は限定せられざるを得なかった。しぜん、詩は類型的になった。それに対して杜甫の詩は、従来から堆積されて来た修辞の技巧を十分に利用してはいるが、内容に重点を置く結果、その対象は従来のものから大きく飛び出している。すなわち社会的事実、歴史的事実が詩の題材となっている。例えば「兵車行」のごときは、出征兵士の悲しみを歌ったものである。

車轔轔　馬蕭蕭
行人弓箭各在腰
耶娘妻子走相送
塵埃不見咸陽橋
牽衣頓足攔道哭
哭聲直上干雲霄
道旁過者問行人
行人但云點行頻
……

車は轔轔《りんりん》　馬は蕭蕭《しょうしょう》
行人の弓箭《きゅうせん》は各ゝ腰に在り
耶娘妻子《やじょうさいし》　走って相い送り
塵埃《じんあい》は見ず　咸陽《かんよう》の橋
衣を牽《ひ》き足を頓し道を攔《さえぎ》って哭す
哭声は直《ます》ぐに上りて雲霄《うんしょう》を干《おか》す
道旁《どうぼう》に過ぐる者の行人に問えば
行人は但だ云う点行頻《しき》りなりと
……

これは当時の社会事象を直接に歌ったものであるが、かくのごとく眼前の事実をありありと有りのままに歌ったものは、杜甫以前には稀である。こうしたことは、従来の文学、あるいは従来の記載においては、詩以外の形式でなされたものである。従来の詩は陸機の「文賦」に「詩縁情而綺靡」（詩は情に縁《よ》りて綺靡《きび》たり）とあるごとく、感情なり、雰囲気なりを述べるものであった。この詩のように社会の事象に批判を加えることは、かならずしも従来は詩の職掌ではなく、それはむしろ歴史のものであったのである。

また、旅行の顚末をこまごまと詩によって書くのも杜甫が初めてである。こうしたことの叙述は従来は賦という形式でなされたものである。晋の潘岳《はんがく》の「西征賦」などでは、旅行の顚末が書かれているが、それは羅列的なものであり、散文と韻文との間にあるようなものであった。杜甫は従来は賦が行なっていた仕事を詩の中に引き込んで来たわけである。また、杜甫の詩は対象を有りのままに歌おうとする結果、それは従来にない長い詩となった。「北征」は七百字の長さである。こうした長い詩は彼以前には余りない。また杜甫の詩は語彙が豊富であり、俗語をも時に採用する。たとえば「耶娘」は父母、「妻子」は妻を意味する当時の俗語である。

また、杜甫の詩のような激越な感情も従来のものには稀である。六朝の詩は公卿さん的な詩であるから、感情を丸出しにすることは避けて、お上品に歌っているが、杜甫の詩はそうではない。杜甫が成都にいたころの詩に次のような詩がある。「茅屋爲秋風所破歌」(茅屋《ぼうおく》の秋風の破る所と為《な》る歌)という詩である。

八月秋高風怒號　　八月秋高くして風は怒号《どごう》し
巻我屋上三重茅　　我が屋上の三重《さんちょう》の茅《かや》を巻く

茅飛渡江洒江郊
高者挂罥長林梢
下者飄轉沈塘坳
南村群童欺我老無力
忍能對面爲盜賊
公然抱茅入竹去
脣焦口燥呼不得
歸來倚杖自嘆息
俄頃風定雲墨色
秋天漠漠向昏黑
布衾多年冷似鐵
嬌兒惡臥踏裏裂
床床屋漏無乾處
雨脚如麻未斷絶
自經喪亂少睡眠
長夜沾濕何由徹

茅は飛んで江を渡りて江郊に洒《そそ》ぎ
高き者は挂罥《かいけん》す長林の梢
下《ひく》き者は飄転して塘坳《とうおう》に沈む
南村の群童は我の老いて力無きを欺《あなど》り
忍《むご》くも能く面に対して盗賊を為す
公然茅を抱いて竹に入りて去る
脣《くちびる》は焦《こ》げ口は燥《かわ》いて呼ぶこと得《かな》わず
帰り来たりて杖に倚りて自ら嘆息す
俄頃《がけい》風は定まりて雲は墨色
秋天は漠漠として昏黒に向こう
布衾《ふきん》は多年冷たきこと鉄に似るを
嬌児《きょうじ》の悪臥《あくが》して裏を踏んで裂く
床《しょう》床《しょう》屋漏《おくも》りて乾ける処無きに
雨脚は麻《あさ》の如く未だ断絶せず
喪乱《そうらん》を経て自り睡眠少なきに
長夜沾湿《てんしゅう》しては何に由りてか徹《あか》さん

何得廣廈千萬間
大庇天下寒士倶歡顔
風雨不動安如山
嗚呼何時眼前突兀見此屋
吾廬獨破受凍死亦足

何《いず》にか広廈《こうか》の千万間なるを得て
大いに天下の寒士を庇《おお》いて倶に歓《よろこ》ばしき顔せん
風雨にも動かず安きことは山の如し
嗚呼《ああ》何の時か眼前に突兀《とっこつ》として此の屋を見ば
吾が盧《ろ》は独り破れて凍を受けて死するも亦た足らわん

この詩の終わりの四句は、大へん激烈である。こうしたことは、従来の詩では気はずかしくて歌われなかったものである。

かくのごとく、杜甫の詩は従来の詩の振幅を大きくしたが、一方従来の詩には歌われなかった細かい事柄や生活、それに伴う細かい感情を歌っている。例として成都時代の「漫成」（漫《すず》ろに成る）という詩を挙げてみよう。

江皐已仲春
花下復清晨
仰面貪看鳥
迴頭錯應人

江皐《こうこう》は已に仲春にして
花下は復た清晨《せいしん》なり
仰面《ぎょうめん》　鳥を看るを貪《むさぼ》り
回頭　錯《あやま》って人に応ず

讀書難字過　書を読むには難字過ごし
對酒滿壺頻　酒に対しては満壺《まんこ》頻《しき》りなり
近識峨眉老　近ごろ識《し》りし峨眉《がび》の老は
知余懶是眞　余《よ》が懶《らん》は是れ真なるを知る

この詩の第二聯の「仰面して鳥を看るを貪り、回頭して錯って人に応ず」というのは、日常の生活に現われる細かい面白さを歌ったものである。

かくのごとく、杜甫の詩は従来の類型を破って自由さを獲得し、それによって文学を確立している。しかし一方では表現はあくまでも端正である。従って彼は音律的に整った詩である律詩の完成者でもあった。五言、七言の律詩は初唐時代にその韻律が準備された詩型であるが、それは初め宮廷の宴会における即興詩、ないしは人生における付録的事件を詠ずる詩型であったようである。ところが、杜甫はこの短い、拘束性の多い詩型により、もっとも重要な感情を歌ったばかりか、この詩のもつ装飾的な性質を積極的に生かすとともに、その短さを逆に利用して感情を集中的に表現している。その結果、その詩型の拘束性が彼にはプラスに働き、律詩は純粋な抒情詩としての完成を見たのである。律詩が抒情詩としての位置を確立したのは杜甫の功績によると言える。

杜甫の詩はかくのごとくに革命的であるが、復古主義的な精神がその革新性の中にあったことは注意されねばならぬ。中国においては、革新は復古と相い俟って行なわれるのが常であるが、そういう意識は李白には一そう明瞭である。李白は「古風」という詩において、一番正しい詩は「詩経」の大雅の詩であり、おのれはその詩へ復帰することをもって任務とするということを述べて、『大雅久不作、吾衰竟誰陳。云々」（大雅《たいが》は久しく作られず、吾の衰えなば竟《つい》に誰か陳《の》べん。云々）と言っている。そうした精神は杜甫にもあったと考えられる。彼の詩の中には「詩経」に学ぼうとした所がいくつか認められる。李白は杜甫ほどには革新的でないように思われるが、李白にも革新を求める意識はあったのである。李白が輝かしい成果を挙げえたのは、李白が古典の自由な精神を復活して、もう一度自由な精神を歌おうとしたことにあると思われる。

そしてまた、李白は一方においては、六朝の楽府《がふ》、つまり民謡の形式を自由にその詩の中に取り入れている。「陽叛児」という詩を例に挙げてみよう。

君歌陽叛児
妾勸新豐酒
何許最關人
烏啼白門柳
烏啼隱楊花

君は歌う陽叛児《ようはんじ》
妾《しょう》は勧《すす》む新豊の酒
何許《いずこ》か最も人に関す
烏は啼《な》く白門の柳
烏は啼いて楊花に隠れ

君醉留妾家
博山爐中沈香火
雙煙一氣淩紫霞

君は酔うて妾の家に留まる
博山炉《はくざんろ》中なる沈香《ちんこう》の火は
双煙　一気　紫霞《しか》を淩《しの》がん

これは南朝の小楽府の影響である。こういうふうに李白は復古的動機から革新を行ないながら、手近な民謡の中から真実の感情を汲み取って、それを自分の詩として再生しているのである。杜甫・李白の詩が、ともに激烈な感情を歌ったのに対して、王維《おうい》（摩詰《まきつ》）の詩は穏やかで平和である。「春夜竹亭、贈錢少府歸藍田」（春夜に竹亭にて、銭少府の藍田《らんでん》に帰るに贈る）という詩を挙げてみる。

夜靜羣動息
時聞隔林犬
却憶山中時
人家澗西遠
羨君明發去
采蕨輕軒冕

夜静かにして群動息《や》み
時に林を隔つ犬を聞く
却《かえ》って憶う山中の時
人家は澗西《かんせい》に遠きを
羨《うらや》む　君の明発《めいはつ》に去り
蕨《わらび》を采《と》りて軒冕《けんべん》を軽んずるを

大へん平和な詩である。王維は杜甫ほどに革命的でないまでも、やはり従来の詩とは色合いが違っていることは李白のばあいと同様である。

かくのごとく、盛唐は詩の革新期であったが、こうした詩の革新を行なった人たちは、前代の文学の担当者であった貴族の出身ではなく、新興の家の出身であったようである。杜甫の祖父は詩人であったが、六朝時代は地方の武士であり、彼の叔父の中には白昼に人を刺し殺した人がいる。また李白はどこで生まれたかもよく分からぬ。従来は四川《しせん》の人と言われて来たが、近ごろの史家の中には、陳寅恪《ちんいんかく》氏のごとくにペルシャ人であったと言う者さえあるくらいである（「李太白氏族之疑問」）。李白がペルシャ人であったかどうかは問題であるが、少なくともそういう疑いをかけられるほど、どこの馬の骨か分からぬ人物である。要するに杜甫・李白は従来の文学を担当していた家の出身者ではない。ともにかれらは前代には文学的には田舎と目されていた北方の人であった。杜甫の生地は河南の鞏県《きょう》（洛陽の東）であり、王維の生地は山西の祁《き》県である。中国は地形的に封鎖的な世界でありやすく、文化的には外国の影響を受けることが少なかったが、文学が展開したのはそれを担当する階層が替わって行ったためである。担当階層が替わることにより、新しい元気が注入されて文学が生き返ったのである。

「新唐詩選」（岩波新書・全集11）の前篇
「杜甫私記第一巻」（全集12）
「杜甫小伝」（全集12）
「杜甫」（全集12）
「杜甫について」（全集12）
「杜甫の文学」（「中国文学入門」全集1）
「東洋文学における杜甫の意義」（全集12）
「黒川洋一『杜甫』跋」（全集12）
「杜甫の詩論と詩」（全集12）
「杜甫Ⅰ」・「杜甫Ⅱ」（筑摩書房刊・全集外）
「牡丹の花——李白のおはなし——」（全集11）
「武部利男氏『李白』跋」（全集11）
「李白の文学」（「中国文学入門」全集1）
「マーラー『大地の歌』の原詩について」（全集補篇）
「王昌齢詩」（全集11）

「一つの中国文学史」（全集1）において、博士は杜甫と李白について次のごとく述べられている。「人間の微小への過度の敏感、それを清算した大詩人は、まず李白であり、杜甫であり、ついで韓愈、白居易である。（中略）彼等がまず確認したのは、文学は言語の遊戯でないことであった。そうして過去の世代がつみかさねて来た人間の微小さへの敏感、懐疑、それらを適度に継承しつつも、人間の可能性へより大きく目ざめた。また可能性への信頼のしるしとして、それぞれに個性的な思想をもった。李白は個人生活の充実を、杜甫は理想社会の可能を、思想とする。いずれも可能の哲学であり、絶望の哲学でない。また可能の哲学は、まず詩の素材についても、従来の詩人が見おとしていたさまざまの事象を、縦横に、しかしこの国の文学の伝統にそって日常にむかいつつ、とらえた。しかもその表現は、過去の世代が鍛錬して来た美文の技巧を、これまた適度に継承して、華麗に自由であった。李白は『絶句』の、杜甫は『律詩』の、完成者となった。」この文章は博士の後の杜甫・李白観を凝縮的に述べたものであるが、こうした考え方をより詳しく説くものは、「東洋文学における杜甫の意義」・「黒川洋一『杜甫』跋」・「杜甫の詩論と詩」の文章である。

四　中唐の詩と散文

中唐は八世紀の後半、徳宗の貞元《ていげん》年間と、憲宗の元和《げんな》年間を中心とする。この時代は唐の国力の下降期であり、安禄山の叛乱の平定に助力した地方の軍人、ことに河北の軍人が、軍閥として強固な勢力を持っていた。また安禄山の叛乱の平定に力を借りたウイグル族も中国に勢力を持つようになった。また吐蕃《とばん》、つまりチベット族がこの時代には強力になり、中国にしばしば侵入している。要するにこの時代は政治的には下降期に入っていたと言えるが、詩もまた盛唐の詩のような円満な感情を持つものではなく、ごつごつと論理立ったものとなり、それはもはや最盛期を過ぎた感がある。この時代を代表する詩人としては韓愈《かんゆ》(退之《たいし》)と白居易《はくきょい》(楽天)とがある。

韓愈の詩は普通でないことがらを好んで歌うという傾向がある。従ってその用語も普通の言葉ではなく、むずかしい言葉が使用される。すなわち「盤空硬語《ばんくうこうご》」が使われる。韓愈の詩は、杜甫が回復した詩の自由を、ある偏向をもって延長したものであったと言える。ここでは割り合いに平易な詩を挙げることにする。「贈侯喜」(侯喜に贈る)という詩である。

吾黨侯生字叔起
呼我持竿釣溫水
平明鞭馬出都門
盡日行行荊棘裏
溫水微茫絶又流
深如車轍闊容輈
蝦蟇跳過雀兒浴
此縦有魚何足求
我爲侯生不能已

吾が党の侯生　字は叔起《しゅくき》
我を呼んで竿《さお》を持ちて温水に釣らんとす
平明　馬に鞭うちて都門を出で
尽日　行き行く荊棘《けいきょく》の裏《うち》
温水は微茫として絶えては又た流れ
深さは車轍《しゃてつ》の如く闊《ひろ》さは輈《ながえ》を容《い》る
蝦蟇《がま》は跳ねて過ぎ雀児《じゃくじ》は浴す
此《ここ》には縦《たと》え魚ありとも何ぞ求むるに足らん
我は侯生の為に已《や》むこと能わず

盤針擘粒投泥滓
晡時堅坐到黄昏
手捲目勞方一起
暫動還休未可期
蝦行蛭渡皆似疑
擧竿引線忽有得
一寸纔分鱗與鬐
是日侯生與韓子
良久歎息相看悲
我今行事盡如此
此事正好爲吾規
半世遑遑就擧選
一名始得紅顔衰
人間事勢豈不見
徒自辛苦終何爲
便當提攜妻與子

針を盤《ま》げ粒を擘《さ》き泥滓《でいし》に投ず
晡時《ほじ》より堅坐して黄昏に到り
手は捲《う》み目は労《つか》れて方《はじ》めて一たび起《あ》ぐ
暫し動きて還《ま》た休めば未《や》だ期す可からず
蝦《えび》の行き蛭《ひる》の渡るも皆な疑わしきに似たり
竿を挙げ線《いと》を引いて忽ち得るもの有り
一寸にして纔《わず》かに鱗《うろこ》と鬐《ひれ》とを分かつ
是の日　侯生と韓子と
良ゝ《やや》久しく歎息し相い看て悲しむ
我の今行なえる事も尽く此《か》くの如し
此の事は正に吾が規《のり》と為すに好し
半世遑遑《こうこう》として挙選に就《つ》き
一名を始めて得れば紅顔衰う
人間の事勢は豈《あ》に見られざらんや
徒《いたず》らに自ら辛苦して終に何をか為す
便《すなわ》ち当《まさ》に妻と子を提攜《ていけい》して

南入箕潁無還時
叔汜君今氣方鋭
我言至切君勿嗤
君欲釣魚須遠去
大魚豈肯居沮洳

南のかた箕潁《きえい》に入りて還る時無からん
叔汜《しゅくき》よ君は今や気の方《まさ》に鋭きも
我が言は至って切なれば君嗤《わら》うこと勿《な》かれ
君よ魚を釣らんと欲せば須《すべか》らく遠くに去《ゆ》くべし
大魚は豈《あ》に肯《あえ》て沮洳《そじょ》に居らんや

この詩は韓愈の詩の一つの特色をよく現わしている。すなわち突拍子もないことを歌っていることである。魚釣りに行って釣れなかったことを題材とするのは、エクストローディナルなことである。またこの詩は論理的である。韓愈の詩は「以文爲詩。」(文を以て詩を為《つく》る。)と言われるごとく、文章のようなつもりで詩が作られている。韓愈は散文の大家であるから、散文的な論理が詩の中に現われたのであろう。もちろん、詩もある場合はロジカルでなければならぬが、韓愈の詩は論理過度である。「蝦蟇《がま》は跳《と》んで過ぎ雀の児は浴す」と言い、「針を盤《ま》げ粒を擘《さ》き泥滓《でいし》に投ず」と言うのなどは細かい描写であり、その点では杜甫を継ぐものと言えるが、それにしても雀の行水などというのはやはり過度と言わねばなるまい。

白居易はわが平安朝の文学に大きな影響を与えた詩人である。その「長恨歌《ちょうごんか》」や「琵琶行《びわこう》」は、白居易自身はかならずしも自分の代表作としていたわけではないが、わが国では大へん有名である。

韓愈がつとめてむずかしい言葉を使うのに反し、せいぜい平易な言葉を使い、せいぜいありふれた事を歌うというのが白居易の主張であった。彼は詩が出来ると、老人の女中に見せて、これが分かるかと尋ね、分からぬところは改めたという伝説がある（「墨客揮犀」）くらいである。「折劍頭」（折れたる剣の頭）というのを例に挙げてみる。

拾得折劍頭　　折れたる剣の頭を拾い得たり
不知折之由　　折れたる由《ゆえ》を知らず
一握青蛇尾　　一握《いちあく》　青蛇《せいだ》の尾
數寸碧峰頭　　数寸　碧峰の頭
疑是斬鯨鯢　　疑うらくは是れ鯨鯢《げいげい》を斬りしならん
不然刺蛟虬　　然らずば蛟虬《こうきゅう》を刺せしか
缺落泥土中　　泥土の中に欠け落ち
委棄無人收　　委棄《いき》されて人の収むる無し
我有鄙介性　　我は鄙介《ひかい》の性ありて
好剛不好柔　　剛を好めども柔を好まず
勿輕直折劍　　直くして折れたる剣を軽んずる勿《な》かれ

猶勝曲全鉤　　猶お曲にして全なる鉤《かぎ》に勝《まさ》れり

この詩が示すように、白居易の詩はとにかく言葉が平易である。江戸時代の学者室鳩巣《むろきゅうそう》は、中国の詩はむずかしいので日本人には分からぬが、白居易のもののみはやさしいので、ひとり平安朝に流行したと言っている(「駿台《すんだい》雑話」)。菅原道真の詩は老人がくどくどものを言っているようなところがあるが、それは白居易を真似たものである。白居易の確実な描写は杜甫より受けたものであるが、「一握青蛇の尾」と言った表現は過度の平易さを感じさせる。その点においてそれは最も円満な詩ではない。そのことは唐の詩がもはやその最盛期を去ったことを示すものであると言えよう。

また、白居易の詩は韓愈の詩と同じく終わりに説教、ないしはモラルがあるという特徴を持っている。それはやがて宋の哲学にまで発展するものであるが、それが詩の中に頭を持ち上げているのである。白居易は友人の元稹《げんじん》(微之《びし》)に与えた手紙の中で、詩の中にモラルをつけて人間の倫理に寄与するのは、古典の復活であると言い、自分の詩を「諷諭《ふうゆ》」、「閑適」、「感傷」の三つに分類して、三つのうち「諷諭」の詩が一番重大であると言っている。その点において白居易の詩は、杜甫のあとを継ぐ新文学であったと言えるが、理念としては古代の精神に帰ることであったことは注意されなければならない。

中唐において、さらに重要なことは散文の改革である。後漢から唐初にかけての文体は装飾的な四六文（駢体文《べんたい》）であったが、それは余りにも修飾的な文体であり、こうした文体では記述に不便であるばかりか、細かな描写は困難であった。余裕のある貴族の時代にあってはよいであろうが、従来の軽輩が文学の担当者になるに及び、そうした装飾的な文体を維持し続けることは困難になって来た。かくして新文体が南北朝末期から模索されるようになったのである。六世紀、北周の朝廷が蘇綽《そしやく》に命じて「書経」の文体のまねをさせたのは、その最初の現われである（一四三ページ）。しかしその最初の試みは見事に失敗している。中国語の未成熟時代の文体をそのまま用いようとするのだから、失敗は当然であったと言える。唐に入ってから百五十年間、たびたび新文体は試みられたがやはり成功を示していない。従来の四六文は一句の字数に限定があった。それに代わるべきものとしては自由律がとられなければならぬわけであるが、中国語は非常に抑揚の強い言語であるから、自然の何らかのリズムは踏んでいなければならない。しかしその新しいリズムの発見が困難であったことは、杜甫の散文がそのよい例である。この詩の大家の散文は一向型のつかぬ、ちぐはぐなものであり、第一どこで句を切ってよいか分からない。ついにその新しいリズムの発見に成功したのが韓愈である。

韓愈は復古を理念とし、古代の文章のうちでも表現力が頂点に達した時代である周末から前漢にかけての文章、つまり「孟子」や「史記」の文章を復活しようとした。もっとも「孟子」・「史記」の文章をそのままに復活しようとしたわけではない。それらの持つ非常に特異な文法の部分は捨てて、新しい体の文章を作ることに成功し、その結果として自由に何でも言えるようになったのである。次に韓愈の議論文のうち、短いものを一つ挙げてみよう。「雑説」、つまりエッセイという文章である。

世有伯樂、然後有千里馬。千里馬常有、而伯樂不常有。故雖有名馬、祇辱於奴隷人之手、駢死於槽櫪之間、不以千里稱也。……策之不以其道、食之不能盡其才、鳴之而不能通其意。執策而臨之、曰、天下無馬。嗚呼、其眞無馬邪、其眞不知馬也。

世に伯楽《はくらく》有り、然る後に千里の馬有り。千里の馬は常に有れども、伯楽は常には有らず。故に名馬有りと雖も、祇《た》だ奴隷人《どれいじん》の手に辱《はずか》しめられ、槽櫪《そうれき》の間に駢死《べんし》し、千里を以て称せられざるなり。……之に策《むち》うつに其の道を以てせず、之に食するに其の才を尽くすこと能わず、之に鳴けども其の意を通ずること能わず。策を執《と》りて之に臨んで、曰く、天下に馬無しと。嗚呼《ああ》、其れ真に馬無き邪《か》、其れ真に馬を知らざる也《か》。

この文章では、もっとも効果的なところには対句が使われているが、しかしそれは厳密な対句ではない。また、句の長さは自由であるが、しかしリズムは非常に美しい。この文章には「孟子」の影響があるものと思われるが、それは「孟子」よりもさらにリズミカルである。また「孟子」にはところどころに古代の言語が出て来てよく分からぬことがあるが、この文章はよく分かる。ことに最後の「其眞無馬邪、其眞不知馬也。」というのは、巧みな力強い表現である。韓愈の文章はこうした力を持っていたために、以後の一千百年間、少なくとも公式の文体はこの体になったと言うことができる。こうした韓愈の文章は古文と言われるが、それは韓愈の文章が当時の文章であった四六文よりもさらに古い文体を復活したためである。この文体が確実に社会から唯一のものとされるためには、少し時間がかかったが、大雑把に言えば古文が四六文に代わったのは韓愈からである。

　このように、韓愈に至って新しい文体が確立されたのであるが、それは単に文体が変わっただけではない。さらに重要なことは、韓愈によって散文文学の内容が充実したことである。従来の装飾的な文体にあっては、それを成立せしめるような題材が必要であり、またそうした文体によっては我々の身辺に近いものを叙述することは困難であったが、韓愈は従来の散文文学が写さなかったものを、この新しい文体によって写そうとした。まず細々とした人事である。韓愈はそれを墓誌《ぼし》や墓《ぼ》碣《けつ》や伝の形において行なったのである。もっともそれまでにもこうした伝記を書くことがなかったわけではない。墓誌の体裁は彼以前にも存在している。しかしそれは非常に装飾的な文章で書かれているために、その人の一生はそれによっては、はっきりは分からない。韓愈はその体を活用して、その人の一生を非常にヴィヴィッドに画いている。韓愈の伝記で面白いのは、その人の暗示となるようなエピソードを点出することである。樊紹述《はんしょうじゅつ》の墓誌銘を例に挙げてみよう。韓愈はその中で次のようなエピソードを書いている。私は彼とともに雅楽を見に行った。彼はこの次はこの舞はこうならねばならぬと言ったが、果たしてその通りであった。「嘗與觀樂。問曰、如何。曰、後當然。已而果然。」（嘗て与《とも》に楽《がく》を観る。問いて曰く、如何《いかん》と。曰く、後に当《まさ》に然るべしと。已にして果たして然り。）韓愈は樊紹述の洞察力の鋭さを、こうしたエピソードで暗示して、そこでぽつんと終わっている。また韓愈の墓誌銘は、個人の伝記であるとともに、それによって広く象徴される人間のタイプを画こうとしているが、そういう方法は「史記」の列伝の方法でもあったわけである。「史記」の流れは、以後ずっと歴史家に継承されて来たのであるが、それは従来の意識では歴史の仕事と意識されていたのであり、文学の仕事とは意識されていなかったと言える。「文選」の序を見ると、歴史記述は文ではない。議論の文も文ではないと認めている。それを韓愈は文学の領域に引き込んだのである。その点において韓愈の散文は、杜甫の詩と共通するものを持っていると言えるが、韓愈のばあいには文学の内容の充実が人間の事象を中心に写すことに傾いており、自然のことが書いてないのは不思議なくらいである。では古文では自然のことは書けないのかというと、そうではない。韓愈と並ぶ古文の創始者とされる柳宗元には「永州八記」という有名な自然描写がある。

「新唐詩選続篇」（全集11）の前篇
「清水茂氏『韓愈』跋」（全集11）

「韓退之の詩」（全集11）
「白居易の文学」（「中国文学入門」全集1）
「高木正一氏『白居易』跋」（全集11）
「韓愈の文学」（「中国文学入門」全集1）
「『中国散文選』解説　伝記篇」（全集1）
「近世の議論の文章としての『古文』」（「漢文の話」全集2）
「近世の叙事の文章としての『古文』」（「漢文の話」全集2）
「韓愈文」（全集11）
「中国文章論」（全集2）の「一、その暗示性について」
「人間詩話」（岩波新書・全集1）の白居易（その一、二、三）・韓愈（その四、五、六十三、六十四、六十五）

五　晩唐の詩と詞

晩唐になると、唐は下り坂になった。中央には宦官が跋扈し、地方には軍閥が横暴を極め、風俗もまた頽廃した。唐の最盛期は過ぎたということは、当時の人々の自覚するところでもあった。文学もそれに伴って変化して行った。ことにそれは詩において顕著である。盛唐の詩には意志的なものがあり、中唐はそれを意識的に継承しようとした。中唐の詩が過度の平易さ、または過度の晦渋さと武骨さに陥ったのはそのためである。しかしながら、晩唐の詩人たちは、かかる志向を初めから諦めてしまっている。その結果、晩唐の詩は意志的な緊張を失い、感情的なものに流されていると言える。題材も以前とはすこぶる違い、恋愛の詩と懐旧の詩が多い。恋愛の詩が多いのは、晩唐の社会では男女関係が自由であったことと関係があり、懐旧の詩が多いのは、詩人たちが眼前の苦痛を避けて、過去の追憶の追求に耽ったためである。当代の詩人として代表的な人には、杜牧(牧《ぼく》之《し》)、李商隠(義《ぎ》山《ざん》)がある。

杜牧は杜甫が老杜と呼ばれるのに対して小杜と呼ばれ、七言絶句に秀れていた。懐旧の詩として「念昔游」(昔游を念う)という詩を挙げてみる。

十載飄然縄検外　　十載飄然たり縄検《じょうけん》の外
罇前自獻自爲酬　　罇《そん》前に自ら献じ自ら酬《しゅう》を為す
秋山春雨閑吟處　　秋山春雨　閑吟の処
倚徧江南寺寺楼　　倚りて徧《あまね》し江南寺寺の楼

恋愛の詩として「贈別」(別るるに贈る)というのを挙げてみる。

多情卻似總無情　　多情は却《かえ》って総《すべ》て情無きに似る

惟覺罇前笑不成　　惟《た》だ覚ゆ罇《そん》前に笑の成らざるを
蠟燭有心還惜別　　蠟燭《ろうそく》は心有りて還《な》おも別れを惜しみ
替人垂涙到天明　　人に替《か》わりて涙を垂れて天明《てんめい》に到る

杜牧ばかりではなく当代の詩人の詩の傾向は、物の中核に喰い入ろうとするよりも、漠とした雰囲気を写そうとすることにあった。そうした詩として「寄揚州韓綽判官」（揚州の韓綽《かんしゃく》判官《はんがん》に寄す）というのを挙げてみる。

青山隱隱水迢迢　　青山は隠隠《いんいん》として水は迢迢《ちょうちょう》たり
秋盡江南艸未凋　　秋尽きて江南には草未《いま》だ凋《しぼ》まず
二十四橋明月夜　　二十四橋　明月の夜
玉人何處敎吹簫　　玉人は何処《いずこ》にてか吹簫《すいしょう》を教《おし》うる

もう一つ「題齊安城樓」（斉安《せいあん》の城楼に題す）という詩を挙げる。

嗚軋江樓角一聲　　嗚《お》軋《あつ》たり江楼の角一声

微陽瀲瀲落寒汀　　微陽は瀲瀲《れんれん》として寒汀《かんてい》に落つ
不用憑欄苦迴首　　用いず　欄に憑《よ》りて苦《ねん》ごろに回首するを
故郷七十五長亭　　故郷は七十五長亭

なお、これらの詩が示すように、晩唐の詩には数字が多い。晩唐の詩に数字が多いのは、詩人の心に不安があり、確実なものとして数字にすがりつきたい心理が働いていたものと思われる。

李商隠は七言律詩にすぐれた作品を残した人である。彼に七言律詩が多いのは、彼が杜甫に敬意を払っていたためであるが、その作品は杜甫とは大いに趣きを異にしている。「錦瑟」という詩を例に挙げてみよう。

錦瑟無端五十絃　　錦瑟《きんしつ》　端《はし》無くも五十絃
一絃一柱思華年　　一絃一柱に華年を思う
荘生暁夢迷蝴蝶　　荘生の暁夢　蝴蝶《こちょう》迷い
望帝春心託杜鵑　　望帝の春心　杜鵑《とけん》に託す
滄海月明珠有涙　　滄海《そうかい》に月は明らかにして珠《たま》には涙あり
藍田日暖玉生烟　　藍田《らんでん》に日は暖かにして玉は烟《けむり》を生ず

此情可待成追憶
只是當時已惘然

此の情は追憶を成すことを待つ可けんや
只だ是れ当時已に惘然《ぼうぜん》たり

もう一つ「重過聖女祠」（重ねて聖女の祠に過《よぎ》る）という詩を挙げてみる。

白石巖扉碧蘚滋
上清淪謫得歸遲
一春夢雨常飄瓦
盡日靈風不滿旗
蕚綠華來無定所
杜蘭香去未移時
玉郎會此通仙籍
憶向天階問紫芝

白石の巌扉《がんぴ》　碧蘚《へきせん》滋《しげ》し
上清《じょうせい》より淪謫《りんたく》せられて帰るを得ること遅し
一春の夢雨は常に瓦に飄《ひるがえ》り
尽日　霊風は旗に満たず
蕚緑華《がくりょくか》の来たるには定所無く
杜《と》蘭香《らんこう》は去って未だ時を移さず
玉郎　会《かなら》ず此《ここ》に仙籍を通ぜん
憶う天階に向かって紫芝《しし》を問いしことを

これらの詩は、意味ははっきり分からぬが、読んで気持ちがよい。李商隠の詩の特色は、言葉がはっきりした意味を盛る道具としては使われず、漠とした雰囲気を盛るものとして使われていることとにある。「蕚綠華」とか、「杜蘭香」というのは天女の名であるが、それがいかなる天女かは分からなくとも、その言葉にはある一種のムードがある。漢字は一つ一つがすでにある情緒を持っているので、これを巧みに配置し、織り成すならば、そこにある雰囲気なり、ポエジーなりが生まれるが、李商隠はそうした漢字独特の性格を利用して詩を作ったのである。それは詩としては正統のものではないが、詩の中にある地位を占めるものではあると言えよう。

晩唐の詩はかくのごとく情緒的であり、感傷的であり、耽美的であり、盛唐・中唐の詩が意志的であり、論理的であるのとは違っている。それは斉梁の詩にもう一遍歴史を逆に戻したかの感がある。しかし晩唐の詩は単なる斉梁の詩の復活ではない。斉梁の詩は言葉の使い方が自由でないが、晩唐の詩は用語がしなやかである。それは盛唐に獲得された詩の自由さが、別の面にあらわれたものと思われる。晩唐の詩が以後ずっと多くの祖述者、愛好者を持つのはそのためである。

晩唐におけるかかる繊細な情緒の尊重は、この時代に詩のほかに新しい文学のジャンルを成長させた。すなわち詞という歌曲の文学である。それは初め当時の俗曲として成立したリズムを、文人が取り上げて、それに言葉を当てはめたものであるところから塡詞《てんし》とも呼ばれている。この文学の元来の起こりは普通の詩の変形としてであった。八世紀から九世紀にかけての唐代では普通の詩は、少なくとも五言、七言の絶句は歌唱することができたが、詞がその変形として成立したことは、次の温庭筠《おんていいん》の「南歌子」などによって知ることができる。

倭堕低梳髻
連娟細掃眉
終日兩相思
爲君憔悴盡
百花時

倭堕《わだ》として低《た》るる髻《かみ》を梳《くしけ》ずる
連娟《れんけん》として細かなる眉を掃《はら》う
終日　兩《ふたり》ながら相い思う
君の為に憔悴《しょうすい》し尽くす
百花の時

この詞の押韻は、眉 mei・思 si・時 shi である。

要するにこれは五言絶句が変形したものである。この「南歌子」のような簡単な形のものが最初の形としてまず発生し、それがやがて複雑な詩型へと発展して行ったのである。東洋においては、歌曲はしばしば狭斜の巷に発生するが、詞が多くつやっぽいのは、それがもと生まれたのが色街であるためである。

この晩唐に成長した詞の最初の顕著な作家は温庭筠(飛卿《ひけい》)である。彼の「酒泉子」という旋律によるものを挙げてみよう。二部分から成り、前半を前闋《ぜんけつ》、後半を後闋という。こうした形を取るものを双調というが、それが詞の普通の形式である。

花映柳條
閑向綠萍池上
凭欄干
窺細浪
雨蕭蕭

○

近來音信兩疎索
洞房空寂寞
掩銀屏
垂翠箔
度春宵

花は柳条に映じ
閑《しず》かに緑萍《りょくへい》の池上に向こう
欄干《らんかん》に凭《よ》り
細浪を窺《うかが》えば
雨は蕭蕭《しょうしょう》たり

○

近来の音信は両《ふたり》ながら疎索《そさく》なり
洞房は空しく寂寞《せきばく》たり
銀屏《ぎんぺい》を掩《おお》い
翠箔《すいはく》を垂れ
春宵を度《わた》る

従来の詩は、「詩経」が四言であったのを除いて、奇数音の韻律であったが、詞に至って散文の韻律であった偶数音の韻律が用いられている。詞は一句に長短があることから、自由詩であると考えたら大間違いである。これは非常に不自由な詩である。句に長短があるのは、メロディーによって句の長さが規定されているためである。抑揚もまた厳格であることは詩と同様である。この詞の抑揚と押韻を次に示してみる。

花映・柳條◦
閑向・綠萍◦池上・
凭欄◦干◦
窺細・浪・
雨・蕭◦蕭◦

○

近來◦音信・兩疎◦索・
洞房◦空寂・寞・
掩銀◦屏◦
垂翠・箔・
度・春◦宵◦

脚韻は、條 tiao・蕭 xiao・宵 xiao が同韻、上 shang・浪 lang が同韻、索 suo・寞 mo・箔 bo が同韻というふうに踏まれている。

試みに同じ作者が同じ旋律で作ったのをもう一首あげて見よう。

日映紗窗　　日は紗窗《しやそう》に映じ
金鴨小屏山碧　　金鴨《きんおう》の小屏《しようへい》　山は碧《みどり》なり
故郷春　　故郷の春
煙靄隔　　煙靄《えんあい》は隔つ
背蘭釭　　蘭釭《らんこう》に背く

○　　○

宿粧惆悵倚高閣　　宿粧《しゆくしよう》惆悵《ちゆうちよう》として高閣に倚る
千里雲影薄　　千里　雲影《うんえい》薄し
草初齊　　草は初めて斉《ととの》う
花又落　　花は又た落つ
燕雙雙　　燕は双双たり

脚韻は、窓 chuang・釭 gong・雙 shuang が同韻、閣 ge・薄 bo・落 luo が同韻である。前の詞と、句数、字数、抑揚、押韻がほぼ同じように作られていることが分かる。

九〇七年に唐が滅亡し、それから九六〇年に宋が建国するに至るまでの間を五代という。この時代は小国が分立した時代であるが、この五代になると詞は俄然人々に愛好されるようになり、さらに宋になって詩と並ぶほどの大勢力になる。

「高橋和巳氏『李商隠』跋」（全集11）
「人間詩話」（岩波新書・全集1）の「杜牧」（その七、八、三十四、三十五、六十六）・李商隠（その三十六、三十七、六十、六十一、六十二）

六　伝奇と俗間文学

唐人の小説を伝奇と言うが、そうした短編の小説が唐代には生まれている。中国においては、小説の発達が遅く、六朝のころに生まれた「捜神記《そうしんき》」のごとき志怪小説が最初のものであるが、唐人のものはそれを一歩進めたものである。「捜神記」は歴史記録の付録として記されたもので、実在の経験として有りうるかも知れぬという意識から書き留められたものであった。それは歴史家が人から聞いた話を記したもので、作者の作ったものではない。しかし唐の伝奇になると作者はその中に記されていることに実在の経験としての責任を余り負っていない。意識的に空想力を働かせて小説を作ったのは、唐の伝奇が初めであると言ってよい。芥川竜之介の「杜子春」という小説は、伝奇の「杜子春伝」によって書かれた小説であり、中島敦の「山月記」も伝奇の「人虎伝」の翻訳である。

ところで、こうした短編小説がいつごろ出来たかと言えば、大体中唐ごろと思われる。というのは、伝奇の文体が韓愈の文体改革以後のものであるからである。また白行簡《はくこうかん》(白居易の弟)の「李娃伝《りあでん》」や、元稹《げんじん》の「会真記《かいしんき》」(「鶯鶯伝《おうおうでん》」ともいう)のごとく、伝奇の中には作者の分かっているものがあるが、それらが中唐のものであることから考えても、伝奇の発生は中唐にあると考えられる。

唐人の伝奇は、中国人が空想力の働きを積極的に行使した最初のものであるが、唐代にそうしたものが生まれたのには仏教の影響があると考えられる。この時代には玄弉三蔵《げんじょうさんぞう》らによって仏典が大規模に翻訳されているが、仏典の中にある空想力は唐人の空想力を活発にしたに違いない。また直接に仏典とのつながりを思わせるものも伝奇の中にはある。「杜子春伝」はそれである。玄弉の「大《だい》唐西域記《とうせいいき》」には、婆羅痆斯国《ばらなしこく》の救命池(烈士池)という池の因縁話が詳しく書かれているが、それは「杜子春伝」と非常によく似ている。

なお、後の明になって多くの小説が文学史に登場して来るが、明の小説と唐人のものとは直接には連ならない。唐の伝奇は一度栄えて、後は絶えてしまったのである。また、国文学との関係であるが、平安朝に多くの小説が出たのは、唐人の伝奇の影響であるというのは、江戸時代の斎藤拙堂の「拙堂文話」の説であるが、直接の影響は無かったとしても、平安朝の人たちが唐人の伝奇を読んでいたことは事実であろう。また、伝奇の一つと見てよいものに「遊仙窟《ゆうせんくつ》」というのがある。これは初唐の張鷟《ちょうさく》（文成）という人の作であり、わが国ではすでに奈良時代から非常によく読まれたものであるが、中国では早く亡び、わが国にのみ伝わったものであり、最近になって中国に逆輸入された。この作品は普通の伝奇とは違って長編であり、また文体も四六文によっている。

伝奇をも含め、以上は知識階級の文学であるが、唐代における俗間の文学はどのような状態であったのか。前世紀の最後の年、明治三十三年、光緒《こうちょ》二十六年（一九〇〇）、甘粛《かんしゅく》省の敦煌《とんこう》の千仏洞というお寺の穴ぐらから、五代のころに書物を入れておいたものが、そのまま発見されたが、その中には庶民文学の資料が沢山ある。その資料の多くは発見者であるイギリスの Aurel Stein や、フランスの Paul Pelliot によってヨーロッパに持ち去られたが、わが狩野直喜博士の協力によってその資料の価値が確認された。その後、羽田亨博士・那波利貞博士が調査され、だんだん研究が行なわれるようになったが、それらは余り文学的に価値の高いものではない。しかし、それによって宋以後に勃興する庶民文学の源がどういうものであったかがはっきりしたのは事実である。その中に民間の演芸を記録したものがある。最も量の多いのは変文《へんぶん》と呼ばれる説教節《ぶし》である。それは一部分は散文、ある部分は韻文であり、その内容はお経の中の話を面白く述べたものが大部分であるが、その応用として中国の歴史や伝説を仕組んだものも見られる。なお、唐代の俗間の文学について詳しく説くものには、鄭振鐸《ていしんたく》の「中国俗文学史」がある。

「唐宋伝奇集」（全集11）
「『唐宋伝奇集』解説」（全集11）
「唐の『伝奇』」（「『中国古小説集』解題」 全集1）

第六章　近世の文学（上）

一　北宋の詩と散文

宋の太祖趙匡胤《ちょうきょういん》が宋の国を建てたのは、九六〇年である。それから一二七九年、蒙古に亡ぼされるまでの三百年が宋である。唐は漢民族の勢力が政治的に伸び切った時代でその版図は極東一帯に広がっていたが、宋の支配は中国本部に限られていた。西には西夏《せいか》、北には遼《りょう》が開国の初めから勢力を張っており、宋の建国も燕雲《えんうん》十六州（北京・大同付近）を遼の領域とするという条件のもとに始めて可能であったほどである。また一一二七年には、金の北中国への侵入に遭い、都を汴梁《べんりょう》（開封《かいほう》）から南の臨安（杭州）に遷し、北中国の支配は金に委ねられねばならなかった。その遷都を境にして前が北宋であり、後が南宋である。こうした政治情勢の下にあった宋は、もはや唐人のごとくアクティヴではありえず、宋一代の時代精神は陰気な気分であったと言うことができる。また、唐人の趣味が派手で、快楽的であったのに対して、宋人の趣味は渋くて、内省的であったと言える。

しかしながら、宋は武力よりも文治に力を注いだため、治安はよく保たれ、学術、文学が盛んであった。道学（理学・性理学・理気心性之学・宋学）と呼ばれる一つの哲学体系を持った新儒学が勃興したのは、この宋のときであった。唐までの儒学はたとえば、「君子終日乾乾、夕惕若厲。无咎。」(君子は終日乾乾《けんけん》、夕べまで惕《うれ》いて厲《あや》うきが若《ごと》し。咎《とが》无《な》し。)というような経書(例文は「易経」)の一行一行について、それがどういう意味であるかを理解する訓詁がその仕事であったが、北宋の儒学はそうした方向は一応わかったものとして、その言葉の背後にあるものは何かということを考え、それによって一つの哲学説を組み立てた。世界の根底には理というものがあり、それが普遍に事々物々に流れているが、それをもっともよく現わしているものが聖人の語である、という哲学である。そうした哲学を根底に持ちつつ経書を読もうというのが道学である。その最初の成熟は、北宋の周《しゅう》子《し》と呼ばれる周敦頤《しゅうとんい》と、二程子《にていし》と呼ばれる程顥《ていこう》・程頤《ていい》であるが、かれらの哲学は一種の唯物論であり、万物を構成するものは気(原子のようなもの)であり、ゆえに物はみな理を持つとする。中国では単なる抽象は成立せず、抽象はつねに感覚に結びつかなければならぬが、その点で道学は中国的な哲学であったと言うことができる。また、道学が体系を整えるためには、仏教からの影響があったとされるが、成立してしまってからの道学は仏教を異端として極度に排撃した。それは従来の生活の中に混在していたものを整理することが北宋の一つの性格であったことを示すものと言える。

こうした北宋の性格が、文学にはどういうふうに現われたか。それはまず杜甫の詩と、韓愈の文の価値の確認であった。六朝の文学は言語の外形的な美しさ、ことに音声的な美しさに重点を置いた一種の造形美術のようなものであったのに対して、杜甫・韓愈の文学は人生の直接の経験を訴えようとするところに新しさを持っていたが、宋人はこの杜甫・韓愈の新文学の方を文学の正統と決定したのである。

しかしながら、その決定がなされるまでには、宋初という過渡期を経過しなければならなかった。宋初とは太祖・太宗・真宗の時代であるが、この時代には唐の貴族的雰囲気を復活しようという気持ちが強かった。この時代に相ついで「文苑英華《ぶんえんえいが》」一千巻・「太平御覧《たいへいぎょらん》」一千巻・「太平広記《たいへいこうき》」五百巻・「冊府元亀《さっぷげんき》」一千巻などの唐の文献の整理が行なわれているのは、そのことを物語っていると言ってよいが、文学的には唐文学の中でも純粋に美文的なものを継承しようとする傾向が有力であったと言える。そうした旧派を代表する人に楊億《ようおく》がある。楊億らの「西崑酬唱集《せいこんしゅうしょうしゅう》」は、晩唐の李商隠の詩をそっくり真似たものであり、言葉は綺麗で、感情は繊細である。次に楊億の「無題」という詩を挙げてみる。

巫陽歸夢隔千峰
辟惡香銷翠被空
桂魄漸虧愁曉月
蕉心不展怨春風
遙山黯黯眉長斂

巫陽《ふよう》の帰夢は千峰に隔てられ
辟悪《ひあく》の香は銷《き》えて翠被《すいひ》空し
桂魄《けいはく》は漸く虧《か》けて暁の月は愁い
蕉心は展《ひら》かずして春風を怨む
遙山は黯黯《あんあん》として眉は長く斂《ひそ》み

一水盈盈語未通
漫託鵾絃傳恨意
雲鬟日夕似飛蓬

一水は盈盈《えいえい》として語は未だ通ぜず
漫《みだ》りに鵾絃《こんげん》に託して恨みの意《こころ》を伝う
雲鬟《うんかん》　日夕　飛蓬《ひほう》に似たり

この詩は、李商隠の「無題」と題する次の詩をまねたものである。

來是空言去絶蹤
月斜樓上五更鐘
夢爲遠別啼難喚
書被催成墨未濃
蠟照半籠金翡翠
麝薰微度繡芙蓉
劉郎已恨蓬山遠
更隔蓬山一萬重

来たるは是れ空言にして去りて蹤《あと》絶ゆ
月は楼上に斜めなり五更《こう》の鐘
夢は遠き別れを為せば啼《な》くも喚《こえ》となり難く
書は成すを催《うなが》されて墨も未だ濃からず
蠟の照《ひか》りは半ば金の翡翠《ひすい》に籠《こ》もり
麝《じゃ》の薫りは微かに繡芙蓉《しゅうふよう》を度《わた》る
劉郎《りゅうろう》は已に蓬山《ほうざん》の遠きを恨めるに
更に蓬山《ほうざん》より隔たること一万重《いちまんちょう》

こうした期間があるあいだ続いた後に、十一世紀、仁宗の代に至り、こうした文学に対する改革運動が盛んになって来た。中国では精神文化の改革は長く在位した天子の時に起こりやすいが、この時もそうであったと言える。人々が従来の文学にあきたらず、何か改革を望んでいたときに出現したのが欧陽修《おうようしゅう》であった。欧陽修はそれまで稀であった韓愈《かんゆ》のテクストを見つけ出して、それを世の中に鼓吹した最初の人である。

欧陽修は江西廬陵《ろりょう》(吉安県)の人で、科挙によって世に出た新しい階級の出身者であった。科挙の制度は唐のころに始まるが、唐代の科挙の制度は貴族の子弟の方が合格しやすかった。宋になると旧貴族が没落したあとで、その門戸は万人に向かって開放されていた。彼はその科挙に合格して、ついには大官にまでなったのである。彼には多くの門人があったが、その中でも最も傑出したものは蘇軾《そしょく》であり、また蘇洵《そじゅん》・蘇轍《そてつ》・王安石・曾鞏《そうきょう》であった。これらの人たちに唐の韓愈・柳宗元を加えて唐宋八大家というのは明のころに起こったことである。

欧陽修は韓愈を祖述することを意識して文を作った人ではあるが、実は時間の距離によって、欧陽修と韓愈との間には相当な差違が見られる。欧陽修の「江鄰幾墓誌銘」(江鄰幾《こうりんき》の墓誌銘《ぼしめい》)というのを挙げてみよう。

君諱休復、字鄰幾。其爲人、外若簡曠、而内行修飭、不妄動於利欲。其彊學博覽、無所不通、而不以矜人。至有問輒應。雖好辯者、不能窮也。已則默、若不能言者。其爲文章淳雅、尤長於詩、淡泊閒遠、往往造人之不至。善隷書、喜琴奕飲酒。與人交、久而益篤、孝於宗族、事孀姑如母。……

君の諱《いみな》は休復、字《あざな》は鄰幾。其の人と為《な》りは、外は簡曠《かんこう》なるが若《ごと》くなれども、内行は修飭《しゅうちょく》にして、妄《みだ》りに利欲に動かず。其の彊学《きょうがく》博覧は、通ぜざる所無く、而《しか》も以て人に矜《ほこ》らず。問う有りて輒《すなわ》ち応ずるに至っては、弁を好む者と雖も、窮せしむこと能わざるなり。已《や》めば則ち黙し、言うこと能わざる者の若《ごと》し。其の文章を為《つく》ること淳雅にして、尤《もっと》も詩に長じ、淡泊にして間遠、往往にして人の至らざるに造《いた》る。隷書《れいしょ》を善くし、琴奕《きんえき》飲酒を喜ぶ。人と交わること、久しくして益〻篤《あつ》く、宗族に孝にして、孀姑《そうこ》に事《つか》うることは母の如し。……

この文が示すごとく欧陽修の文の特色は、なだらかで平明であることにある。韓愈の文体が、ひきしまって凝集的であるのとは対照的である。次に韓愈の「崔評事墓銘」(崔評事《さいひょうじ》の墓銘《ぼめい》)というのを挙げてみよう。

君諱翰、字叔清。……父倚、擧進士。天寶之亂、隱居而終。君既喪厥父、攜扶孤老、託于大江之南、卒喪。通儒書、作五字句詩。敦行孝悌、詼諧縱謔、卓詭不羈。又善飲酒。江南人士、多従之遊。……

君の諱は翰《かん》、字は叔清。……父は倚《い》、進士《しんし》に挙げらる。天宝の乱のとき、隠居して終わる。君は既に厥《そ》の父を喪《うしな》い、孤老を攜《たずさ》え扶《たす》け、大江の南に託し、喪《そう》を卒《お》う。儒書に通じ、五字句の詩を作る。敦行孝悌《とんこうこうてい》、詼諧縦謔《かいかいしょうぎゃく》、卓詭不羈《たくきふき》なり。又た飲酒を善くす。江南の人士、多く之に従って遊ぶ。……

韓愈の文は欧陽修の文に較べて助字が少なく、一字一字がずっと重たく感ぜられる。中国語は断絶的であることにより、言葉と言葉の間に含蓄が生まれるが、韓愈の文はそうした中国語の特質をよく生かしている。それに較べて欧陽修の文は線のようになだらかである。清人の言い方を借りると、韓愈の文は「陽剛」であり、欧陽修の文は「陰柔」である。

十一世紀の前半を代表する作家が欧陽修であるとすると、十一世紀の後半を代表するのは蘇軾（子瞻《しせん》・東坡居士《とうばこじ》）である。軾は蜀《しょく》（四川省）の眉山《びざん》県の人で、父の蘇洵《そじゅん》、弟の蘇轍《そてつ》もともにすぐれた作家であった。しかしながら、その祖先には政治的にも、文化的にもエミネントな人は出ていない。父の洵のときに至って、その家は急に秀れた文化人になったのである。彼らが一種の新興階級の出身であったことは、彼らの文学の背景として考慮すべきことである。軾は仁宗の景祐《けいゆう》三年（一〇三六)に生まれ、嘉祐《かゆう》二年(一〇五七)、二十二歳のとき郷里より出て、都の汴梁で進士の試験に合格している。そのときの試験官は欧陽修であった。軾はそれから欧陽修と学問的には師弟の関係となり、政治的には親分子分となっている。中国では科挙の試験官として合格させてくれた者を合格者の挙《きょ》主《しゅ》と呼び、その人を先生として仰ぐことになっていたが、軾の挙主は欧陽修であったわけである。神宗の熙寧《きねい》二年(一〇六九)、東坡三十四歳のとき、神宗は王安石を宰相として政治の改革を断行した。改革の中心は経済政策であったが、改革は科挙制度にも及び、安石はそれまでの詩賦を中心とする試験を経義と論策を中心にするように改めた。それに対して反対したのは東坡である。経義、論策は山が当たることがあるが、詩賦は人間全体のことがその対象であるゆえ、問題は無限である。また定型詩を作るには、強い意志が必要であり、従来の試験でもそんな無茶な人間は合格していないではないか、というのが東坡の反対論であった。この反対論が王安石に嫌われ、東坡は地方官として中央を追われ、更には投獄され、流罪となった。熙寧六年(一〇七三)、三十八歳のときの詩「除夜野宿常州城外」(除夜に常州城外に野宿す)というのを挙げてみる。

行歌野哭兩堪悲　　行歌と野哭と兩《ふた》つながら悲しむに堪えたり
遠火低星漸向微　　遠火と低星とは漸《ようや》く微に向かう
病眼不眠非守歲　　病眼の眠らざるは歳を守るに非ず

郷音無伴苦思歸
重衾脚冷知霜重
新沐頭輕感髪稀
多謝殘燈不嫌客
孤舟一夜許相依

郷音《きょういん》伴《とも》なく苦《ねんごろ》に帰るを思う
重衾《ちょうきん》　脚は冷やかにして霜の重きを知り
新たに沐《もく》せる頭は軽うして髪の稀なるに感ず
多謝《たしゃ》す　残灯の客を嫌わずして
孤舟一夜相い依るを許すことを

もう一つ四十二歳前後の作「和孔密州五絶」（孔《こう》密州の五絶に和す）の中の「東欄梨花」を挙げてみる。

梨花淡白柳深青
柳絮飛時花滿城
惆悵東欄二株雪
人生看得幾清明

梨花は淡白にして柳は深青なり
柳絮《りゅうじょ》飛ぶ時花は城に満つ
惆悵《ちゅうちょう》す　東欄二株の雪に
人生　看得ん　幾清明

哲宗の元祐《げんゆう》元年（一〇八六）、東坡五十一歳のとき、時勢は一変し、安石の新法党は退けられ、安石の改革に反対の立場をとる旧法党が勝利するに及び、東坡は都に呼び戻され、天子の侍講になった。

当時、旧法党の首領は「資治通鑑《しじつがん》」の著者として名高い司馬光《しばこう》（温公）であった。詩人肌の東坡と謹厳な司馬光とはかならずしも肌が合わなかったろうが、司馬光は間もなく亡くなっている。紹聖《しょうせい》元年（一〇九四）、東坡五十九歳のとき、時勢は再び逆転して、新法党が勝利を得、東坡は海南島の地方官に流される。海南島における東坡の詩文は東坡の「海外の文字」と呼ばれ、一つの風格を持つものとされている。そのころの作「新年」という詩を挙げてみよう。紹聖三年（一〇九六）、詩人六十一歳のときの作である。

曉雨暗人日
春愁連上元
水生挑菜渚
煙濕落梅村
小市人歸盡
孤舟鶴踏翻
猶堪慰寂寞
漁火亂黃昏

曉雨は人日《じんじつ》に暗く
春愁は上元《じょうげん》に連なる
水は菜を挑《つ》む渚《なぎさ》に生じ
煙は落梅の村に湿《うるお》う
小市に人は帰り尽くし
孤舟に鶴は踏翻《とうはん》す
猶お寂寞を慰むに堪えたり
漁火《ぎょか》は黄昏に乱る

もう一つ海南島での作を挙げてみる。「澄邁驛通潮閣」(澄《ちょう》邁《まい》駅の通潮閣にて)という七絶である。元符《げんぷ》三年(一一〇〇)、六十五歳、赦免されて島を去ろうとしての作である。

餘生欲老海南村
帝遣巫陽招我魂
杳杳天低鶻沒處
青山一髮是中原

余生　老いんと欲す海南の村
帝は巫陽《ふよう》をして我が魂を招かしむ
杳杳《ようよう》として天は低《た》れ鶻《こつ》の没する処
青山一髪　是れ中原

徽《き》宗の建中靖国《けんちゅうせいこく》元年(一一〇一)、詩人は都に呼び帰されたが、その途中で亡くなっている。時に六十六歳である。

宋の詩を代表するものは東坡の詩であるが、東坡の詩は唐の詩とは色あいが違っている。上の例は東坡のものの中でもパセティックなもの、ロマンティックなものを挙げたのであるが、実はこうしたものは宋詩には少ない。宋の詩はもっと余裕をおいて作ったものが多い。それは上述の「新年」の詩の中にも現われており、それは流罪の中にある人の詩としては何か余裕をもっていると感ぜられる。そのことは唐詩と比較してみればよく分かる。唐詩の例として杜甫の「江亭」という詩を挙げて見よう。

坦腹江亭暖
長吟野望時
水流心不競
雲在意俱遲
寂寂春將晩
欣欣物自私
故林歸未得
排悶強裁詩

坦腹《たんぷく》すれば江亭暖かに
長吟　野望の時
水は流れて心は競わず
雲は在りて意は倶《とも》に遅し
寂寂《せきせき》として春は将に晩《く》れんとし
欣欣《きんきん》として物は自ら私《わたくし》す
故林　帰ること未だ得《かな》わず
悶《もだ》えを排《はら》わんとして強いて詩を裁《つく》る

前の六句は穏やかであるが、後の二句には強い感情が表現されている。

杜甫は物を見つめるのに余裕を置かず、一生懸命である。それに較べて東坡の詩は、大抵の詩がオケージョナル・ポエムである。東坡は日記を書くように詩を書いている。杜甫には構想を持った詩、例えば「哀江頭」・「兵車行」のごときものがあるが、東坡にはそういう詩はほとんどない。それは要するに詩に対する心組みが唐人と宋人とでは違っているのである。唐人にとっては詩は命をかけて作るものであり、詩人は専門家であると考えられていたが、宋人になるとそうではない。宋人にとって人間に大切なことは、倫理生活、ことに政治家としてのそれであると考えられていたのである。もちろんよい政治家であるためには、法律を知るより詩を作る方がよいという信念は動かなかったのではあるが、宋人にとっては詩はもはや人生における最重要の仕事ではなかったと言ってよい。東坡の事業も、旧法党の一方の旗頭として、天下国家に号令することにあり、かならずしも詩を作ることにあったわけではない。唐人でも韓愈や白居易は官吏としては成功したが、杜甫や李白のごときは文士にすぎない。それに対して宋の詩人はみな大官である。宋という時代は文化と政治が一致した時代であったといってよい。文学は政治のために重要なことではあるが、それはもっとも重要なものとは意識されなかったのである。そうなると、杜甫のようなむき出しの情熱は馬鹿くさいものと考えられるようになり、もっと余裕のある詩が好まれるようになるのは自然である。また、唐人の詩では使われている言葉が常に調和を保っており、ぶっつけな言葉は避けられたが、宋人の詩になるとこうした感覚は衰えているのみならず、わざと調和を破る特異なものの言い方をするようなところがある。次に突飛なものの一つとして東坡の「記夢」（夢を記す）という詩を挙げてみよう。

圓間有物物間空　　円間に物あり物間は空

豈有圓空入井中　　豈《あ》に円空の井中《せいちゅう》に入る有らんや

不信天形眞箇様
故應眼力自先窮
連環已解如神手
萬竅猶號未濟風
稽首問公公大笑
本來誰礙更求通

信ぜず天形の真に箇様《かくのごと》きを
故に応《まさ》に眼力もて自ら先に窮むべし
連環は已に解けて神手の如く
万竅《ばんきよう》は猶お号《さけ》んで未だ風を済《な》さず
稽首《けいしゅ》して公に問えば公は大笑す
本来誰か礙《さまた》げん更に通を求むるを

こうした詩は唐人には絶対にない。禅の理窟のようなものを詩にしたのは東坡の一つの特色である。東坡がわが国の五山で読まれたのはそのためである。

「記夢」の詩はある意味では遊戯的であるということができるが、東坡の詩が遊戯的であることを現わすものに東坡のグループにおける和韻《わいん》、もしくは次韻《じいん》ということがある。例を挙げて見よう。

まず最初は東坡の「雪後書北臺壁」(雪後に北台の壁に書す)という詩である。

黄昏猶作雨纖纖
夜靜無風勢轉嚴
但覺衾裯如潑水

黄昏猶お雨の纖纖《せんせん》たるを作《な》す
夜静かにして風無く勢いは転《うた》た厳なり
但だ覚ゆ衾裯《きんちゅう》の水を潑《そそ》ぐが如くなるを

不知庭院已堆鹽
五更曉色來書幌
半月寒聲落畫簷
試掃北臺看馬耳
未隨埋沒有雙尖

知らず庭院は已に塩を堆《うずたか》くするを
五更《ごこう》の暁色は書幌《しょこう》に来たり
半月の寒声は画簷《がえん》より落つ
試みに北台を掃《はら》って馬耳《ばじ》を看れば
未だ埋没に随わずして双尖《そうせん》有り

この詩に東坡自身が和したものを挙げてみる。「謝人見和前篇」（人の前篇に和せ見《ら》るるを謝す）という詩である。

已分酒杯欺淺懦
敢將詩力鬪深嚴
漁蓑句好應須畫
柳絮才高不道鹹
敗履尙存東郭足
飛花又舞謫仙簷
書生事業眞堪笑

已に分《ぶん》とす酒杯の浅懦《せんだ》を欺《あなど》るを
敢て詩力を将《も》って深厳《しんげん》を闘《たたか》わす
漁蓑《ぎょさ》　句の好ければ応《まさ》に須《すべか》らく画くべし
柳絮《りゅうじょ》　才の高ければ鹹《しお》と道《い》わず
敗履《はいり》は尚お存す東郭の足
飛花は又た舞う謫仙《たくせん》の簷《のき》
書生の事業は真に笑うに堪えたり

忍凍孤吟筆退尖　　凍るを忍んで孤吟すれば筆は尖《さき》を退く

後の詩は前の詩の脚韻の字をそのままに使って作られている。すなわち和韻しているのである。これは自分の詩に和したものであるが、人のものに和したものもある。人の詩に和して詩を作ることは唐の大家では元稹《げんじん》と白居易《はくきょい》、また小詩人のそれは「唐摭言《とうしゃくげん》」の中に見られるごとく、唐人にもあったのであるが、宋人になると実に多い。ことに東坡の仲間の間では盛んであった。東坡の弟子に黄庭堅《こうていけん》(魯直《ろちょく》・山谷《さんこく》老人)があるが、二人の間の贈答の詩はおおむね次韻形式をとっている。例を挙げよう。まず山谷が東坡に贈った詩「雙井茶送子瞻」(双井《そうせい》の茶を子瞻《しせん》に送る)というのを挙げてみる。

人間風日不到處　　人間の風日　到らざる処
天上玉堂森寶書　　天上の玉堂　宝書森《しん》たり
想見東坡舊居士　　想い見る　東坡の旧居士の
揮毫百斛瀉明珠　　毫《ふで》を揮《ふる》って百斛《こく》　明珠を瀉《そそ》ぐを
我家江南摘雲腴　　我は江南に家し雲腴《うんゆ》を摘む
落磑霏霏雪不如　　磑《うす》より落ちて霏霏《ひひ》として雪も如《し》かず

爲君喚起黄州夢　　君が為に黄州の夢を喚《よ》び起こし
獨載扁舟向五湖　　独り扁舟に載《の》りて五湖に向かわん

次はそれに答えた東坡の詩「黄魯直以詩饋雙井茶。次韻爲謝」（黄魯直、詩を以て双井の茶を饋《おく》る。次韻して謝と為す）である。

江夏無雙種奇茗　　江夏無双　奇茗《きめい》を種う
汝陰六一誇新書　　汝陰《じょいん》の六一《ろくいつ》は新書に誇る
磨成不敢付僮僕　　磨成して敢て僮僕《どうぼく》に付せず
自看雪湯生璣珠　　自ら看る雪湯の璣珠《きしゅ》を生ずるを
列仙之儒瘠不腴　　列仙の儒は瘠《や》せて不腴《ふゆ》たり
只有病渴同相如　　只だ渇《かつ》を病むことの相如《そうじょ》に同じき有り
明年我欲東南去　　明年我は東南に去らんと欲す
畫舫何妨宿太湖　　画舫《がほう》何ぞ妨《さまた》げん太湖に宿するを

この詩は、書、珠、如、湖というように前の山谷の詩と脚韻の字を同じくした次韻の詩であるが、山谷はさらに東坡の詩に和して詩を作るという具合に、結局、山谷の方は八度も同じ韻脚で詩を作って贈答している。これを畳韻《じょういん》という。

このように東坡の門下においては和韻が盛んであったが、それは言葉の遊戯というよりは、風流事として意識されて行なわれたものであった。詩が感情の発散の場であるよりも、一種の機智を働かせる場になっていたことは「坡門酬唱《はもんしゅうしょう》」を見ればよく分かる。尖とか、叉とかいったような字は、和韻するのに困難な字であるが、東坡が自分の詩に次したものには、しばしばそうしたむずかしい字を用いたものがある。また、東坡は陶淵明の詩のほとんど全部に次韻した作を残している。それは「東坡和陶詩《とうばわとうし》」と呼ばれ、全部で六十二首ある。そのうちより淵明の「歸園田居」(園田の居に帰る)という詩に和した作を挙げてみる。まず初めに淵明の原詩を掲げてみる。

種豆南山下
草盛豆苗稀
晨興理荒穢
帶月荷鋤歸
道狹草木長
夕露霑我衣

豆を種《う》う南山の下
草盛んにして豆苗《とうびょう》稀なり
晨《あした》に興《お》きて荒穢《こうあい》を理《おさ》め
月を帯び鋤《すき》を荷《にな》いて帰る
道は狭くして草木長じ
夕露《せきろ》は我が衣を霑《ぬ》らす

衣霑不足惜　　衣の霑るるは惜しむに足らず
但使願無違　　但だ願いをして違《たが》うこと無からしめん

これに和した東坡の詩は次のごとくである。

新浴覺身輕　　新たに浴して身の軽《かろ》きを覚え
新沐感髮稀　　新たに沐《もく》して髪の稀なるを感ず
風乎懸瀑下　　懸瀑《けんばく》の下に風《ふう》し
却行咏而歸　　却行《きゃくこう》　咏じて帰る
仰觀江搖山　　仰いで観れば江は山を揺《ゆ》るがし
俯見月在衣　　俯して見れば月は衣に在り
步從父老語　　歩して父老に従って語る
有約吾敢違　　約あり吾は敢て違《たが》わんや

この詩はつまらぬ詩とは言えず、ある程度の面白さを持つが、緊迫したものは感ぜられない。それにしても真に恐るべき遊戯力であると言えよう。

この時代の詩人で東坡と並称される者は黄庭堅（山谷）である。山谷は詩人としては東坡に勝るという批評さえあったほどであるが、その詩のどこが面白いのか、実は私にはよく分からない。比較的面白いと思われる詩を次に挙げてみる。「嘲小徳」（小徳を嘲《あざけ》る）という詩である。

中年擧兒子
漫種老生涯
學語囀春鳥
塗窻行莫鴉
欲嗔王母惜
稍慧女兄誇
待渠能小艇
伴我釣煙沙

中年にして児子を挙げ
漫《みだ》りに老生涯に種《う》ゆ
語を学んで春鳥囀《さえず》り
窓に塗《ぬ》りて莫鴉《ぼあ》行《つら》なる
嗔《いか》らんと欲すれば王母惜しみ
稍《やや》ゝ恵《さか》しくして女兄誇る
渠《かれ》の小艇《しょうてい》を能くするを待ちて
我に伴わしめて煙沙《えんさ》に釣らん

小徳という自分の子供を歌った詩であるが、「嗔らんと欲すれば王母惜しみ、稍ゝ恵しくして女兄誇る」の二句は、大へんよろしい。幼児を詠じた詩として我々が思い出すのは杜甫の「憶幼子」（幼子を憶う）という次のような詩である。

驥子春猶隔
鶯歌暖正繁
別離驚節換
聰慧與誰論
澗水空山道
柴門老樹村
憶渠愁只睡
炙背俯晴軒

驥子《きし》　春猶お隔たれり
鶯歌《おうか》　暖かくして正に繁し
別離して節《せつ》の換われるに驚く
聡恵《そうけい》は誰と与《とも》にか論ぜん
澗水《かんすい》　空山の道
柴門《さいもん》　老樹の村
渠《かれ》を憶うて愁えて只《ひとえ》に睡り
背を炙《あぶ》って晴軒に俯《ふ》す

杜甫が安禄山の乱の時に賊軍に捕えられていた時の作である。杜甫と山谷の間には三百年の距たりがあるが、二人の詩の間にも距離があると思われる。杜甫の詩は最も切実なものを歌おうとしており、言葉がひきしまっている。それに対して当時の山谷はそんなに得意な境遇に在ったわけではないが、詩を作るとなると何か余裕をおいているところがある。しかも面白いのは、杜詩を古典として祖述するという態度は山谷に至って確定したことである。当時杜甫の集の完全なものは伝わっていなかったほど、杜甫の位置はなお不安定であり、宋初の楊億などは杜甫を「田舎漢《でんしゃかん》」、つまり田舎者と呼んだほどである。杜甫の地位の確定は、王安石と黄山谷の力に負うところが大きい。山谷の「大雅堂記《たいがどうき》」を見れば、山谷がいかに杜甫に敬意を払っていたかが分かる。従って山谷は自分自身の意識としては杜甫を学んでいるのであるが、その結果は余程ちがったものとなっている。それはちょうど欧陽修の古文の韓愈における場合と同然である。なお、山谷を宗祖と仰いだ一派を江西《こうせい》詩派といい、それは宋の詩壇における有力な流派の一つであった。また、山谷はわが五山の僧に重んじられ、それ以来、彼は東坡とともにわが国では最もポピュラーな詩人であったのである。

山谷につぐ詩人は陳師道《ちんしどう》(後山《ござん》)である。彼は山谷と同時代の人で、同じく東坡の門下である。宋人の詩は「以理爲詩。」(理を以て詩を為《つく》る。)と言われているごとく理窟っぽいところがあるが、彼の詩にもその傾向は強い。「絶句」という詩を例に挙げてみる。

書當快意讀易盡　　書は快意に当《あ》たっては読みて尽くし易く
客有可人期不來　　客に可なる人有り期すれども来たらず
世事相違毎如此　　世事《せじ》の相い違《たが》うことは毎《つね》に此《か》くの如し
好懷百歲幾回開　　好懐は百歳に幾回か開かん

この詩は作者自身としては最も得意な詩であったと伝えられているが、これは明らかに理をもって詩を作ったものである。

東坡・山谷らの宋詩は、日本でもある時期に読者を持ったことがあるが、それよりも曾国藩《そうこくはん》以来のここ百年間の中国の詩は、白話《はくわ》詩(口語詩)は別として、宋詩を祖述する。最近の旧詩人として有名なのは、鄭孝胥《ていこうしょ》・陳三立《ちんさんりつ》であるが、かれらの詩は江西詩派を遙かに継ぐものと言われている。このようにある時期には宋詩がはやるのはなぜなのか。それは宋詩の性格と深く関係する。およそ詩には一定の限界があり、唐人の詩はその限界を知らず知らずに守っている。従って唐詩には題材に制限があり、悪くすれば千篇一律になりやすい。それに対して宋詩は詩としての調和を破ったものゆえ、どんなものでも歌うことができる。ことに世の中の変動期における新しいものは、唐詩では歌えないが、宋詩では歌うことができる。宋詩がある時期にはやるのはそのためであると思われる。近ごろの批評家陳衍《ちんえん》の「石遺室詩話」も大体そんなことを言っている。従来の日本人の作る漢詩は、唐詩を手本にしたもので、宋詩を手本にしたものは、幕末の一時期を除いては少ない。中国人が日本人の漢詩を馬鹿にするのはそのためでもある。

「宋元の文化」(全集13)
「宋詩概説」(岩波書店刊「中国詩人選集」二集・全集13)の「序章　宋詩の性質」「第一章　十世紀後半」「第二章　十一世紀前半」「第三章　十一世紀後半」「宋詩の場合」(全集13)

「宋詩二つ」(全集13)
「宋詩について」(全集13)
「宋詩随筆」(全集13)
「詩人と薬屋——黄庭堅について——」(全集13)
「進歩の一形式——宋以後の中国の進歩について——」(全集13)
「読書の学(八)」(全集補篇)

博士はこの講義においては、宋以後の詩の悲哀の抑制を、宋以後の詩人が、人生の究極の目的を政治に置いたことに関係づけて説いておられるが、「一つの中国文学史」(全集1)では、宋以後の詩に悲哀が乏しいのは、詩への参加者が広大な市民にまで及んだためであると述べておられる。また、そうした中にあって、蘇軾は人間の微小さをも知る詩人であり、人間の微小さを熟知することによって、人間は偉大でありうるという大きな楽観を主張した詩人であったと説いておられるが、これはこの講義とは少しくニュアンスを異にしていると言える。なお、宋以後の詩の悲哀の抑制については、その他に「宋詩概説」(全集13)・「元明詩概説」(全集15)にも見える。

「進歩の一形式」において、博士は、宋、元、明、清と、時代の移るにつれて、市民の詩文学の制作への参加が増えるとともに、だんだんと細かい新しい心情が歌われるようになったことを指摘しておられるが、この講義ではまだ十分にその理論は成熟していない。なお、全集の「第十三巻宋篇自跋」(全集13)によれば、「宋詩概説」・「元明詩概説」の二著は、その理論を宋・元・明の詩に向かって施したものであると言う。

二　北宋の詞

この時代には、以前には顕著でなかった一つの新しい文学形式が飛躍的に発展した。それは詞《し》（詩余《しよ》・塡詞《てんし》・長短句《ちょうたんく》）と呼ばれる歌曲の文学である。それが唐末に起こったことについては前章の終わりにすでに述べたが、それは五代に入ってさらに発展し、宋になると詩と並ぶ大勢力にまで発展した。宋人の抒情精神は詩よりもむしろ詞において発揮されたと言ってよい。

この新詩型が五代において発展したのは、五代という特殊な時代と関係がある。五代という時代は十の小さな国々に中国が分裂した時代であるが、それらの国の中には小さな泰平を保っていたものがあった。そうした国において詞という新しい文学形式が発展したのは、そうした小さな国にあっては、雄大な文学形式よりも、詞のような繊細で、小さな形式が栄えるのにふさわしかったためと言えよう。「花間集《かかんしゅう》」はそのときに生まれたものであるが、この時代において最も秀れたものは、「花間集」の作家たちよりも南唐の李璟《りけい》（中主《ちゅうしゅ》）と李煜《りいく》（後主《こうしゅ》）である。南唐は金陵《きんりょう》（南京《なんきん》）を首都とした小国であるが、そこは規模の小さな、華奢な文化が栄えたところである。澄心堂紙《ちょうしんどうし》や李廷珪《りていけい》の墨はここで生まれた文房具として有名である。李璟・李煜はその南唐の君主であり、二人の詞は「南唐二主詞」と呼ばれている。次に李煜の「虞美人《ぐびじん》」という旋律によったものを挙げてみる。

春花秋月何時了•
往事知多少•
小樓昨夜又東風△
故國不堪回首月明中△
○
雕欄玉砌依然在○
只是朱顏改○
問君都有幾多愁□
恰似一江春水向東流□

春の花　秋の月　何時《いつ》か了《おわ》らん
往事《おうじ》は知んぬ多少《いくばく》ぞ
小楼は昨夜又も東風
故国は回首するに堪えず月明の中
○
雕欄玉砌《ちょうらんぎょくぜい》　依然として在るに
只だ是れ朱顔のみ改まりぬ
君に問う都《す》べて幾多の愁い有りやと
恰《あたか》も似たり一江の春水の東に向かって流るるに

後主李煜は亡国の君主であり、南唐は後主のとき宋に亡ぼされている。彼は南唐の亡んだ後、宋都汴京《べんけい》(汴梁)に連れて行かれ、そこに幽閉されていた。この詞はそのころの作である。

五代にあっては、君主ばかりでなく宰相までがこうした小唄を作っている。例えば和凝《わぎょう》である。和凝は後唐《こうとう》・後晋《こうしん》・後漢《こうかん》・後周《こうしゅう》の四王朝に仕えた官僚で、小唄ばかり作っていたところから、「曲子《きょくし》相公《しょうこう》」、つまり小唄大臣と呼ばれている。和凝の「江城子」というのを挙げて見る。

斗轉星移玉漏頻　斗は転じ星は移り玉漏《ぎょくろう》頻りなり
已三更・　已に三更《さんこう》
對棲鶯・　棲鶯《せいおう》に対す
歴歴花間　歴歴として花間に
似有馬蹄聲・　馬蹄の声有るに似たり
含笑整衣開繡戸　笑いを含み衣を整えて繡戸《しゅうこ》を開く
斜斂手　斜めに手を斂《おさ》め
下階迎・　階を下りて迎う

こうした詩余は北宋にもそのまま受け継がれた。北宋は理窟っぽい文学に走った時代であるが、一方では五代の詩余の趣味がそのままに受け継がれている。北宋の詩余の作家には、およそ三類がある。一つは小唄、端唄の類の詩余を専ら作る人であり、彼らの活躍は色街を中心にして行なわれた。二つは堂々たる士大夫たちであり、彼らは正統の詩文を作る一方で、余技として詩余の製作に従った。三つは宮中における芸能人の養成所であった教坊に関係する人たちである。今日伝わるものの多くは二番目の名士派のものである。

まず、名士派の欧陽修の作を挙げてみよう。「踏莎行《とうしゃこう》」という詞である。

候館梅殘
溪橋柳細・
草薫風暖搖征轡・
離愁漸遠漸無窮
迢迢不斷如春水・
○
寸寸柔腸
盈盈粉淚・
樓高莫近危欄倚・
平蕪盡處是春山
行人更在春山外・

候館に梅は残《ち》り
渓橋に柳は細し
草は薫り風は暖かくして征轡《せいひ》を揺るがす
離愁は漸く遠くして漸く窮り無く
迢迢《ちょうちょう》として断えざること春水の如し
○
寸寸の柔腸《じゅうちょう》
盈盈《えいえい》たる粉涙《ふんるい》
楼の高ければ危欄に近づいて倚《よ》ること莫《な》かれ
平蕪《へいぶ》の尽くる処は是れ春山なり
行人は更に春山の外に在り

香艶ではあるが、淡白な味わいを持った作品である。
次に教坊派の柳永の作を挙げてみる。柳永は欧陽修よりやや後の人であり、その詞集を「楽章《がくしょう》集《しゅう》」という。次に掲げるのは「雨霖鈴《うりんれい》」という詞である。

寒蟬凄切・
對長亭晩
驟雨初歇・
都門帳飲無緒
留戀處
蘭舟催發・
執手相看涙眼
竟無語凝咽・
念去去千里煙波
暮靄沈沈楚天闊・
○
多情自古傷離別・
更那堪　冷落清秋節・
今宵酒醒何處

寒蟬《かんせん》は凄切《せいせつ》たり
長亭の晩《く》れに対す
驟雨《しゅうう》　初めて歇《や》む
都門に帳飲すれば緒《しょ》無し
留恋する処
蘭舟は発するを催《うなが》す
手を執《と》りて涙眼を相い看れば
竟《つい》に語無く凝咽《ぎょうえつ》す
去り去りて千里の煙波を念えば
暮靄《ぼあい》沈沈として楚天闊《ひろ》し
○
多情古自り離別を傷む
更に那《なん》ぞ堪えん　冷落たる清秋の節に
今宵《こよい》　酒の醒《さ》むるは何《いず》れの処ぞ

楊柳岸
曉風殘月・
此去經年
應是良辰好景虚設・
便縦有千種風情
更與何人説・

楊柳の岸
暁風　残月
此《こ》の去《わか》れ年を経なば
応《まさ》に是れ良辰好景も虚しく設くるなるべし
便《すなわ》ち縦《たと》い千種の風情《ふぜい》有りとも
更に何人と説《かた》らん

五代の詩余は短かったが、柳永のものになると長くて、纏綿としている。短い詩余なら詩の変形と見られるが、こうなると、それは詩とは別のリズムを持ったものと言わねばならぬ。晩唐以来、繊細な情緒を託す詩形として発達して来た詩余に内容的な変革を与えたものは、十一世紀後半の蘇軾《そしょく》であった。蘇軾はこの形式を使いながら、豪放な歌い方をしている。「念奴嬌《ねんどきょう》」というのを挙げて見よう。

大江東去
浪淘盡　千古風流人物・
故壘西邊

大江東に去り
浪淘《あら》い尽くせり　千古風流の人物を
故塁の西辺

人道是　三國周郎赤壁・
亂石崩雲
驚濤裂岸
捲起千堆雪・
江山如畫
一時多少豪傑・
○
遙想公瑾當年
少喬初嫁了
雄姿英發・
羽扇綸巾
談笑間　強虜灰飛煙滅・
故國神遊
多情應笑我
早生華髮・
人生如夢

人は道《い》う是れ　三国周郎の赤壁なりと
乱るる石は雲を崩《くず》し
驚ける濤《なみ》は岸を裂き
千堆《せんたい》の雪を捲《ま》き起こせり
江山は画けるが如し
一時多少の豪傑ぞ
○
遙かに想う公瑾《こうきん》の当年
少喬《しょうきょう》　初めて嫁《か》し了《おわ》り
雄姿は英発なりしを
羽扇綸巾《うせんかんきん》
談笑の間に　強虜《きょうりょ》は灰と飛び煙と滅せり
故国に神《こころ》は遊ぶ
多情は応《まさ》に笑うべし　我が
早く華髪を生ぜしを
人生は夢の如し

一樽還酹江月・　　一樽《いっそん》　還《ま》た江月に酹《そそ》がん

東坡がある人に向かって、自分の詩余は柳永に較べてどうかと尋ねたところ、その人は、柳郎中の詞は十七、八の小娘が、赤い象牙の拍子木を手に持って「楊柳の岸、暁風残月」と歌うのによろしい。あなたのは関西《かんせい》（陝西《せんせい》）の大男が銅琵琶と鉄綽板《てつしゃくばん》（伴奏の楽器）で「大江東に去り」と歌ったらよろしい、と言ったという有名なエピソードが、この詞にはある（「吹剣録」）。

東坡は豪放な人だったのでメロディーに合わせて詞を作ることは不得手であった。そこから歌う歌曲が読む歌曲へと変化して行った。南宋には東坡派と綺麗派と二派あるが、後者が本流であって東坡派は別格であった。

東坡の弟子に秦観《しんかん》（少游《しょうゆう》）がいる。彼は名士の一人ではあるが、その詩余は純粋に柳永風である。彼の「如夢令《じょぼうれい》」というのを挙げてみる。

門外鴉啼楊柳・　　門外に鴉は楊柳に啼《な》き
春色著人如酒・　　春色は人に著《ちゃく》すること酒の如し
睡起熨沈香　　睡りより起き沈香《ちんこう》を熨《ひの》す
玉腕不勝金斗・　　玉腕は金の斗《ひのし》に勝《た》えず

消瘦・　　　消瘦《や》せたり
消瘦・　　　消瘦《や》せたり
還是褪花時候・　　　還《ま》た是れ褪《あ》せたる花の時候《とき》なり

詩余の中で、このように短いものを「令《れい》」という。

北宋の最後の時代は徽《き》宗の時代である。徽宗は風流な天子であり、書画をよくし、音楽を愛した。徽宗は詩余のメロディーを整頓しようとして宮中に大晟《たいせい》府という役所を置いている。お歌所の音楽に詩余がなったわけであるが、そうなると詩余は活気を失うようになった。この時代を代表する詩余の作家は、周邦彦《しゅうほうげん》（美成）であり、その詞集を「片玉詞《へんぎょくし》」という。しかしながら、この時代の詞人で、より有名であり、かつ秀れているものは、李清照《りせいしょう》（易安居士《いあんこじ》）という女流作家である。彼女は恐らくは中国の女流詩人として最もすぐれた一人であるであろう。その「聲聲慢《せいせいまん》」というのを挙げてみる。「慢」とは「令」に対して長いものをいう。

尋尋覓覓・　　　尋ね尋ね覓《もと》め覓むれば
冷冷清清　　　冷冷たり　清清たり
凄凄慘慘戚戚・　　　凄凄《せいせい》たり　慘慘《さんさん》たり　戚戚《せきせき》たり

乍暖還寒時候
最難將息•
三盃兩盞淡酒
怎敵他晩來風急•
雁過也
正傷心
卻是舊時相識•

○

滿地黄花堆積•
憔悴損
如今有誰堪摘•
守着窓兒
獨自怎生得黑•
梧桐更兼細雨
到黄昏　點點滴滴•
這次第

乍《たちま》ち暖く還《ま》た寒き時候《とき》は
最も将息《しょうそく》し難し
三盃両盞《りょうさん》の淡酒にては
怎《いか》で敵せん他《か》の晩来風の急なるに
雁は過ぎぬ
正に心を傷ましむ
却《かえ》って是れ旧時の相識《そうしき》なりし

○

地に満ちて黄花堆積す
憔悴《しょうすい》して損じ
如今《じょこん》誰有りてか摘《つ》むに堪えん
窓児《まど》を守着《まもりい》て
独自《ひとり》にて黒《く》るるを怎生《いか》にし得ん
梧桐《ごどう》　更に兼ぬるに細雨の
黄昏に到るまで　点点滴滴たり
這《こ》の次第《しだい》

怎一個愁字了得・　怎《いか》で一個《ひとつ》の愁の字にて了《りょう》し得ん

怎、着、兒、怎生、得黑、這、得といったように、この詞は多くの助字を使っているが、かくのごとく助字を多く使ったものは他に例がない。また、「尋尋覓覓《じんじんべきべき》、冷冷清清《れいれいせいせい》、悽悽慘慘戚戚《せいせいさんさんせきせき》たり」というのも、他に例を見ない大胆な表現である。またこの詞には上に挙げた助字がそうであるほか、多くの俗語が入っているが、俗語の混用は北宋の詩余に一般的である。柳永のものにも俗語が入っているが、俗語を意識的に取り入れているのは黄庭堅の詩余である。

「人民と詩——李煜をめぐって——」(全集11)
「人間詩話」(岩波新書・全集1)の李清照(その九十九)

三　読書人の成立

北宋に成立した読書人、それは知識人を呼ぶ語であるが、その生活の様相は、民国に至るまでのいわゆる読書人の生活の典型となったということにおいて重要である。北宋の読書人の生活様式の特色は何にあるかと言えば、それは生活様式の二重性の中にある。彼らは一方では詩文の文学において堅苦しい作品を作っているが、一方では詞という艶っぽく柔かい歌曲を作る生活をも持っている。また、文学の用語においても二重性が見られる。六朝から唐にかけての散文には、往々にして口語が入っており、口語が混じっていても潔癖にそれが排除されることはなかったが、北宋の散文では口語を混じえることは潔癖に排除されている。詩の方は散文ほどには口語を排斥しなかったが、詩語の範疇は確立していた。一方、詞の方では相当大胆に口語が取り入れられている。北宋においては、こうした文学生活における二重性が見られるが、そうした二重性は以後一千年の読書人の生活の様式となったのである。

こうした二重性の成立は、何によって生まれたのかと言えば、それは読書人を出す地盤が以前とは変わって来たことによる。六朝から唐にかけては大体士族が官僚の地位を占めるとともに、読書人であり、文学人であった。もちろん、中国ではわが国の江戸時代のような厳しい身分制度はいつの時代にもなかったのではあるが、六朝から唐にかけては士族の家柄は固定しており、その士族たちによって官僚の地位と文学の製作が世襲されていたのである。しかしながら、こうした六朝以来の士族の社会的位置は五代になって落ち、北宋になると士族の下にあった都市の町人や田舎の地主階級が読書人を出す地盤になった。そして、そうした広範囲から読書人を選択する制度が科挙の制度であったのであるが、科挙制度における選択の基準は文学を製作することを中心としつつ、古典の倫理に従った生活を営みうるということであった。こうした制度によって出て来た人物が読書人であるから、読書人はかならずしも貴族的雰囲気に包まれた人間ではなかった。かれらには自分が生まれた地盤である庶民的性格がどこかに持続される。そうした文学の場が詞であったのである。

ところが一方、かかる読書人は個人の能力によって選ばれたものであるから、彼らはかえって自分たちは普通の町人とは違うという面を強調しようとする。彼らは自分たちが選ばれたものであるという自覚をつねに持っていたが、その自覚の中心となったものは、古典に添いうる倫理生活であった。一般の庶民は古典を読む能力はない。従ってそれを実践する能力もない。そうした庶民に対して、読書人は古典の倫理を営みうるという点において、人間の選手として、すなわち士として意識されたのである。であるが、中国の倫理では文学的素養がなければ完全な人間ではない。文学的能力も、それは特権的な文学能力である。語彙が限定されたのはそうした意識の上に立っていたのである。自然そのままのものは高貴ではない。すなわち口語は高貴なものではない。高貴な言語は、自然の言語に反発して作られた芸術言語である。その芸術言語をあやつることによって、彼らは自分が特権階級であることを示そうとしたのである。

北宋で確立した文学人の生活について認められることは、そうした文学生活の二重性であるが、またこの時代にあっては、人間の生活の中にあって、詩というものが最上のものとは考えられなくなったということがある。この時代において、人間の生活の中心と意識されたものは倫理的生活、ないしは政治的生活である。政治的倫理家、すなわち儒家として人格を完成するのには、詩の生活が必要ではあるが、それだけでは十分な条件ではないと意識された。唐代では杜甫は命がけで詩を作った人である。詩の専門家である。杜甫は詩をディレッタントとして作ってはいない。それに対して、北宋からは文学の専門家はなくなる。その点はこの時代の文学の代表者である欧陽修にしても、蘇軾にしてもそうである。彼らは文学者であるとともに、政治家であり、儒家であった。欧陽修には「易童子問《えきどうしもん》」があり、蘇軾には「蘇氏易伝」・「東坡書伝」の著述がある。この時代にはこのように儒者としての業績を残さなければ一流の人とはなれなかったのである。彼らは二人とも「文忠公」という諡号《しごう》を貰っているが、それは読書人としての最高の名誉であった。文とは文学に秀れることを意味し、忠とは政治的に忠実であることを意味する。天子がこの諡号を賜わるのは一流の人物に対してである。司馬光の「文正公」というのも同様である。この時代はそういうふうな空気にあったが、一方では倫理家としての活動を目指した人もいる。理学者、道学者と呼ばれる人がそれである。欧陽修と時を同じくしては、周敦頤《しゅうとんい》(茂叔《もしゅく》・周子《しゅうし》)があり、蘇軾と時を同じくしては、程《てい》顥《こう》(明道先生)・程頤《ていい》(伊川《いせん》先生)の二程子がいる。これらの儒学者は道学の方へ勢力を注いだが、詩文も作らなかったのではない。周敦頤の「愛蓮説」はそれである。

このように、この時代には文学をもって立った人も、儒学をもって立った人も、それ以上のものを目指したのであり、彼らは相い反発したのではない。その限りでは、この時代にあっては文学は傍業であったといってよい。試みに欧陽修の著作集を開いてみるならば、この時代の知識人の性格がどんなものであったかが分かるであろう。欧陽修の著作集は「欧陽文忠公集」というが、それは次のように組織されている。

居士集　五〇巻

- 詩
  - 古詩　巻一―巻九
  - 律詩　巻一〇―巻一四
  - 賦　巻一五
- 議論
  - 雑文　巻一五
  - 論　巻一六―巻一七
  - 経旨　巻一八
  - 辯　巻一八
  - 詔冊　巻一九
- 伝記
  - 神道碑銘　巻二〇―巻二三
  - 墓表　巻二四―巻二五
  - 墓志銘　巻二六―巻三七
  - 行状　巻三八

其他
記　巻三九―巻四〇
序　巻四一―巻四四
上書　巻四五―巻四六
与人書　巻四七
策問　巻四八
祭文　巻四九―巻五〇

外集　二五巻
易童子問　三巻
外制集　三巻
内制集　八巻
表奏書啓四六集　七巻
奏議集　一八巻
雑著述　一九巻
集古録跋尾　一〇巻
書簡　一〇巻

また、このような厖大な著述を伝えるのも宋からである。それはこの時代には詩文が余業として作られたこととも関係する。文学的価値を基準にして会心の作のみを留めようとすると、そう多くは出来ないが、北宋では詩は傍業であるから、毎日作ったものが選択されずに、記録として、日記の代わりとして収録されているのである。それが多くの作品を留めるに至った一つの理由である。この時代には大家と呼ばれるためには、質よりも量が大切であったのである。

「中国の知識人」（全集2）
「士人の心理と生活――『旧体制の中国』序説」（全集2）
「読書の学（七）」（全集補篇）

四　北宋散文の新傾向

ところで、北宋の散文であるが、まず指摘されることとは、その活動の範囲が従来とは違って来ていることである。従来の散文は長いものではなく、その様式は「文選」のころに発生したものであり、そのほかの散文の領域は、歴史を書くことであったが、北宋から顕著なことは従来には存在しなかった著述の形が出て来たことである。新しい著述の形としてはまず欧陽修の「易童子問」がある。これは易の解釈であるが、従来のものとは違っている。従来のものは、「元亨利貞」といった易の言葉の下に「元長也。貞正也。云々。」（元は長なり。貞は正なり。云々。）というような割り注を書くことであったが、「易童子問」は総論であり、概論である。欧陽修にはこのほかに雑著述として「于役志《うえきし》」という紀行文や、「帰田録」・「詩話」・「筆説」・「試筆」などの随筆がある。紀行文や随想を書くことは四六文ではむずかしい。こうしたものが出現したのは文体改革と関係があるが、こうした文章を書くことが、北宋では読書人の仕事であったのである。東坡にも「東坡志林」・「艾子雑説《がいしざっせつ》」・「東坡題跋」などの雑筆がある。

北宋にはこのような雑筆が数多く生まれたが、その中には文学として秀れたものがある。欧陽修の「帰田録」はそうしたものの一つであるが。その中の一、二を次に挙げてみる。

開寶寺塔、在京師諸塔中最高、而制度甚精、都料匠預浩所造也。塔初成、望之不正、而勢傾西北。人怪而問之。浩曰、京師地平無山、而多西北風、吹之不百年當正也。其用心之精、蓋如此。國朝以來、木工一人而已。至今木工皆以預都料爲法。有木經三卷行於世。世傳浩惟一女、年十餘歲、毎臥、則交手於胸、爲結構狀。如此踰年、撰成木經三卷。今行於世者、是也。

開宝寺の塔は、京師《けいし》の諸塔の中に在りて最も高く、而《しか》も制度甚だ精、都料匠《とりょうしょう》の預浩《よこう》の造《つく》る所なり。塔の初めて成るに、之を望むに正しからず、而して勢は西北に傾く。人怪しみて之を問う。浩曰く、京師は地平らにして山無く、而して西北の風多し、之を吹くこと百年ならずして当《まさ》に正しかるべしと。其の心を用うるの精なる、蓋《けだ》し此《かく》の如し。国朝以来、木工は一人のみ。今に至るも木工は皆な預都料を以て法と為す。木経三巻有り、世に行なわる。世に伝う、浩は惟《た》だ一女のみ、年十余歳、臥する毎に、則ち手を胸に交えしめ、結構の状を為す。此《かく》の如くして年を踰《こ》え、木経三巻を撰《えら》び成す。今世に行なわるる者、是れなりと。

これは近ごろの見聞を書いたものであるが、また笑い話もある。馮道《ふうどう》と和凝《わぎょう》とが内閣で出会ったとき、和凝が馮道に靴の値段を尋ねたところ、馮道は足を上げて「九百文。」と答えた。和凝は驚いて、「それは安い。」といい、彼の秘書の方を向いて、「お前はけしからん、昨日お前が買って来たのは千八百文ではなかったか。」と詰った。すると馮道はおもむろに別の足を挙げて、「こちらも九百文。」と言ったので大笑いになったという。「於是烘堂大笑。時謂宰相如此、何以鎮服百僚。」（是《ここ》に於《おい》て烘堂《こうどう》大笑す。時に謂う、宰相此くの如くなれば、何を以てか百僚を鎮服せん、と。）

また、「東坡志林」にも、次のような笑い話がある。

有二措大。相與言志。一云、吾平生不足、惟飯與睡耳。他日得志、當吃飽了飯便睡。睡了又吃飯。一云、我則異於是。當吃了又吃。何暇又睡耶。我來廬山、聞馬道士嗜睡、於睡中得妙。然吾觀之、終不及彼措大得吃飯三昧也。

二措大《そだい》有り。相い与《とも》に志を言う。一の云う、吾の平生《へいぜい》足らざるは、惟《た》だ飯と睡のみ。他日志を得なば、当《まさ》に飯を吃し飽《あ》き了《おわ》りて便《すなわ》ち睡らん。睡り了れば又た飯を吃せんと。一の云う、我は則ち是《ここ》に異なり。当に吃し了らば又た吃すべし。何の暇《いとま》ありてか又た睡らんやと。我、盧《ろ》山《ざん》に来たり、馬道士の睡るを嗜《たしな》み、睡中に妙を得ると聞く。然れども吾は之を観るに、終に彼《か》の措大の飯を吃する三昧《さんまい》を得るに及ばざるなり。

こうしたものの他に、詩についての雑筆、つまり詩話がある。宋では詩話が盛んであり、「詩話興而詩亡。」(詩話興りて詩亡ぶ。)と言われたほどである。詩話は詩の評論的な部分をも含んではいるが、大抵は雑筆である。それを最初に書いた人は欧陽修であった。欧陽修の「詩話」の中から一つ例を挙げてみよう。詩が自慢の大官があり、あるとき「有祿肥妻子、無恩及吏民」(禄の妻子を肥やす有れども、恩の吏民に及ぶ無し)という白居易風の平易な詩を作り、それを内閣に出て披露した。すると一人の大臣が「昨日、道を通っていたら、向こうから牛車が来た。車が重くて牛がはあはあと言っていたが、あれはあなたの妻子が乗っていたのではないか。」と言ったので大笑いになった。こうした詩話が北宋には沢山生まれている。

「帰田録抄」（全集13）

五　口語文の発生

この時代にはもう一つの新しい文学史的現象が発生している。それは純粋な口語文の発生である。このころの表向きの散文は、一定の語彙と規格を守る古文であったが、その一方では口語を直写しようとすることを意識する文章が初めて現われて来ている。それはどういう形で現われて来たかと言うと、まず仏教の語録、道学家（理学家）の語録としてであった。

これ以前には積極的に口語を直写しようとする文章は無かったと言ってよろしい。現在われわれが見うる最初の文章は、口語とは違った表現をした文章である。すなわち殷《いん》王朝の卜辞《ぼくじ》（前一二〇〇年前後）であるが、その文章はどうしても当時の口語とは認められない。例えば「王貞癸巳享于祖。」（王、癸巳《きし》を貞《てい》して祖に享《きょう》す。）と言うがごとくである。王が癸巳の日に祖先に祭りをすることを占うということであるが、それは「于」を除いては必須欠くべからざる事柄を凝集した形で述べたものである。しかし、日常の会話がこうした凝集的な形で述べられていたとは考えられない。日常の会話であるならば、もっとパーティクルの多いものでなければならない。中国の言葉で言えば助字の多いものでなければならない。それは今日の中国の言語を考えて見ても分かる。私はご飯を食べたと言うのは、中国の話し言葉では、「我吃了飯了」Wo chi le fan le であるが、それを書くときは、

「我吃飯」Wo chi fan ということが多い。また、私はお酒を沢山飲んだ、と言うのは、「我喝了很多很多的酒」Wo he le hen duo hen duo de jiu であるが、それを書くときは、「我喝酒很多」Wo he jiu hen duo となるのが普通である。このように話し言葉と書き言葉との間に距離があるのは、中国語には不必要な言葉はすぐ取り去ることができるという性質があるからである。三千年前の言葉を具体的に想像することはできぬが、それもまた多くの付加物を伴った言葉であったに相違ない。それが先の例のごとくに凝縮されているのである。中国においては記載の行為は、口語とは相当の距離を持つ特別な文語として発生し、発展したと考えなくてはならない。

このように、中国においては、文語は文語として生まれ、そしてそれは口語とは異なる特殊のリズムを発展させて宋に至ったわけであるが、宋までの文章の中にも、ある程度は口語に近づこうとしたものがないではない。最も早くは「尚書《しょうしょ》」がある。これは天子の言語をそのままに記載しようとしたものである。従ってそれは助字が比較的多い。次にその類のものとしては「論語」がある。「論語」とは対話という意味であり、それ故にある程度会話のままを記録しようとした努力が認められる。例えば次の学而《がくじ》篇の言葉である。「子禽問於子貢曰、夫子至於是邦也、必聞其政。求之與、抑與之與。子貢曰、夫子溫良恭儉讓以得之。夫子之求之也、其諸異乎人之求之與。」(子禽《しきん》、子貢《しこう》に問いて曰く、夫子《ふうし》の是《こ》の邦《くに》に至るや、必ず其の政を聞く。之《これ》を求めたるか、抑《そもそも》之を与えたるか、と。子貢曰く、夫子は温良恭倹譲《おんりょうきょうけんじょう》、以て之を得たり。夫子の之を求むるや、其れ諸《こ》れ人の之を求むるに異なるか、と。）この文章においては、「夫子之求之也、其諸異乎人之求之與。」というごとくに、助字（意味の軽い添え言葉）が多く使われており、それは顕著に口語的である。当時はもっとも軽い添え言葉には文字は無かったろうから、それが口語をそのままに書くことへの更なる困難となっていたであろうが、この文章は少なくとも口語の語気を出そうとしているとは言える。それに対して、「左伝」・「国語」・「老子」は文語的である。ことに「左伝」は強度に文語的であり、はなはだ多くの句が四音節からなっている。

漢の武帝の時代は文学史の開幕で、文語の芸術的価値が自覚に上った時代であるが、武帝から六《りく》朝《ちょう》・唐にかけての文章の原則は、口語に対してはむしろ反発するものであった。しかしながら、この時代にも口語を混じえたものがないではない。司馬遷の「史記」の人物の会話を記録した部分には往々にして口語をそのまま写したのではないかと思われるものがある。また六朝の「世《せ》説新語《せつしんご》」は、当時のサロンにおける対話を書いたものであるが、これはある程度は口語を写している。また、六朝・唐の詩の中には「遮莫」（さもあらばあれ）、「太痩生」（はなはだ痩せたり）といった口語の語彙を混じえたものがある。また歴史の書物には会話を写したところに、「史記」よりは稀であるが往々にして「這」（これ）、「儞」（あなた）のごとき口語を混じえたものがある。また、習字の手本として残っている「淳化閣法帖」の中には例えば「別」（してはいけない）といったような口語が入っているのが見られるが、それも偶然的に入っているので、積極的に口語が入っているのではない。口語の面白さを発見し、口語でなければ意味が伝達されない場合があるということを認識して現われるのは、やはり禅家の語録が初めてであると言ってよい。

禅宗は六世紀の初め、梁のころに始まり、唐宋に受け継がれた宗教だそうであるが、それは会話による宗教という面を大いに持っている。従って禅家には、その宗教的な悟りを語録の形で示したものが多い。現在に伝わる早い語録としては唐末のものがあるが、それは余程ずっと後に整理されたものだそうであるから、本来のものが今の形であったかどうかは分からない。信用してもよいものとして最初のものは、北宋の真宗の景徳年間(十一世紀の初め)に勅命を奉じて出来た「景徳伝灯《けいとくでんとう》録《ろく》」であるが、その桐峰庵主《どうほうあんじゅ》のところ(巻十二)を例に挙げてみる。

僧問和尙、遮裏忽遇大蟲、作麽生。師作吼聲、僧作怖勢。師大笑。

僧、和尚《おしょう》に問う、遮裏《ここ》に忽ち大虫に遇わば、作麽生《いかん》と。師の吼声《くせい》を作《な》すや、僧は怖勢《ふせい》を作《な》す。師は大いに笑う。

「遮裏」は今の中国語の「这里」で、ここということであり、「作麽生」は今の中国語の「怎么」で、いかにということである。また「大蟲」は、虎をいう口語である。

もう一つ睦州刺史《ぼくしゆうしし》陳操のところ（巻十二）を挙げてみる。

睦州刺史陳操、與僧齋次、拈起餬餅問僧、江西湖南還有這箇麽。僧曰、尙書適來喫什麽。……

睦州刺史陳操、僧と斎次《さいじ》し、餬餅《こへい》を拈《つま》み起《あ》げて僧に問う、江西湖南に還《ま》た這《これ》箇有り麽《や》と。僧曰く、尚書は適来《さき》什麽《なに》を喫《た》べしやと。……

「有這箇麽」、「適來喫什麽」というのは、口語的表現である。

このように口語を直写することが禅家に先ず起こると、それは儒者に感染し、新しい儒学を求める儒者によって書かれた語録の中には、機微な会話に依らないと分からぬところは会話をそのまま写した口語の形で書かれるようになった。そうしたものの初めは程顥《ていこう》（明道）・程頤《ていい》（伊川）の言葉を記録する「二程遺書」であろう。次に弟子の謝顕道《しやけんどう》の筆録による程明道の語を挙げてみる。

周茂叔窓前草不除去。問之、云、與自家意思一般。

周茂叔《しゆうもしゆく》は窓前の草を除去せず。之を問うに云う、自家の意思と一般なりと。

「自家」は我、「意思」は意、「一般」は同じという意味である。「與自家意思一般」は、文語では「便與我意同」と言うべきところである。

また、別のところを挙げてみる。

某寫字時甚敬。非是要字好、只此是學。

某《われ》、字を写《か》く時には甚だ敬《つつし》む。是れ字の好きことを要《もと》むるに非ず、只だ此れは是れ学ぶなり。

「非是要字好」は文語では「非欲字好」、「只此是學」は「此乃學也」と言うべきところである。

また、さらに別の例を挙げてみる。

舞踏本要長袖、欲以舒其性情。某嘗觀舞正樂、其袖往必反。有盈而反之意。今之舞者、反收拾袖子、結在一處。

舞踏の本と長袖《ちょうしゅう》を要するは、以て其の性情を舒《の》べんと欲すればなり。某《われ》、嘗て正楽《せいがく》を舞うを観るに、其の袖は往《ゆ》いて必ず反《かえ》る。盈《み》ちて反《かえ》るの意あり。今の舞う者は、反《かえ》って袖子《しゅうし》を収拾《しゅうしゅう》して、一処に結在す。

「要」は欲する、「反」はあべこべに、「袖子」は衣の袖、「結在一處」は文語で言えば「結於一處」で、一か所で結ぶことであるが、どれも口語的な言い方である。

次に楊遵道《ようじゅんどう》の筆録する程伊川の言葉を掲げてみる。

先生毎讀史到一半、便掩卷思量、料其成敗、然後却看。有不合處、又更精思。其間多有幸而成、不幸而敗。今人只見成者便以爲是、敗者便以爲非。不知成者煞有不是、敗者煞有是底。

先生は史を読み一半に到る毎に、便《すなわ》ち巻を掩《おお》いて思量し、其の成敗《せいばい》を料《はか》り、然る後に却って看る。合せざる処有れば、又た更に精思す。其の間多くは幸にして成り、不幸にして敗るる有り。今の人は只だ成る者を見ては便ち以て是《ぜ》と為し、敗るる者をば便ち以て非《ひ》と為す。成る者にも煞《はなは》だ是ならざるものあり、敗るる者にも煞だ是なる底《もの》有ることを知らず。

「煞」は「はなはだ」、「底」は現代中国語の「的」である。

なお、この時代において述べておかねばならぬことは、書物を印刷する術が広く普及したことである。中国における印刷術の発明は非常に早く、唐末から起こっている。最初は国立大学である国子監が経書を印刷したが、北宋末年には書物の印刷は普通のこととなり、出版業者も出現していたように思われる。東坡について言えば、東坡の全集はその生前にすでに印刷されていた。陳振孫の「直斎《ちょくさい》書録解題」を見ると、杭本《こうほん》の「東坡集」が東坡の生前に世に行なわれていたということが書かれている。また、遼《りょう》でも東坡の詩文はもてはやされ、范陽《はんよう》（北京付近）の書肆がそれを刻して「大蘇小集」と名づけたということが王闢之《へきし》の「澠水燕談録《じょうすいえんだんろく》」に見える。「澠水燕談録」は、東坡の生前に書かれたものである。自分の詩文集を最初に印刷した人は五代の和凝《わぎょう》であるが、それが百年経つと外国においてまで東坡の詩文が刻せられるまでになったのである。それは読書階級が広くなったことを意味するとともに、そこから出て行く官僚の層が広がったことを意味していると言えよう。

「中国の文章語としての性質」（「漢文の話」全集２）
「読書の学（六）」（全集補篇）

六　南宋の詩

南宋は一一二七年から一二七九年までの百五十年間継続した王朝である。南宋の天子は北宋の天子の子孫であるから、その点では北宋と南宋は同じ朝廷の宋である。では、一一二七年以後をなぜ南宋と呼ぶかと言えば、それは次のような事情による。北宋の末年、徽《き》宗のころ、北方の遼《りょう》の背後に女真《じょしん》（金）が強大となり、やがて遼を滅して宋に迫った。宋はこれと戦って破れ、徽宗・欽《きん》宗は金の捕虜となった。これを靖康《せいこう》の変という。この変は中国人が外国人の武力に屈した出来事の中でも大きなものである。この変の後、高宗は銭塘江《せんとうこう》に程近い臨安（杭州）に都を遷し、北中国を放棄して淮河《わいが》以南の地を保った。以後の宋はいわゆる半壁の天下を南方に保ったに過ぎなかったので、これを南宋というわけである。後に蒙古族が北に興り、南宋はそれによって滅ぼされた。一二七九年である。このように南宋は初めは金、後には蒙古という北方民族に中国人が拮抗した時代である。

南宋は初めは岳飛らの主戦派と、和議派の秦檜《しんかい》らとの対立があったが、けっきょくは和議派が勝利して、長く和平が保たれることになった。また、南方の自然は細やかな山や水が到る処にあり、北方が乾燥した大平原であるのとは違っていた。ことに臨安は南方の中でも景色のよい都市であり、西湖《せいこ》という大へん美しい湖に臨んでいた。また、経済的に言うと、江蘇《こうそ》・浙江《せっこう》は織物の産地である。中国の絹はいわゆる軽羅であり、非常に軽いが、それが出来るのもこの辺りである。臨安は商業都市としても栄えた都市である。こうした環境にある南宋は、線の非常に細い文化を生み出している。

南宋の前半の時代（一一二七―一二〇〇）、高宗・孝宗の時代は、詩人では尤楊范陸《ゆうようはんりく》が南宋の四大家として有名である。尤は尤袤《ゆうぼう》（延之）、楊は楊万里（誠斎）、范は范成大（石湖）、陸は陸游（放翁）である。ただし楊・范・陸の詩集が完存するのに対して尤の詩は多くを伝えぬ。四人のうち、ことに陸游は古今を通じての大詩人とされている。彼は師団参謀にまでなった官吏であるが、杜甫のごとくに身命をかけて詩を作るという態度が、ときどき見える。しかしその作品の数は非常に多く、清の趙翼《ちょうよく》の「甌北《おうほく》詩話」によれば、彼の詩は少なくとも一万首あることは確かだと言う。その詩はどこを読んでも面白いが、特にすぐれたものとして、代表作を選ぶことはむずかしい。若いころの詩を挙げてみる。「望江道中」(望江の道中)という詩である。

吾道非邪來曠野
江濤如此去何之
起隨烏鵲初翻後
宿及牛羊欲下時
風力漸添帆力健
艣聲常雜雁聲悲
晚來又入淮南路
紅樹青山合有詩

吾が道は非《ひ》なるか　曠野《こうや》に来たる
江濤《こうとう》此くの如し　去りて何《いず》くにか之《ゆ》く
起《た》つは烏鵲《うじゃく》の初めて翻《ひるが》える後に随い
宿るは牛羊の下らんと欲する時に及ぶ
風力は漸く添いて帆力《はんりょく》の健《すこ》やかに
艣声《ろせい》は常に雁声の悲しきを雑《まじ》う
晩来　又た入る　淮南《わいなん》の路
紅樹　青山　合《まさ》に詩有るべし

軽い、即興的な詩であるが、「風力は漸く添いて帆力の健かに、艣声は常に雁声の悲しきを雑う」

というのは、いかにも放翁らしい句である。

晩年の放翁は紹興《しょうこう》の近く、鑑湖《かんこ》のほとりに隠退していたが、そのころの詩は油滑《ゆうかつ》、つまり自由自在になり過ぎた感がないではない。河上肇博士の「陸放翁鑑賞」は、皆な晩年の作品ばかりについて説いたものである。晩年の詩の中から「幽事」、つまり静かな楽しみというのを挙げてみる。

蕭然四壁野人家
幽事還堪對客誇
快日明窓閑試墨
寒泉古鼎自煎茶
桐凋無復吟風葉
蘋老猶殘泣露花
萬里封侯眞已矣
只將高枕作生涯

蕭然《しょうぜん》たる四壁　野人の家
幽事は還《ま》た客に対して誇るに堪う
快日明窓　閑《しず》かに墨を試み
寒泉古鼎《こてい》　自ら茶を煎《に》る
桐は凋《しぼ》んで復た風に吟ずる葉無く
蘋《うきくさ》は老いて猶お露に泣く花を残す
万里封侯《ほうこう》　真に已《や》んぬ
只だ高枕を将《も》って生涯を作《な》す

もう一つ臨終の詩「示兒」（児に示す）というのを挙げてみる。

死去元知萬事空　死し去っては元より知る万事の空しきを
但悲不見九州同　但だ悲しむ九州の同じきを見ざることを
王師北定中原日　王師の北のかた中原を定めん日には
家祭無忘告乃翁　家祭には忘るること無かれ乃翁《だいおう》に告ぐることを

これらの詩が示すように、南宋の詩は、北宋の詩とは大分違っている。蘇東坡・黄山谷の詩は理窟っぽく、詩にならぬことをわざと詩にするようなところがあるが、南宋の詩はもっと平々淡々としたところがある。

陸游に次ぐ詩人は范成大であるが、彼の詩には俳諧的なところがある。彼の「四時田園雑興六十首」という詩の「春日田園雑興」の一つを挙げてみる。

社下燒錢鼓似雷　社下に銭を焼く鼓は雷に似たり
日斜扶得醉翁回　日は斜めにして酔翁を扶《たす》け得て回る
青枝滿地花狼藉　青枝は地に満ち花は狼藉《ろうぜき》たり
知是兒孫鬭草來　知る是れ児孫の草を闘《たたか》わせ来たりしを

また、「晩春田園雑興」の一つを挙げてみる。

胡蝶雙雙入菜花　　胡蝶《こちょう》は双双として菜花《さいか》に入る
日長無客到田家　　日は長うして客の田家に到る無し
雞飛過籬犬吠竇　　鶏は飛んで籬《まがき》を過ぎ犬は竇《とう》に吠ゆ
知有行商來賣茶　　知んぬ行商の来たって茶を売る有るを

また、「冬日田園雑興」の一つを挙げてみる。

村巷冬年見俗情　　村巷　冬年　俗情を見る
鄰翁講禮拜柴荆　　隣翁は礼を講じて柴荆《さいけい》に拝す
長衫布縷如霜雪　　長衫布縷《ちょうさんふる》　霜雪の如し
云是家機自織成　　云《い》う是れ家機にて自ら織り成すと

これらの詩は蕪村の俳諧を思わせるものがある。わが国の天明から文政のころにかけて、南宋の詩が非常に流行している（山本北山・大窪詩仏の提唱による）が、蕪村の俳諧は、あるいはこうした南宋の詩と関係があるのかも知れない。それはともかくとして、花やかで、詩的な唐詩に代わって、南宋はもっと日常的な詩を求めた時代であったと言えよう。

南宋の後半は理宗の時代であるが、このころの詩は、一そう繊細であり、一そう巧緻になっている。一二〇〇年にまたがる時代では、「永嘉《えいか》の四霊」がいる。永嘉とは浙江《せっこう》の温州《うんしゅう》の近所であるが、その地を中心に活躍した趙師秀《ちょうししゅう》(霊秀)、翁巻《おうけん》(霊舒《じょ》)、徐照《じょしょう》(霊暉《き》)、徐璣《じょき》(霊淵)の四人が「永嘉の四霊」である。彼らの詩は、意識としては唐人の詩に帰ろうとしたものであるが、結果的には晩唐の詩に近いものになっている。徐照の「宿寺」(寺に宿す)という詩を挙げて見よう。

古殿清燈冷
虛廊葉掃風
掩關人迹外
得句佛香中
鶴睡應無夢
僧談必悟空
坐驚窓欲曉
片月在林東

古殿に清灯は冷やかに
虚廊に葉は風に掃わる
関を掩《おお》うは人迹の外
句を得るは仏香の中
鶴は睡りて応《まさ》に夢無かるべく
僧は談じて必ず空《くう》を悟らん
坐《そぞ》ろに窓の暁《あ》けんと欲するに驚けば
片月は林の東に在り

清淡で繊細な詩である。

この時代の詩人はかならずしも官僚ではない。市民の詩人もまたこの時代には存在している。四霊のうち、趙師秀と徐璣とは、仕官の経験をもつが微官であり、翁巻と徐照とは役人ではない。また臨安の辺りでは、商売人が詩を作り始めているが、その中でも陳起《ちんき》は有名である。彼は本屋の主人であったが、「江湖後集」という詩集を編んでいる。大官僚の中では劉克荘《りゅうこくそう》らが、詩の伝統を維持していたのは勿論である。次に陳起の「過三橋懐山臺」（三橋を過ぎて山台を懐う）という詩を挙げてみる。

賣花聲裏憑闌處　　売花の声裏《せいり》　闌《らん》に憑《よ》る処
沽酒樓前對雨時　　沽酒《こしゅ》の楼前　雨に対する時
景物如初人自老　　景物は初めの如くなるも人は自ずから老ゆ
夕陽波上燕差池　　夕陽の波上に燕は差池《しち》たり

なお、陸放翁と同じ時代の人に朱熹《しゅき》、すなわち朱子がいる。朱子は十二世紀を代表する人物であるが、彼は哲学者であるとともに詩人でもあった。彼が初めて朝廷に推薦されたのは、哲学者としてではなく詩人としてであったという。

なお、宋代には非常に多くの詩集が生まれているが、それはこの時代が印刷術発明以後であったことが一つの原因である。印刷された詩集には、自費出版による家刻本と、本屋が営利の目的で作る坊刻本とがあるが、それらはいずれも宋版と呼ばれ、印刷の精美をもって貴重せられている。

宋人の別集は五百以上あり、また、宋人は非常に多くの詩を作ったので、それらを全部読むことは困難である。宋詩の大体に通じるためには、まずアンソロジーを読むのが便利であるが、宋詩のアンソロジーとしては、清初にこしらえられた呉之振《ごししん》の「宋詩鈔」九十三巻が普通には行なわれている。また宋の詩人の伝記としては清の厲鶚《れいがく》の「宋詩紀事」一百巻が便利である。これは詩を中心にした詩人の伝記で、宋詩の一種のアンソロジーでもある。また、陳起の撰したものであると言われるものに「南宋群賢小集」がある。さらに初学の宋詩の読本としては、清の乾隆《けんりゅう》帝の勅撰になる「唐宋詩醇《とうそうしじゅん》」の宋の部分がある。宋詩人としては蘇軾と陸游の二人が収められているが、これはよく選ばれている。宋詩を瞥見するにはこの書物が一番よいかも知れぬ。

「宋詩概説」（岩波書店刊「中国詩人選集」二集・全集13）の「第四章 十二世紀前半」「第五章 十二世紀後半」「第六章 十三世紀」

「人間詩話」（岩波新書・全集1）の范成大（その三十二、三十三）

七　南宋の散文

南宋の文は、大体において韓愈を祖述した北宋の欧陽修らの古文の体によることは言うまでもないが、それは普通文学史では余り重視されていない。しかし南宋の文は歴史的に見るとある特色を持っていると考えられる。それはもっとも散文的な文章であり、詩的であるよりも論理的であり、直観的であるよりも分析的である。その結果、南宋の文章は一句が非常に長くなっている。それはつまり詩的な意識よりも、論理を通そうとする意欲が勝ったことを示している。南宋の文がこうした性格を持つのは、この時代が北宋の二程子から発現した道学（理学）の新儒学が朱熹《しゅき》（朱子）に至って成熟した時期であったことによる。この時代の散文を代表するものは朱熹の文章である。朱熹に「読唐志」という「新唐書《しんとうじょ》」礼楽志《れいがくし》を批評した文章がある。その一節を挙げてみる。

欧陽子曰、三代以上、治出於一、而禮樂達於天下。三代以下、治出於二、而禮樂爲虛名。此古今不易之至論也。然彼知政治禮樂之不可不出於一、未知道德文章之尤不可使出於二也。夫古之聖賢、其文可謂盛矣。然初豈有意學爲如是之文哉。有是實於中、則必有是文於外、如天有是氣、則必有日月星辰之光耀、地有是形、則必有山川草木之行列。……

欧陽子曰く、三代より以上には、治《ち》は一に出で、而して礼楽は天下に達す。三代より以下には、治は二に出で、而して礼楽は虚名と為る、と。此れ古今不易《ここんふえき》の至論なり。然れども彼は政治礼楽の一に出でざる可からざるを知りて、未だ道徳文章の尤《もっと》も二に出で使《し》む可からざることを知らざるなり。夫《そ》れ古の聖賢は、其の文は盛んなりと謂うべし。然れども初めは豈《あ》に是《か》くの如き文を為《つく》ることを学ぶに意あらんや。是《こ》の実を中に有すれば、則ち必ず是の文を外に有するは、天に是の気あれば、則ち必ず日月星辰の光耀《こうよう》あり、地に是の形あれば、則ち必ず山川草木の行列あるが如し。……

南宋以前には、一句がこのように長い散文はない。「然初豈有意學爲如是之文哉。有是實於中、則必有是文於外、如天有是氣、則必有日月星辰之光耀。」というのは、「然豈有意爲之。中有是實、外有其文、如天有是氣、有三光之耀。」と直せば直るであろう。彼の有名な「四書集注《ししよしゅっちゅう》」もこうした文体で書かれている。朱熹の文章はかくのごとく分析的であるとはいえ、それはわが国の哲学者の文のごとくに無味乾燥なものではない。それは口調、対句にも注意して書かれている。また葉適《しょうてき》(水心)、陳亮《ちんりょう》(竜川)の政論も、ともにこのような文章で書かれている。この二人の文はわが幕末の志士によってよく読まれたものである。

南宋の散文はかくのごとく論理的、分析的であるが、このことを別の言葉で言えば散文精神の高揚ということでもある。南宋になって随筆が多く現われて来るのもそのためである。北宋にも欧陽修の「帰田録」などがあったが、南宋の随筆にも甚だ注目すべきものが多くある。洪邁《こうまい》の「容斎随筆」、陸游の「老学庵筆記」などがその代表的なものである。また、日本で有名なものには羅《ら》大経《たいけい》の「鶴林玉露《かくりんぎょくろ》」がある。これは江戸時代の初め、寛永年間にわが国で翻刻されている。これらの随筆には歴史上の事実の考証、言葉（俗語）の考証、現代の詩人、文人の逸事、政治の内幕などが書かれている。次に周煇《しゅうき》の「清波雑志」の一節を挙げてみる。

借書一瓻、還書一瓻。後訛爲癡、殊失忠厚氣象。書非天降地出。必因人得之、得而祕之、自示不廣。……然煇手鈔書、前後遺失亦多。未免往來於懷。因讀唐子西庚失茶具說、釋然不復芥蔕。其說曰、吾家失茶具。戒婦勿求。婦曰、何也。吾應之曰、彼竊者必其所好也。心之所好、則思得之。懼吾靳之不予也、而竊之。則斯人也、得其所好矣。得其所好、則寶之、懼其泄而祕之、懼其壞而安置之。則是物也、得其所託矣。人得所好、物得其所託、復何求哉。婦曰、嘻、是烏得不貧。煇亦云。

書を借るにも一瓻《ち》、書を還すにも一瓻。後に訛《あやま》りて癡《ち》と為すは、殊に忠厚の気象を失す。書は天より降り地より出づるには非ず。必ず人に因って之を得るなれば、得て之を秘するは、自ら広からざるを示す。……然れども煇《き》の手ずから鈔《しょう》せし書には、前後の遺失も亦た多し。未だ懐に往来するを免《まぬか》れず。因りて唐子《とうし》西庚《せいこう》の茶具を失う説を読みて、釈然《しゃくぜん》として復た芥蔕《かいたい》せず。其の説に曰く、吾が家茶具を失う。婦を戒めて求むる勿《な》からしむ。婦曰く、何ぞや、と。吾は之に応《こた》えて曰く、彼《か》の窃《ぬす》む者は必ず其の好む所なり。心の好む所は、則ち之を得んことを思う。吾の之を靳《おし》んで予《あた》えざらんことを懼《おそ》れ、而して之を窃む。則ち斯《こ》の人や、其の好む所を得たり。其の好む所を得たれば、則ち之を宝とし、其の泄《も》れんことを懼《おそ》れて之を秘し、其の壊《こわ》れんことを懼れて之を安置す。則ち是《こ》の物や、其の託する所を得たり。人の好む所を得、物の其の託する所を得たれば、復た何をか求めんやと。婦曰く、噫《ああ》、是れ烏《いずくん》ぞ貧ならざるを得んやと。煇も亦た云う。

もう一つ、王明清の「揮麈録《きしゅ》」を挙げてみる。これは、「清波雑志」とほぼ同時代のもので、歴史の零細な事実を書いたものである。

承平時、宰相入省、必先以秤秤印匣而復開。蔡元長秉政、一日秤匣頗軽。……元長曰、不須啓封。今日不用印。……翌日入省秤之、如常日。開匣則印在焉。或以詢元長。元長曰、是必省吏有私用者、偶倉猝不能入。倘失措急索、則不可復得。徒張皇耳。

承平の時、宰相《さいしょう》の省《しょう》に入るや、必ず先ず秤《はかり》を以て印匣《いんこう》を秤《はか》りて復た開く。蔡元長《さいげんちょう》、政を秉《と》りしとき、一日匣を秤るに頗《すこし》く軽し。……元長曰く、封《ふう》を啓《ひら》くを須《もち》いず。今日は印を用いずと。……翌日省に入りて之を秤るに、常日の如し。匣を開けば則ち印在り。或るひと以て元長に詢《と》う。元長曰く、是れ必ず省吏の私用せし者あり、偶〻《たまたま》倉猝《そうそつ》にして入るること能わざりしならん。倘《も》し失措《しっそ》して急に索《もと》むれば、則ち復た得べからず。徒《いたず》らに張皇《ちょうこう》たる耳《のみ》ならん、と。

こうした類の中で、三つの特殊なものがある。遊記と志怪と詩話である。まず遊記、つまり旅行記について言えば、北宋まではごく簡単なものはあったが、長編のものはなかった。長編のものが生まれるのは南宋である。そうしたものとして有名なのは、陸游の「入蜀記」(一一七〇年)、范成大の「呉船録」(一一七七年)、楼鑰《ろうやく》の「北行日録」(一一六九年)である。「入蜀記」は陸游が浙江《せっこう》の山陰(紹興《しょうこう》県)から任地の蜀《しょく》(四川)に赴いたときの旅行記であり、「呉船録」は范成大が蜀の成都から郷里の蘇州に帰ったときのもの、「北行日録」は楼鑰が金への大使の随員として金都に赴いたときの外交記録である。これらはそれぞれに面白い。次に「呉船録」の一節を挙げてみる。

石湖居士、以淳熙丁酉歳五月二十九日戊辰、離成都。是日泊舟小東郭合江亭下。……七月丁巳水長未已、辰巳時遂決解維。十五里、至瞿唐口。水平如席、獨灧澦之頂、猶渦紋漫灂。舟拂其上以過。搖櫓者汗手死心、面無人色。蓋天下至險之地、行路極危之時。傍觀者皆神驚。余已在舟中、一切皆付自然、不暇問、據胡床、坐招頭處、任其盪兀。……乙丑、泊常州。丙寅、發常州。平江親戚故舊、來相迓者、陸續於道、怳然如隔世矣。冬十月丁卯朔、雨中行、不住。……己巳、晩入盤門。

石湖居士、淳熙丁酉《じゅんきていゆう》の歳の五月二十九日戊辰《ぼしん》を以て、成都を離る。是《こ》の日、舟を小東郭の合江亭下に泊す。……七月丁巳《ていし》、水長くして未だ已《や》まざれば、辰巳《しんし》の時に遂に維《つな》を解くを決す。十五里、瞿唐口《くとうこう》に至る。水の平らなること席《むしろ》の如く、独り灧澦《えんよ》の頂のみ、猶お渦紋漫灂《かもんまんさく》す。舟は其の上を払って以て過ぐ。櫓《ろ》を揺《うご》かす者は手に汗《あせ》し心《こころ》を死し、面に人色無し。蓋し天下至険の地にして、行路極危の時なり。傍観する者は皆な神《こころ》驚く。余は已に舟中に在り、一切は皆な自然に付し、問うに暇《いとま》あらず、胡床に拠《よ》り、招頭《かじとりかしら》の処に坐し、其の盪兀《とうごつ》に任す。……乙丑《いっちゅう》、常州に泊す。丙寅《へいいん》、常州を発す。平江の親戚故旧、来たりて相い迓《むか》える者、道に陸続し、怳然《こうぜん》として世を隔つるが如し。冬十月丁卯《ていぼう》の朔《ついたち》、雨中に行き、住《とど》まらず。……己巳《きし》、晩に盤門に入る。

これらの旅行記は、自然を美しく写しながら、その中にモラルを持っている。江戸時代の人は、こうしたものを大抵読んだものである。田山花袋の遊記なども、こうした中国の遊記をモデルにしたものであろう。

第二の志怪は、非日常的なことを書いたものである。そうしたものとしては、六朝に「捜神記《そうしんき》」があったが、この時代には洪邁《こうまい》の「夷堅志」がある。これは実に多くの怪談を記しており、短いものを何千条と書いている。

第三は詩話である。南宋の詩話は面白いものではないが、その数は多い。宋は「詩話興って、詩亡ぶ。」と言われるが、それは南宋に特に当てはまる言葉と言える。南北宋の詩話を集録したものとしては、胡仔《こし》の「苕渓漁隠叢話《ちょうけいぎょいんそうわ》」や、阮閲《げんえつ》の「詩話総亀《しわそうき》」がある。なおわが江戸時代に行なわれたものに、「詩人玉屑《しじんぎょくせつ》」（魏慶之《ぎけいし》編輯）があるが、これは「詩話総亀」を簡単にした形のもので、非常に便利である。

八　南宋の詞

唐の末年に発生し、北宋において大きな発展を遂げた詞は、南宋に入っていよいよ発展した。もちろん、南宋の伝統的文学も士大夫、すなわち読書人の文学であり、詩文を制作の中心とするが、おおむねの詩人たちがみな一方では詞をも作っている。この時代の詞の作者の数は多く、百ぐらいの詞の別集が今日に伝わっている。また、この時代のみならず、南北宋から元へかけての詞集を集めたものとしては、明の毛晋《もうしん》の「宋六十名家詞」八十七巻や、最近できたものに朱孝臧《しゅこうぞう》の「彊村《きょうそん》叢書」一百九十巻や、唐圭璋《とうけいしょう》の「全宋詞」三百巻がある。また、もっぱら南宋の詞を選んだ選集《アンソロジー》としては、宋の周密の「絶妙好詞」七巻がある。

南宋の詞に対する従来の批評はどうかと言えば、それは南宋の詞は詞のクライマックスであると言うにあった。これは清初の朱彝尊《しゅいそん》が唱えた説である（「詞綜」）が、一方では反対の意見もある。それによれば、南宋の詞は技巧的には秀れているが、内実においては劣っていると言う。そうした反対論の代表は民国の王国維の「人間詩話《じんかんしわ》」である。清末の張恵言や民国の胡適も同様の見解をとっている。

南宋の詩人としてまず有名なのは、陸游と同時代の人である姜夔《きょうき》（白石道人）である。彼の詞集を「白石道人歌曲」というが、その中から「鷓鴣天《しゃこてん》」というのを挙げてみる。

巷陌風光縦賞時・　　巷陌《こうはく》の風光　縦《ほしいまま》に賞《なが》むるの時
籠紗未出馬先嘶・　　籠紗《ろうしゃ》は未だ出でずして馬は先ず嘶《いなな》く
白頭居士無呵殿　　白頭の居士には呵殿《かでん》無く
只有乗肩小女随・　　只だ肩に乗る小女の随う有り

○
花満市・
月侵衣・
少年情事老來悲・
沙河塘上春寒淺
看了遊人緩緩歸・

○
花は市に満ち
月は衣を侵す
少年の情事は老来悲し
沙河《しゃか》塘上《とうじょう》　春寒浅し
遊人の緩緩《かんかん》として帰るを看了《みおわ》る

詞は元来、詩のように広い世界を歌うものではなく、小さな世界を歌うものであるが、白石の歌った世界もそうした小さな世界であり、彼は清空ということを旨としたと言われる。

姜夔とほぼ同じく、南宋の中頃の人に史達祖がある。その「雙雙燕」というのを例に挙げてみる。

過春社了
度簾幙中間
去年塵冷・
差池欲住
試入舊巣相竝・

春社を過ごし了《おわ》りぬ
簾幙《れんばく》の中間《あいだ》の
去年の塵の冷たきを度《わた》り
差池《しち》として住《とど》まらんと欲し
試みに旧巣に入りて相い竝《なら》ぶ

還相雕梁藻井・
又軟語商量不定・
飄然快拂花梢
翠尾分開紅影・

○

芳徑・
芹泥雨潤・
愛貼地争飛
競誇輕俊・
紅樓歸晩
看足柳昏花暝・
應自棲香正穩
便忘了天涯芳信・
愁損翠黛雙蛾
日日畫闌獨凭・

還た雕梁《ちょうりょう》と藻井《そうせい》を相《そう》し
又た軟語《なんご》しつつ商量して定まらず
飄然として花梢《かしょう》を快払し
翠尾もて分開す　紅の影

○

芳《かんば》しき径《こみち》に
芹泥《きんでい》は雨に潤《うるお》い
愛《この》みて地に貼《ちょう》して争い飛び
軽俊を競い誇る
紅楼　帰ること晩く
柳の昏《く》れ花の暝《くら》きを看足りて
応《まさ》に自ら香しきに棲《す》みて正に穏やかなるべし
便《すなわ》ち天涯の芳信を忘れ了《はて》ぬ
翠黛《すいたい》の双蛾《そうが》を愁損し
日日　画闌《がらん》に独り凭《よ》る

この詞は大へん有名なものであり、よく南宋の詞の世界を現わしている。閨情を中心にして、小さな世界の小さな感情のさざ波を歌ったものであるが、少し細工が過ぎたところがある。なお、この詞の脚韻の冷、竝、井、定、影、徑、暝、凭はいずれも -ng であり、潤、俊、信は -n であるが、同韻として用いられている。今日揚子江流域では ng と n とは全く混乱しているが、そうした混乱はすでに宋代からあったことをこの詞は示している。

ところで、こうした風潮は南宋の末年、一二〇〇年を過ぎて十三世紀の前半になると、いよいよ推し進められた。そうした末年の詞家として有名なのは呉文英(夢窓)である。彼はひとり南宋の詞の代表であるばかりでなく、宋詞の代表者であるとも言われている。彼の「倦尋芳《けんじんほう》」という詞を挙げてみる。

暮帆挂雨
氷岸飛梅
春思零亂・
送客將歸
偏是故宮離苑・
醉酒曾同涼月舞

暮帆《ぼはん》は雨に挂《か》かり
氷岸《ひょうがん》は梅を飛ばす
春思は零乱《れいらん》たり
客の将《まさ》に帰らんとするを送る
偏《ひと》えに是れ故宮の離苑
酒に酔うて曾て涼月の舞を同じくし

尋芳還隔紅塵面・
去難留
悵芙蓉路窄
綠楊天遠・
○
便繫馬　鶯邊清曉
煙草晴花
沙潤香軟・
爛錦年華
誰念故人遊倦・
寒食相思隄上路
行雲應在孤山畔・
寄新吟
莫空回　五湖春雁・

芳《はな》を尋ねて還《ま》た紅塵の面を隔つ
去りて留まり難し
芙蓉《ふよう》の路の窄《せま》きを悵《なげ》く
緑楊　天遠し
○
便《たと》え馬を鶯辺《おうへん》の清暁に繫《つな》ぐも
煙草と晴花
沙潤《すなうるお》いて香は軟《やわら》かし
爛錦《らんきん》の年華
誰か故人の遊びの倦《う》みたるを念《おも》わん
寒食に相い思う隄上の路
行雲は応《まさ》に孤山の畔《ほとり》に在るべし
新吟を寄せよ
空しく五湖の春雁を回らしむること莫《な》かれ

これは彼の作品の中では、もっとも平易なものである。彼の作品は、隠晦、晦渋なのが常である。

南宋の詞は、六朝の斉梁の文学とともに中国文学にあってもっとも修辞的である。それはそのいずれの時代も漢族が南方に追いつめられて小王国を建てていたことによると言えるが、その技巧的な細やかさは宋学の分析の細やかさと共通のものであると思われる。そうした南宋の詞の中にあって、例外的にもっとも直接な抒情詩を作った人としては、辛棄疾《しんきしつ》（稼軒《かけん》）がある。稼軒は北宋の蘇東坡の流れを汲む豪放な詞を作った人である。

九　金の文学

そのころの淮河《わいが》以北の地はどうであったか。金は満洲より起こり、一一二七年、汴京《べんけい》に都していた宋を追い払い、燕京《えんけい》（北京）を中都と呼んでここを都としていた。金は元来は蕃族であるが、のちの蒙古に較べるとその性格は穏やかで、女性的なところがあった。それ故に中国の文化に化され易く、中原に入ってから五代目の章宗のころ（一一八九―一二〇八）になると、金の朝廷自身は漢族化され、旗本と北方漢人とで共同して官僚社会を作るようになった。章宗の父で皇太子のままで終わった胡土瓦《ほとわ》などは竹の絵が上手であったが、竹の絵が画けるのは余程な文化人であった証拠と言えよう。金はかくのごとくであったから、その文化は相当に盛んであった。しかし金はやはり南方とは少し違ったところがある。南方が綺麗であり、繊細であり、洗練されていたのに較べ、金の詩文は清勁と評されるように線は細いが、どこか強いところを持っていた。その結果、金詩は後世からしゃれたものとして尊ばれた。清の銭謙益や王士禛《おうししん》は金詩を喜んだ人たちである。しかしながら、金の作品は余り現在に伝わっていない。ただ幸いに金詩には非常によく出来たアンソロジーがある。金末の元好問(遺山《いざん》)のこしらえた「中州集《ちゅうしゅうしゅう》」十巻がそれである。それによれば、金の初年の大家としては蔡珪《さいけい》が挙げられている。その「霅川道中」(霅川《しゅうせん》の道中)というのを挙げてみる。

扇底無残暑
西風日夕佳
雲山藏客路
煙樹記人家
小渡一聲櫓
斷霞千點鴉
詩成鞍馬上
不覺在天涯

扇底　残暑無く
西風　日夕佳なり
雲山は客路を蔵し
煙樹は人家を記す
小渡　一声の櫓《ろ》
断霞　千点の鴉《からす》
詩は成る　鞍馬《あんば》の上
覚えず　天涯に在るを

素朴、簡単な詩である。なお金詩にはこの詩のほかにも鴉がよく出てくる。北方的な風物なのであろう。

また、王庭筠《おうていいん》という人がある。その「八月十五日、過泥河見雁」（八月十五日、泥河《でいが》を過ぎて雁を見る）という詩を挙げてみる。

家在孤雲落照間
行人已上雁門關
憑君爲報平安信
才是雲中第一山

家は孤雲落照の間に在り
行人は已に上る　雁門関
君に憑《よ》って為に平安信を報ぜん
才《わず》かに是れ雲中第一の山

これらの詩は、南宋の詩と似ていると言えば似ている。南宋の詩は北宋の詩の晦渋さを学ばず、唐詩に帰ろうとしているが、金詩も中唐・晩唐の詩を手本にしている。二つの詩がどこか似ているのはそのためであると言えるが、金詩は南宋の詩に較べて線が細く、それだけにまた筋の通ったものを感じさせられる。

「元明詩概説」（岩波書店刊「中国詩人選集」二集・全集15）の「第一章　十三世紀前半」

第七章　近世の文学（中）

一　元前半期の詩

蒙古の太祖成吉思《ジンギス》汗が、黒竜江上流のオノン河の畔で汗の位に即いたのは、一二〇六年であるが、蒙古が西洋に攻め入り、引き返して金に迫ったのは、太宗窩闊台《オゴタイ》汗のときであった。しかしながら、蒙古人はもともと遊牧の人種であり、そのため大量の殺戮を行ないつつも直接には中国を統治しようとはしなかった。蒙古が本当に中国を統治しようとしたのは、世祖《せいそ》忽必烈《フビライ》汗のときである。世祖は金の故都であった燕京《えんけい》（北京）を大都として、ここに都を奠め、一二七九年には南宋を亡ぼし、中国全土を統治した。それが元である。元の歴史については「元史」があるが、これは世祖以前の蒙古のことには甚だ粗略であり、むしろスウェーデンのD'Ohsson（多遜）の「蒙古史」が、初期蒙古史を知るには古典的な書物になっている。また蒙古人自体によって蒙古語で書かれたものとしては、Monggol-un ni'uča tobča'an（「元朝秘史」）がある。

蒙古の中国支配は、有史以来の大きなショックを中国人に与えた。これまでの侵入民族は文化的には漢人に従順であったが、蒙古の場合はそうではなかった。彼らは中国文明に対してほとんど敬意を払おうとしなかった。それは蒙古が元来武勇な、荒々しい民族であったばかりではなく、彼らは中国文明に接する前に中央アジアの文明に接し、中国に入る前にそれを取り入れていたからである。文字にしても、彼らは中国に入る前にすでに畏兀児《ウイグル》の文字を採用していた。そのために蒙古は中国の文明を人類の唯一の文明とは思っていなかったのである。漢人の大量の殺戮はこうしたところから起こっている。蒙古は金を亡ぼすまでには、北中国において余程大量の殺戮を行なっている。それがいかに物凄かったかの一例として劉因《りゅういん》の「孝子田君墓表」(「静修先生文集」巻十七)というものの一節を挙げてみる。「貞祐元年十二月十有七日、保州陷。盡驅居民出。而君及其父與焉。是夕下令、老者殺。卒聞令、以殺爲嬉。未及君之父者十餘人、而君乃惻然欲代其父死。遂潛往、伏其父於下、以兩手據地、俯而延頸以待之。卒擧火、未暇省閲、君項腦中兩刀死。夜及半、幸復蘇。後二日、令再下、無老幼皆殺。」(貞祐《ていゆう》元年十二月十有七日、保州陥《おちい》る。尽く居民を駆りて出だす。而して君及び其の父も与《とも》なり。是《こ》の夕べ令を下し、老者は殺す。卒は令を聞き、殺を以て嬉《き》と為す。未だ君の父に及ばざる者十余人《こと》にして、君は乃ち惻然《そくぜん》として其の父に代わりて死なんと欲す。遂に潜《ひそ》かに往《ゆ》き、其の父を下に伏せ、両手を以て地に拠《よ》り、俯して頸《くび》を延べて以て之を待つ。卒は火を挙げ、未だ省閲《せいえつ》するに暇あらず、君の項脳《こうのう》は両刀に中《あ》たりて死す。夜半ばに及び、幸いに復た蘇《よみがえ》る。後二日、令再び下り、老幼と無く皆な殺す。)蒙古の殺戮がどんなものであったかは、これを読んでも分かる。蒙古に反抗した都市は皆殺しに遭ったのである。許されたものは、わずかに工匠と優伶《ゆうれい》、すなわち職人と役者のみであった。蒙古人はその上さらに別の方向に大きなショックを漢人に与えた。それは科挙制度の廃止である。それはとりも直さず、士大夫、読書人という知識階級の特権を認めないということであった。これは中国人にとっては肉体的殺戮に劣らぬ精神的殺戮であった。それをある程度緩和したのは世祖である。世祖がそれを緩和したのは、世祖以前の皇帝は世界帝国の皇帝であったが、世祖の時になるとその世界帝国は分裂して、世祖は中国とその周辺の皇帝であるに過ぎなくなったことによる。かくして蒙古人の華化が始まったわけである。国号を元と号し、年号を中統、至元としたのはその一つの現われである。とはいえ、他の侵入民族のごとくに、蒙古人は中国の文化にかぶれはしなかった。科挙の試験において、作詩の手腕は行政官の資格にはならぬという態度は依然として維持し続けられた。世祖に愛された中国の南人に趙子昂《ちょうすごう》（孟頫《もうふ》）という人がいる。そのときの宰相の桑哥《そうか》（西域人）は出勤についてうるさく、遅刻者を鞭うった。子昂があるとき遅刻したとき、桑哥が鞭で彼をたたこうとすると、子昂は「刑不上大夫。」（刑は大夫に上《のぼ》さず。）という「礼記《らいき》」の曲礼篇の言葉を引いて、桑哥に抗議をしたと言う（「元史」趙孟頫伝）。この話が物語るように蒙古のやり方はリゴリズムに徹していたのである。

蒙古はかくのごとく知識階級の特権を認めず、詩文によって官吏を採用するということはなかったのではあるが、依然として詩文の製作は続けられた。北方人について言えば、元好問（遺山《いざん》）は清勁な金詩の総決算ともいうべき詩人であった。彼の詩は余り大きくはないが、透き徹るような結晶をした詩である。「東園晩眺」(東園の晩眺)という詩を挙げてみよう。

霜鬢蕭蕭試鑷看
怪來歌酒百無歡
舊家人物今誰在
清鏡功名歳又殘
楊柳攙春出新意
小梅留雪弄餘寒
一詩不盡登臨興
落日東園獨倚欄

霜鬢《そうひん》は蕭蕭《しょうしょう》として試みに鑷《ぬき》りて看る
怪しみ来たる歌酒は百も歓《よろこ》び無きを
旧家の人物は今誰か在る
清鏡　功名　歳又た残《すが》る
楊柳は春を攙《いだ》きて新意を出だし
小梅は雪を留めて余寒を弄す
一詩は尽くさず登臨の興を
落日東園独り欄に倚る

彼の詩はその底にある清苦な憂いを持つとともに、堅実であり重厚である。
次に劉因の「易臺」という詩を挙げてみよう

望中孤鳥入銷沈
雲帶離愁結暮陰

望中の孤鳥は銷沈《しょうちん》に入り
雲は離愁を帯びて暮陰を結ぶ

萬國河山有燕趙
百年風氣尙遼金
物華暗與秋光老
杯酒不隨人意深
無限霜松動巖壑
天敎搖落助淸吟

万国の河山　燕趙《えんちょう》あり
百年の風気　尚お遼金
物華は暗《ひそ》かに秋光と与《とも》に老い
杯酒は人の意に随って深からず
無限の霜松は巌壑《がんがく》に動き
天は揺落を教《し》て清吟を助けしむ

大きな詩とは言えないが、文字通りの清吟と言えよう。こうした清吟が元に生まれたのは、これまでの文学は出世の手段であったが、この時代にはそうではなくなったことと関係があるであろう。

「元明詩概説」（岩波書店刊「中国詩人選集」二集・全集15）の「序章」「第一章 十三世紀前半」「第二章 十三世紀後半」

二　元の雑劇㈠

この時代の文学として、文学史的に見ると重要なのは演劇の文学、すなわち元曲である。当時の言葉で言えば雑劇《ざつげき》である。これは、現在われわれが見る中国の脚本としては最古のものであるばかりでなく、中国における最初の演劇であると言ってよい。これ以前の中国では、演劇は余りはっきりした形をもってはいなかったのである。この点、中国の文学は西洋の文学とはその様相を異にしていると言える。

ところで、この演劇の特色はどこにあるかと言えば、まず最初にそれが歌劇であるということである。ごく近代に至り、ヨーロッパから演劇が入って、セリフだけの芝居、いわゆる話劇が生まれるまで、中国の演劇は歌が中心になっていた。もっとも歌が中心であると言っても、ヨーロッパの歌劇のごとく徹頭徹尾、歌から成っているわけではない。中国のそれは白《はく》、つまりせりふをも混じえている。場景が高潮に達すると、歌になるのである。その点で形式的にはむしろ日本の能に一番近いと言える。

事実、日本の能は中国の雑劇などから来たものであろうという説がある。それは江戸時代の新井白石の「俳優考」である。またさらにそのことをはっきりと書いたのは、荻生徂徠《おぎゅうそらい》の「南留別志《なるべし》」である。それによれば、「能は、元の雑劇を擬して作れるなり。元僧の来り教へたるなるべし。こればかりの事も、此国の人のみづからつくり出だせるわざにてはあらじかし。」と言っている。能が元曲の影響の下に生まれたかどうかは分からぬが、能とよく似ていることは、その演戯法についても言うことができる。その演戯法は象徴的であり、舞台装置としての背景はなく、砌末《せいまつ》とよぶ象徴的な小道具が用いられるにすぎない。またその仕草は「科《か》」というが、それは簡単なもので、中心はあくまでも歌である。こうした点は大へんよく能に似ていると言えるが、能とはまた違ったところもあり、能における地謡《じうたい》というようなものはない。

もっとも以上述べたことは、中国の演劇では雑劇のみがそうであるのではない。それは現代でも行なわれている京劇《けいげき》に至るまで共通のことである。雑劇の扮装については正確には分からぬが、ローレンス・シックマンというアメリカ人の発見した資料によれば、雑劇の扮装は京劇のそれと同じであったらしい。一方、京劇その他の中国の歌劇と異なって、雑劇のみにある規定は、歌を歌うのが、主役一人に限られることである。歌は正末《せいまつ》（男シテ）・正旦《せいたん》（女シテ）しか歌わず、沖末《ちゅうまつ》（ツレ）・外《がい》（ワキ）・浄《じょう》（敵役《かたきやく》）・丑《ちゅう》（道化役）は、白は言うが歌は歌わない。もう一つ特殊なことは折《せつ》、つまり幕の数が、四折と決まっていることである。それに盛りきれない時は楔子《せっし》というごく軽い幕を插んでもかまわないのであるが、それは付加的なものにしか過ぎない。

現在伝わっている雑劇のテクストは、「元人百種曲」（「元曲選」ともいう）で、明の万暦《ばんれき》年間、一六〇〇年ごろに臧晋叔《そうしんしゅく》によって編纂されたものである。その日本における研究の創始者となったのは京都大学の狩野直喜（君山）博士である。それと呼応して中国では王国維がある。狩野博士は「元曲」の古いテクストを覆刻して、「覆元椠古今《ふくげんざんここん》雑劇三十種」として世に紹介されている。また、さらに中日戦争の時に中国から沢山の資料が出て来て、現在は二百曲ほどあるであろう。元のころには五百ほどあったことが、鍾嗣成《しょうしせい》の「録鬼簿《ろくきぼ》」の記録によって知られることからすれば、現在ではその半分ほどしか伝わっていないことになる。これらの戯曲は従来の中国の文学とは違って、スポークン・ランゲイジを相当忠実に写しているということと、仮想の世界の事件を内容としているということにおいて、文学史の重要な画期であると言える。

しかしながら、雑劇が注目されたのは割り合いに最近のことである。その歴史に関する研究としては、王国維の「宋元戯曲史」がある。また、最近のものとしては、青木正児博士の「元人雑劇序説」や、吉川幸次郎の「元雑劇研究」がある。なお、雑劇がヨーロッパに紹介されたのは非常に早く、一七三六年、フランスの宣教師 P. Prémare が「趙氏孤児」の大体の内容を紹介している。Voltaire の“L'Orphelin de la Chine”(支那の孤児)はそれによる翻案である。また一八二九年、John Francis Davis というイギリス人が「漢宮秋」を歌のところを除いて全訳している。また Stanislas Julien には「灰闌記《かいらん》」(一八三二年)・「趙氏孤児」(一八三四年)の翻訳があり、Antoine Bazin には「傷梅香《すうばいこう》」・「合汗衫《どうかんさん》」・「貨郎旦」・「竇娥冤《とうが えん》」(一八三八年)の翻訳がある。

元曲が生まれかけたのは、金の末年からと考えられるが、それが絶盛期に達したのは、元の世祖の末年、至元二十年(一二八三)代であり、それが成熟した場所は北方である。それは蒙古が金を滅ぼして旧秩序がすっかり破壊された時期であった。元の雑劇の作者の中にあって、もっとも有名であり、かつもっとも秀れているのは関漢卿《かんかんけい》である。関漢卿は世祖の代の人であり、雑劇の盛時を作った人であるが、その伝記は明らかでない。次にその「謝天香《しやてんこう》」(銭大尹智寵謝天香雑劇)というのを紹介してみる。この芝居は、楔子を付した四折から成っており、北宋の詞家柳永（二一六ページ）に関する話である。謝天香というのは官妓の名である。官妓とは役所の宴会のために養成しておく芸者のことである。また、銭大尹《せんたいいん》は大官である。シテ、すなわち正旦は謝天香、ワキ、すなわち外が銭大尹、ツレ、すなわち沖末が柳永である。まず初めは楔子である。

〔沖末扮柳耆卿引正旦謝天香上〕

〔柳詩云〕

本圖平步上青雲

直爲紅顏滯此身

老天生我多才思

風月場中肯讓人

小生姓柳名永、字耆卿、乃錢塘郡人也。平生以花酒爲念、好上花臺做子弟。不想游學到此處、與上廳行首謝天香作伴。……

〔正旦云〕耆卿、衣服盤纏、我都准備停當、休爲我悮了功名者。

（ツレが柳耆卿《りゅうきけい》に扮してシテの謝天香を伴って登場）

(柳の小うたい)

本と平歩して青雲に上らんと図《はか》りしに

直《ただ》ちに紅顔の為に此の身を滞《とどこお》らしむ

老天は我を生んで才思多し

風月場中に肯《あえ》て人に譲らんや

小生《それがし》、姓は柳、名は永、字《あざな》は耆卿《きけい》、乃ち銭塘《せんとう》郡の人なり。平生《へいぜい》花酒を以て念と為し、花台に上って子弟と倣《な》るを好む。想わざりき、游学して此処に到り、上庁《おいらん》行首の謝天香と伴《よきなか》と作《な》らんとは。……

(シテ) 耆卿さま、着物と旅費の準備をすっかり整えました。私のために出世を台なしにしてはなりませぬぞよ。

かくまず最初には、ツレの柳永が、シテの謝天香を伴って登場する。この部分は曲の初めなので、堅い言葉で述べられ、余り俗語は使われていない。

そこへ太郎冠者の張千が出て来て、新しい上官が来たから、謝天香に早速行ってくれと言う。その上官とは柳永の昔の友だちの銭大尹であった。

〔浄張千云〕　謝大姐在家麽。
〔旦見科云〕　哥哥。叫做甚麽。
〔張千云〕　大姐。來日新官到任。准備參官去。
〔旦云〕　哥哥。這上任的是甚麽新官。
〔張千云〕　是錢大尹。

（太郎冠者）　謝ねえさんは家にいますか。
（シテ、あうこなし）　兄さん、大きな声を立ててどうしたの。
（太郎冠者）　ねえさん、あした新しいお役人が着任されます。お役所にあいさつに行く用意をなさいませ。
（シテ）　兄さん、こんど来られるのはどんなお方ですか。
（太郎冠者）　銭大尹さまです。

こうした楔子があって、第一折が始まる。翌日のことである。

〔外扮錢大尹引張千上詩云〕

……
〔正旦同衆旦上云〕　今日新官上任、咱參見去來、你每小心在意者。
〔衆旦云〕　理會的。
〔正旦唱〕
〔仙呂點絳唇〕
　講論詩詞・
　笑談街市・
　學難似・
　風裏颺絲・
　一世常如此・
〔混江龍〕
……
〔衆旦云〕　姐姐。你看。籠兒中鸚哥念詩哩。
〔旦云〕　這便是你我的比喻。
〔唱〕
〔油葫蘆〕

你道是金籠内鸚哥能念詩・
這便是咱的好比似・
原來越聰明越不得出籠時・
能吹彈好比人毎日常看伺・
慣歌謳好比人毎日常差使・
……
我怨那禮案裏幾箇令史・
他毎都是我掌命司・
先將那等不會彈不會唱的除了名字・
早知道則做箇婭猱兒・

（ワキが銭大尹に扮して、張千をつれて登場、小うたい）

……

（シテとその他の女たちが登場）　今日新しいお役人が赴任なさった。わたしたちはお目にかかりに行きましょう。あなたたちは気を付けるんだよ。

（女たち）　かしこまりました。

（シテ唱う）
詩《うた》や詞《はうた》を論議して
街《まち》や市《いちば》の軽口《じょうだん》ばなし
まねようとてもまねらりゃせぬ
風の中のかげろうみたいに
世を送るのが私たちの身の上
……
（女たち）　ねえさん、ごらん。かごの中のオウムさんが詩をそらんじてますこと。
（シテ）　これはあなたたちや私の身の上の喩えです。
（唱う）
金の籠《かご》のオウムさんが詩をそらんじているとおっしゃるが
これこそは私たちそっくりの喩《たと》え
さても賢ければ賢いほど、籠を出ることはできませぬ
楽器の上手は私たちが毎日ご機嫌伺いするみたい
歌いなれて私たちが毎日お座敷を勤めるみたい
……

にくいのはあの儀式課のお役人たち
あの人たちはみんな私たちの命をあずかる冥土《めいど》の司《つかさ》
歌と三味線の下手なものから名簿を除《は》ずしてしまうのです
そうと知っていたら私たち芸なし猿になればよかった

銭大尹が謝天香に御用大事に務めるよう、と言っているところに、色男の柳永が登場する。柳永は銭大尹に謝天香をよろしくと頼む。銭は怒って柳永を追い出してしまう。柳は発憤して、都に科挙の試験を受けに行くことにし、謝天香と別れて旅立つ。

この第一折では、九曲の詩が歌われる。非常に悠長に歌われるので、一幕は大体一時間ぐらいになる。一折の詩は何曲あろうと、同じ脚韻で押し通さねばならぬことになっている。また、従来の詩や詞では脚韻を踏む句と、踏まぬ句が入り混じっているが、雑劇の歌曲の形式は、ほとんど毎句に脚韻を踏むことになっている。時々踏まぬ句が插まれることがあるが、それはむしろ稀である。そのことがどういう効果を生むかということは余り研究されてはおらぬ。もう一つ注意されることは、四声通押《つうおう》ということである。従来の詩歌の押韻は、平声《ひょうしょう》なら平声で、仄声《そくせい》なら仄声で調子を合わせるのであるが、元曲の歌曲はそれを破ってしまっている。第一折の「仙呂點絳唇《せんりょてんこうしん》」で言えば、「詞」は ci の陽平声、「市」は shi の去声、「似」は si の去声、「絲」は si の平声、「此」は ci の上声というがごとくである。また、襯字《しんじ》といい、メロディーのない言葉が九曲の詩の中にはある。前の「仙呂點絳唇」の方は、メロディーの要求する通りに言葉を当てはめたものであるが、後の「油葫蘆」の方は、メロディーのない部分がある。次にメロディーの無い部分を小さな字、ある部分を大きな字で区別して書いてみる。

你道是金籠內鸚哥能念詩
這便是咱的好比似
原來越聰明越不得出籠時
能吹彈好比人每日常看伺
慣歌謳好比人每日常差使
……
我怨那禮案裏幾箇令史
他每都是我掌命司
先將那等不會彈不會唱的除了名字
早知道則做箇婭猻兒

メロディーのある部分と、ない部分を分けて示すとこのようになるが、メロディーのない部分は早口に言い足されたものと思われる。これは散文のリズムと韻文のリズムが混じるのだとも見られ、従来の文学には無かったことである。それは下品で、乱雑ではあるかも知れぬが、活発さと流動的な感じを聞く人に起こさせるという効果を持つと思われる。

第二折は、銭大尹が太郎冠者を呼び出し、柳永のことを尋ねるところから始まる。太郎冠者は柳永が都に旅立ったことを銭に告げると、銭は謝天香を呼んで、柳が昨日彼女に贈った詩を歌うことを命じる。彼女は銭に都合の悪い句があるのをごまかして歌って聞かせる。銭は彼女を賢明な女と見抜いて、落籍して自分のめかけとする。この折には「南呂」のメロディーなど七つの曲がある。

第三折は銭大尹のお屋敷の奥庭である。謝天香が登場する。彼女はお屋敷に来てから、もう三年にもなる。

〔正宮端正好〕
往常我在風塵
爲歌妓・
止不過見了那幾箇筵席・
到家來須做箇自由鬼・

今日箇打我在無底磨牢籠內・

その昔　浮川竹に身を置いて
歌姫《うたひめ》となっていました私は
ただいくつかの宴席のお勤めをするだけで
お家に帰れば自由の身となることができましたのに
今日の私は蟻地獄の籠の中に閉じ込められています

彼女は銭大尹からめかけにすると言われたが、実際は女中扱いである。腰元たちと一緒に亭の中ですごろくをして遊んでいる。

〔滾繡毬〕
想前日・
使象棋・
説下的則是箇手帕兒賭戲・
你將我那玉束納藤箱子便不放空回・

近新來下雨的那一日・
你輸與我繡鞋兒一對・
掛口兒再不曾題・
那裏爲些些賭賽絕了交契・
小小輸贏醜了面皮・
道我不精細・

想えば先ごろ将棋《しょうぎ》をしたとき
約束したのはハンケチを賭《か》けた遊びでしたが
あなたは私のあのハンドバッグを空《から》っぽのままでは帰らせませんでした
近ごろ雨の降ったあの日
あなたは私に負けて刺繡《ししゅう》の靴一そろいをくれるはずでしたのに
そのことをちっとも口に出しては仰ゃらず
些細な賭けごとのために絶交したり
ちょっとした勝ち負けでこわい顔をしたり
この私を気がきかぬなどというのはどこの人

謝天香が、こうした無邪気な歌を歌っているとき、そこに銭大尹が登場する。銭は謝と詩を取り換わし、その機智に驚き、今度は本当の女房にしてやろうと言う。十四の曲が歌われる。第四折。柳永は首尾よく試験に首席で及第し、銭大尹のもとに訪ねて来る。銭は柳に謝天香を引き出して見せる。銭が彼女をその屋敷に引き取っていたのは、実は彼女の身を守ってやるためだったと言う。目出たし、目出たしで、このお芝居は終わっている。九つの曲が歌われる。

「元雑劇研究」(岩波書店刊・全集14)の「序説」
「戯曲の文学」(「中国文学入門」全集1)
「元曲金銭記——李太白匹配金銭記——」(全集14)
「元曲酷寒亭——鄭孔目風雪酷寒亭——」(全集15)
「元曲選釈」第一集・第二集(全集補篇・入矢義高・田中謙二氏との共著)

三　元の雑劇(二)

元曲は今日に二百本ほど伝わっているが、その歌い方は全く伝わっていない。しかし四折の中のどこかは歌えるというものが、幾つかは存在する。このことを明らかにされたのは、青木正児博士である。博士の「北曲の遺響」(「支那文学芸術考」所収)という論文を読めば、そのことが詳しく論ぜられている。次に掲げる関漢卿の「単刀会」（関大王独赴単刀会雑劇）の第三、四折は、現在歌うことのできるものの一つである。

第三折の正末の関羽の歌を挙げてみる。

〔十二月〕

那時節兄弟在范陽・
兄長在樓桑・
關某在蒲州解良・
更有諸葛在南陽・
一時出英雄四方・
結義了皇叔關張・

〔堯民歌〕

一年三謁臥龍岡・
却又早鼎分三足漢家邦・
俺哥哥稱孤道寡世無雙・
我關某匹馬單刀鎮荆襄・

長江今經幾戰場・
恰正是後浪催前浪・

あのとき、兄弟《おとうと》は范陽《はんよう》に在り
兄長《あにうえ》は楼桑《ろうそう》に在り
関なる某《それがし》は蒲《ほ》州の解良に在り
更に諸葛《しょかつ》は南陽に在り
一時に英雄を四方に出だし
皇叔と関張とに義を結べり

一年に三たび謁す臥竜岡《がりゅうこう》
早くも鼎《かなえ》は三足を分かつ漢の家邦
俺《われら》が哥哥《あに》は孤と称し寡《か》と道《い》い双《なら》ぶもの無し
我が関なる某《それがし》は匹馬単刀もて荊襄《けいじょう》を鎮《しず》む
長江は今や幾戦場を経たり
恰《あたか》も正に是れ後浪の前浪を催《もよお》すなり

第四折の初めのところを掲げてみよう。

〔雙調〕〔新水令〕
大江東去浪千疊・
引着這數十人
駕着這小舟一葉・
又不比九重龍鳳闕・
可正是千丈虎狼穴・
大丈夫心烈・
我覷着單刀會似賽村社・

大江は東に去り浪は千畳《せんじょう》
這《こ》の数十人を引きい
這の小舟一葉に駕《が》す
又た九重《きゅうちょう》の竜鳳《りゅうほう》の闕《みやい》には比せず

正に是れ千丈の虎狼の穴なり
されど、大丈夫の心は烈しければ
我は単刀の会を覰《み》ること村の社《やしろ》に賽《まい》るに似たり

なお、この曲は、このころ起こりつつあった講談の「三国志《さんごくし》演義《えんぎ》」からの一節を脚色したものである。荊《けい》州(湖北省西南部)は元来呉の領地であったが、呉は蜀と同盟して魏に当たるために、一時その地を蜀に貸与していた。後に、呉の魯粛《ろしゅく》というものが、少しは手荒な手段に出ても、是が非でも蜀にその返還を承諾させようとして、その地を預る蜀の関羽を呼んで宴会を開き、関羽が承知せねば、彼を暗殺しようと計る。関羽はそれを知りながら、一本刀で宴会に赴く。ここはそうした場面である。なお、この曲は「元曲選」以外のものである。

四 元の雑劇㈢

元曲には、明になって長編小説として定着を見る「三国志演義」のほかに、「水滸伝」の話を仕組んだものもある。このことは「三国」・「水滸」の成立を知る資料として重要である。李《り》文蔚《ぶんうつ》に「燕青博魚」(同楽院燕青博魚雑劇)という世話物があるが、これは「水滸」の中の物語りを脚色したものである。燕青が兄弟の義を結んだ燕大の妻の王臘梅と、役人の楊衙《ようが》内《ない》とが密通しているのを見付け、かえって二人とも楊衙内のために獄に下されて殺されようとしたとき、友人の燕二が現われて二人を助けて梁山泊《りょうざんぱく》に赴く、という筋であるが、この芝居も恐らくは当時講談として発生していたものを、芝居に仕組んだものと思われる。

まず最初は楔子である。楔子は梁山泊の本丸である。登場するのは、沖末（ツレ）の宋江と、正末（シテ）の燕青である。

第一折は汴京《べんけい》のある物持ちの邸である。沖末の燕大、正末の燕青、搽旦《ちゃたん》（女敵役）の王臘梅、外（ワキ）の燕二、浄（敵役）の楊衙内、丑《ちゅう》（道化役）の店小二が、登場人物である。

〔帶云〕　前街上討不得一些兒、再往後巷裏去。
〔唱〕
〔喜秋風〕
　我與你便吖吖叫
　我與你便磨磨擦・
　我爲甚將這脚尖兒細細踏・
　我怕只怕這路兒有些歩歩滑・
〔帶云〕　似我這模樣、像箇甚的。

〔唱〕
将那前街後巷我便如盤卦・
剛纔個漸漸裏呵的我這手温和
可又早切切裏凍的我這脚痲辣・
……

〔燕二云〕……吸氣、吸氣、君子、將你那手摩的熱着、揉你那眼、我着你復舊如初也。

（入れせりふ）表通りではお貰いが少ない。さあ、裏通りに行くとしよう。

（うた）
ええひとつ、やあ、やあと叫ぼう
ええひとつ、手をごしごしとこすろう
なぜこの爪先を慎重に踏むのかと言えば
この道が一歩ごとに滑りゃせんかとただもう恐れるからだ

（入れせりふ）わしのこのかっこうったら、なんのざまだ。

（うた）
あの表通りと裏通りをわしはまるで回転盤

いまし息をふっかけて、やっと此の手がぬくもったと思うと
また早くもすぐじきに氷ったわしの足はしびれてくる
……
〔燕二〕……息を吸え、息を吸え。大将、そなたの手をこすって温め、そなたのその目をもんで、そなたを元どおりにしてあげよう。

こうした細かな描写は、従来の文学には無かったものである。

第二折には、燕青が魚を売り歩いていて、燕大に賭け事で魚を取られてしまう場面がある。

〔油葫蘆〕……
〔正末唱〕
呀呀呀
我則見五箇鏝兒乞丟磕塔穩・
更和一個字兒急留骨碌滾・
謊的我咬定下唇掐定指紋・
又被這個不防頭愛撇的瓶兒隱・

可是他便一博六渾純・

（シテうた）
や、や、や
見れば五枚の銭の裏目が、かたことと落ち着いた
それから一枚の表目がころくろと転がる
たまげたわしは下唇をぐっと噛《か》み、指を握りしめる
こんどはこの気まぐれのはずみたがる煉瓦《れんが》めに邪魔された
なんとやつは一勝負でオールを出した

こういう描写も、従来の文献には絶対に現われなかった記載である。事柄の心理が非常によく写されていると言えるが、写されている事柄自体も俗な中でも俗な事柄である。

第三折は、燕青が楊衙内と王臘梅との密会を見つける場面、第四折は、燕大と燕青が罪人として護送される途中、楊衙内が二人を殺そうとしたとき、燕二が出現して二人の危機一髪を助ける場面である。

「水滸伝」(岩波文庫・全集外)の第一冊の「訳者はしがき」

五　元の雑劇㈣

ところで、元人の雑劇はどのように評価されるか。まず第一に元曲は中国演劇文学の中で、もっとも秀れるものであると言える。また、それは口語文学のテクストの中で、もっとも古いものであるばかりでなく、もっとも秀れるものの一つと言うことができる。明から清にかけての演劇としては、南戯(伝奇・南曲)というものが行なわれているが、この南戯は、文学としての面白さにおいては、かならずしも元曲の上であるとは言いがたい。それ以後の中国の芝居としては、京劇(北京を中心に発達したのでかく言う)があり、民国の話劇(会話のみで進行する劇)があるが、それらもやはり元曲の面白さには及ばなさそうである。中国においては、その文学の最初のものが、その文学のもっとも充実したものであることがしばしばあるが、この元曲のばあいもまたその例外ではない。

また、横の評価としては、元の時代において最も秀れるものは、詩でもなく、文でもなく、戯曲であるという批評が早くから行なわれている。「漢賦」・「唐詩」・「宋文」(時には「宋詞」)・「元曲」という言葉が、いつ起こったかは分からぬが、こうした自覚が元の時代にすでに在ったことは、元末の「中原音韻」(雑劇を作る人のために作られたもの)の羅宗信の序文に、「世之共稱、唐之詩、宋之詞、大元之樂府、誠哉。」(世の共に唐の詩、宋の詞、大元の楽府《がふ》と称するは、誠なるかな。)と言っているのによって知られる。また元の滅亡後まもなく作られた明の葉子奇の「草木子」の談藪篇にも、やはりこれに似たことが書いてある。

元曲がこのように高く評価されるのは、けっきょくは元曲が面白いからであるが、その面白さはどこにあるのかと言うと、それはまずその逞しい写実力にある。李行道の「灰闌記《かいらんき》」に、お産の状態を述べた歌があるが、それなどはそのよい例である。

〔么篇〕

老娘也　那收生時
我將你悄促促的喚到臥房
你將我慢騰騰的扶上褥草・
老娘也　那剃頭時
堂前香燭是誰燒・
……

産婆《さんば》どのよ　取り上げのあの日
わたしはあなたをそっと部室に呼び入れ

あなたはわたしをゆるゆると藁蒲団《わらぶとん》にすわらせました
産婆どのよ　六日だれのあの日
座敷の蠟燭は誰がつけました
……

これは外的写実力の一端を示すものであるとともに、人間の内的な感情の真実をも写している。こうしたことが、この元曲をして古今独歩たらしめているのである。この真実探求という点においても、元曲は他のものよりも一段と秀れていると言える。また、元曲は芝居であるからドラマティックなのは当然であるが、そのドラマティックなものを盛り上げて行く過程には人をして首肯せしめるものがある。このことは、南戯を媒介として考えるとよく分かる。南戯は過度にこしらえ物的であり、筋が複雑であり、不自然であり、しかも作者はそれが嘘でないことをしばしば実証しようとする。また、元曲は適当な長さとして四幕を持つが、南戯は幕が多く、あるものは四十数幕にも及んでいる。幕数の多いことは、どうしても筋の複雑さを過度にするという欠陥を伴う。また、南戯では諸役がみな唱うのに対して、元曲では主役一人が歌うだけなので印象がはっきりしている。

元曲の面白さは、以上のような点にあると思われるが、心理的写実という点において、もっとも効果を挙げたものは、「西廂記《せいしょうき》」である。この作品について今まで言及しなかったのは、それが「元人百種曲」の中に入っていないためである。この作品が「元人百種曲」に入らぬのは、その構成が特殊で、毎本四折が五本で、全部で二十折からなっているためであろう。それはともかくとして、この作品は唐の元稹《げんじん》の伝奇「会真記《かいしんき》」、一名「鶯鶯伝《おうおうでん》」(一九六ページ)を芝居に仕組んだものである。この「鶯鶯伝」は雑劇に仕組まれる前にも、俗文学に一度仕組まれたことがある。金の董解元《とうかいげん》の「西廂記諸宮調《しょきゅうちょう》」(「董西廂」とも呼ぶ)という語り物であるが、「西廂記」はその「諸宮調」をもとにして作られたものである。いま、戯曲「西廂記」の第四本第三折を挙げてみよう。

〔正宮〕〔端正好〕

碧雲天　黄花地
西風緊　北雁南飛・
曉來誰染霜林醉・
總是離人淚・

……

〔叨叨令〕

見安排著車兒馬兒
不由人熬熬煎煎的氣・

有甚麽心情將花兒靨兒
打扮的嬌嬌滴滴的媚・
……

〔一煞〕
青山隔送行
疏林不做美・
淡煙暮靄相遮蔽・
夕陽古道無人語
禾黍秋風聽馬嘶・
我爲甚麽嬾上車兒內・
來時甚急・
去後何遲
……

〔收尾〕
四圍山色中
一鞭殘照裏・

遍人間煩悩塡胸臆・
量這些大小車兒如何載得起・

碧雲の天　黄花の地
西風は緊《きび》しく　北雁は南に飛ぶ
暁来誰か染めて酔わしめし霜の林
総《す》べて是れ離《わか》るる人の涙
……
車と馬の支度をするのを見ると
覚えず胸がじりじりといら立って来る
どうして　花《はなかざり》やえくぼであでやかに
よそおいをする気になろうぞ
……
青き山は行《たびびと》を送るを隔て
疏《まばら》なる林は粋《すい》をきかせず
淡き煙《もや》と暮の靄《もや》は相い遮《さえぎ》り蔽《おお》い

夕陽の古道には人の語る無し
禾黍《かしょ》の秋風に馬の嘶《いなな》くを聴く
我は何ゆえに車に乗るに嬾《ものう》きぞ
来たる時は甚だ急に
去る後は何ぞ遅き
……
四囲山色の中
一鞭残照の裏《うち》
人間《じんかん》に遍《あまね》く煩悩《ぼんのう》は胸臆を塡《うず》む
たかがかほどの車にてはとても載せきれぬ

これは「西廂記」の中のもっとも有名な箇所である。作者は問題はあるが、王実甫《おうじつぽ》とされている。

「元雑劇研究」（岩波書店刊・全集14）の「下篇　元雑劇の文学」

「元雑劇の文学」（全集15）

六　元の雑劇㈤

元曲の出現は従来の文学に対する大きな変化であったと言えるが、それはどうして後代のものを圧倒し去るほどの強大なエネルギーをもって元代に生まれて来たのであろうか。元曲の従来の文学に対する変化の第一は、まずそれが虚構の文学であるということである。従来の文学はすでに存在する経験を記述するものであった。詩は日常生活を素材とする抒情詩であり、散文もすべて何らかの意味で歴史的な記述であったと言える。ところが雑劇はそうではない。空想力によって構想された文学である。それは従来の文学に対する革命ではないまでも、大きな変化であるとは言える。また変化の第二は、それが口語で書かれているということである。雑劇の白《はく》、つまりせりふの言葉は流動的であり、活発である。許衡《きょこう》という人が元の世祖に「大学」と「中庸」を講義したことがあるが、その草稿らしいものが伝わっている。それを「直解」(「許文正公遺書」所収)といっているが、これを見ると雑劇の白の言葉に近いものが出てくる。例えば「這其間」zheqijian という言葉は雑劇の中にも見えるが、「直解」の中にも出てくる。さらにもっとよい資料としては、当時の朝鮮人が中国語を習う教科書であった「朴通事《ぼくつうじ》諺解《げんかい》」と、「老乞大《ろうきつだい》」があるが、その中の言葉はほとんど元曲中の言葉と合致している。もっともこれまでにも口語によって記述されたものが全然なかったわけではない。これまでにも口語で記述したものとしては、禅宗の僧侶の語録といったようなものがあったわけであるが（二四三ページ）、それは文学ではないし、また元曲ほどの完全な口語でもない。それが元曲に至って、にわかにこのような変化を起こしたのは、元の侵入により、中国の知識階級である読書人が急激な変動を蒙ったことによると思われる。従来は詩文製作の能力を持つものが官吏となるという制度として科挙があったが、元はこれを全然無視した。そうすると、科挙に及第して官吏となることを生活の方法としていた人たちは、他に衣食の手段を見付けなければならぬ。それが元曲の急激な勃興の原因となったと想像される。最も有名な元曲作家の一人である関漢卿もそうした人物の一人であったろうと思われる。もう一つの原因となったものは、元の政治が煩瑣なことを嫌ったことである。元は公文書を文語ではなく、口語を使って書かせている。もっとも公文書が口語で書かれていることは、かならずしもそれが素朴なのを意味するものではない。元の公文書は、もとは蒙古語で書かれているので、中国語に訳す場合に規格のある文語では訳しにくい。そこで純粋な口語ではなく、一種の文語と口語との合の子の中間文体によって、それは中国人に示されたのである。この公文書を集めたものが「元典章」であるが、しかしそれもやはり口語系の文体とはいえる。こうしたことが元曲を出現し易くしたと言えよう。

伝統を無視された人間は初めは憤慨するが、やがて伝統によらない生活にも面白さを見出だすようになる。元人のばあいもそうであり、十三世紀の元曲の突然の勃興は文学史の他のばあいのごとくに変革の意識を伴うものではなかったようである。が、それは変化には相異ない。しかもそれはほとんど突然変異であったと言ってよい。しかしその原因萌芽が全く無かったかと言うとそうではない。萌芽はそれまでの時代、十一世紀、十二世紀からぼつぼつあったようである。そのもとの形がいかなるものであったかはよく分からないが、その淵源なるものには二つの型があったようである。一つは北宋のいわゆる雑劇である。もう一つは同じく北宋の諸宮調である。元曲は歌曲としても秀れるが、また演劇としても秀れているので、この二つが合わさったものと思われる。

　まず演劇の方であるが、それは北宋のころ(十一世紀)から都市の盛り場などにおいて簡単なものが行なわれていたようである。それはのちの元の雑劇ほど進歩したものではないが、やはり雑劇と呼ばれ、その流れは南宋(十二世紀)にも伝わっている。また金の院本と呼ばれるものも、けっきょくは宋の雑劇と同じものと思われる。それらのテクストは今に伝わらないのでその詳細は分からぬが、その記録だけは伝わっている。宋の周密の「武林旧事」に記録される「宮本雑劇段数」がそれである。また院本の名では元の陶宗儀の「輟耕録《てっこうろく》」に記録される「院本」の「名目」がある。また、十世紀の五代に遡れば、後唐《こうとう》の荘宗は演劇が好きで、自ら役者になったということもある。

　歌曲の方では、諸宮調という語り物が北宋に生まれている。これは一人の演者が歌いながら語る語り物である。これが雑劇の歌曲の方の先祖である。それが北宋にすでに存在したことは孟元老の「東京夢華録《とうけいむかろく》」の中に、諸宮調で有名なのは誰々であると言っているのによって知られる。金の董《とう》解元《かいげん》の作と称する「西廂記諸宮調」は、今に伝わる数少ない諸宮調の一つである。すなわち元の王《おう》実甫《じっぽ》の「西廂記」雑劇の祖先にあたるものである。その一節を挙げて見る。

〔尾〕
莫道男兒心如鐵・
君不見滿川紅葉・
盡是離人眼中血・
〔越調〕〔上平西纏令〕
景蕭蕭
風淅淅
雨霏霏・
對此景怎忍分離・
僕人催促
雨停風息日平西・
斷腸何處
唱陽關執手臨岐・

（尾）

道《い》う莫《な》かれ男児の心は鉄の如しと
君見ずや満川の紅葉は
尽く是れ離《わか》るる人の眼中の血なるを

（越調）（上平西纏令）

景は蕭蕭《しょうしょう》たり
風は淅淅《せきせき》たり
雨は霏霏《ひひ》たり
此の景に対しては怎《いか》んぞ分離《わか》るるに忍びんや
僕人は催促す
雨は停《や》み風は息《や》み日は西に平らかなり
腸を断つは何処《いずこ》ぞ
陽関を唱い手を執《と》りて岐《わかれじ》に臨む

もう一つ、二十世紀の初めに、ロシアの探険家として有名な Kodzlov という人によって、甘粛省《かんしゅく》から発見された一つのテクストがある。これも諸宮調である。そのテクストの確実な書名は分からないが、五代の英雄劉知遠の物語りを仕組んだものである。この諸宮調について最もまとまった考証をされたのは青木正児博士の「劉知遠諸宮調考」（「支那文学芸術考」所収）である。また中国では鄭振鐸の「宋金元諸宮調考」がある。なお、仕草の源流は宋代の舞曲にあったようである。元曲はこうしたものを淵源として、蒙古の侵入による都市の市民の急速な擡頭によって、にわかに開花したものと言えよう。

「元雑劇研究」（岩波書店刊・全集14）の「上篇　元雑劇の背景」
「『漢宮秋雑劇』の文学性」（全集15）
「諸宮調瑣談」（全集14）

七　元の散曲

雑劇の興隆と前後して盛んに作られたものに散曲がある。散曲というのは、歌謡的な韻文で、雑劇の歌に使われるメロディーと同じメロディーを使って作られた抒情詩であるが、散曲にはただ一つのメロディーで作られる小令《しょうれい》と、いくつかのメロディーを雑劇のように合わせて作る套数《とうすう》の二種類がある。小令は宋以来の詞に似ているが、詞が雅で、取り澄ましているのに対して、これはもっと砕けた歌である。その作者は雑劇の作者によるものが多いが、普通の読書人によるものもある。雑劇の作者として名高い馬致遠《ばちえん》の「越調天浄沙」というのを挙げてみる。

枯藤老樹昏鴉・
小橋流水人家・
古道西風痩馬・
夕陽西下・
斷腸人在天涯・

訓読を示せば、次のごとくである。枯藤老樹の昏鴉《こんあ》、小橋流水の人家、古道西風の痩馬《そうま》、夕陽は西に下《お》ち、断腸の人は天涯に在り。この小令は非常に有名である。普通、散曲は砕けたものであるが、これはそうではない。なお押韻は次のごとくである。鴉 ya(平声)、家 jia(平声)、馬 ma(上声)、下 xia(去声)、涯 ya(陽平)。雑劇と同じく四声通押である点が、宋の詞と違う。

次には、砕けたものの例を挙げてみよう。同じく馬致遠の「雙調落梅風」というメロディーによったものである。

如年夜・
人乍別・

角聲寒玉梅驚謝・
夢迴酒醒燈爐也・
對著冷清清半窗殘月・

年越しの夜の如くに、人は乍《たちま》ちに別れて行く。角笛は寒く玉梅は驚き謝《ち》り、夢は回《めぐ》り酒は醒《さ》めて灯《ともしび》は爐《もえつ》くる。冷清清たる半窓の残月に対《むか》い著《い》る。押韻は、夜 ye(去声)、別 bie(陽平)、謝 xie(去声)、也 ye(上声)、月 yue(去声)。

もう一つ馬致遠の同じメロディーによるものを挙げてみる。

實心兒待・
休做謊話兒猜・
不信道爲伊曾害・
害時節有誰曾見來・
瞞不過主腰羅帶・

大体の意味は次のごとくである。真心こめてあなたをもてなしていたことを、嘘だと疑ってはなりませぬぞ。あなたのためにこんなに恋わずらいをしているというのを信じて貰えぬのなら、それも仕方ありません。恋わずらいをしている時に誰もそれを見た人はいないのですから。しかし、シミーズの紐だけはだますことはできません。(痩せてこんなに緩くなってしまっているではないですか。) 押韻は次のごとくである。待 dai(去声)、猜 cai(陽平)、害 hai(去声)、來 lai(陽平)、帶 dai(去声)。

これは、わが国で言えば、「松の葉」などの小唄の類であり、従って俗語が多く使われている。こうしたものが普通の小令である。もうすこしそうした作品を挙げてみる。徐徳可の「雙調清江引」というメロディーによるものである。徐徳可は専ら散曲ばかり作っていた人である。

相思有如少債的・
毎日相催逼・
常挑著一擔愁
淮不了三分利・
這本錢見他時才算得・

大体の意味は次のごとくである。恋の思いは金を借りているのに似る。毎日催促される。いつも両荷の心配をかついでいるようだが、それでも三分の利息を埋めきれはせぬ。この元金はあの人に会わぬ限りはけりにはならぬ。押韻は、的 di(上声)、逼 bi(去声)、利 li(去声)、得 dei(上声)。

次に、套数の例を挙げてみる。套数というのは組み曲ということである。これは従来の散曲が写さなかったような活発なものを写すことができた。馬致遠の「借馬」(馬を借《か》す)というのを挙げてみる。

〔般渉調・耍孩兒〕　近來時買得正蒲梢騎。氣命兒般看承愛惜、逐宵上草料數十番。喂飼得膘息胖肥、但有些汗穢却早忙刷洗、微有些辛勤便下騎。有那等無知輩、出言要借。對面難推。

〔七煞〕　懶設設牽下槽、意遲遲背後隨。氣忿忿懶把鞍來鞴、我沈吟了半晌語不語。不曉事頽人知不知。他又不是不精細。道不得他人弓休挽他人馬休騎。

……

〔二〕　早晨間借與他、日平西盼望你、倚門専等來家內。柔腸寸寸因他斷。側耳頻頻聽你嘶。道一聲好去、早兩泪雙垂。

〔尾〕　沒道理沒道理。忑下的忑下的、恰才說來的話君専記、一口氣不違借與了你。

〔般渉調・耍孩兒〕　近ごろ一匹のアラビア馬を買った。命の守り神のように大切に可愛がり、毎晩かいばを何十回もやる。よく肉がついて太り、少しでも毛なみが汚れたら早速洗い、少しでもしんどい目をさせればすぐに下りる。ところが世間にはあのような分からず屋がいて、貸してくれという。面とむかってはことわりにくい。

（七煞）しぶしぶまやから引き出し、もじもじしながら後から行く。しぶしぶ鞍を乗せ、しばらくは口がきけぬほどだ。わけの分からぬ馬鹿野郎は、こっちの気持が分からぬのか。彼とて馬鹿ではないはずだ。昔から言うではないか、他人の弓はひくものではない、他人の馬には乗るものではない、と。

……

（一）朝はやくから彼に貸してやり、日が西に落ちるころお前を待ちかね、門に佇んでもっぱら帰りを待っている。腸がずたずたに断たれる思いがするのもあいつのせいだ。お前のいななきを聞こうとしてしきりに耳を傾ける。ごきげんよくの一声を聞くや、早くも両目からは涙が双び落ちる。

（尾）無茶じゃ、無茶じゃ。よくもよくも、さっき言ったことをしかと覚えておけ、ひとつも逆らわずにお前に貸したのだぞ。

これは野放図な歌である。套数の中には羊や牛が不平を訴えたり、太鼓が不平を鳴らしたり、寝てばかりいる芸者を嘲笑するというようなものもあるが、さらに面白いことは、当時の道学先生や大官もこうしたものを作っていることである。こうしたものが生まれるのは、元という時代が野放図の時代であったことによる。従来の伝統から切り離され、伝統の中では育たなかったものが、この時代には生まれ出したのである。散曲は明の中ごろにまで継続され、その後は絶えたが民国になって研究の対象とされるようになった。散曲の文献としては、「朝野新声太平楽府」・「陽春白雪」などがある。

八　元後半期の詩と散文

元もその後半期、十四世紀になると文学の様子が変わって来る。このころになると、だんだん本来の中国的なものが勢を取り戻し、伝統的な文化が頭を擡げて来て、詩文と雑劇がその位置を交替するようになる。雑劇はもはや活発なものではなくなり、だんだんいじけたものになって行った。

こうした復古運動はまた別の面においても見られる。それは儒的なものの擡頭である。世祖忽必《フビラ》烈《イ》汗が宋を亡ぼした初めは、南宋人は蛮子と呼ばれ、蒙古人・色目《しきもく》人・漢人の下に置かれて殊に冷遇されている。また、人間の階級は十に分けられ、一番下が乞食で、その上が儒者であった。ゆえに「九儒十丐《きゅうじゅじっかい》」という。しかしながら、世祖の末年からは、地域的には南方人が擡頭して来ている。趙孟頫《ちょうもうふ》(子昂《すごう》)は書家として非常に有名であるが、別の言葉で言えば儒的なものが擡頭して来ている。

彼は忽必烈の招聘に応じてその朝廷に入って来た人である。彼の詩を挙げてみよう。「絶句」という詩である。

春寒惻惻掩重門
金鴨香殘火尚溫
燕子不來花又落
一庭風雨自黄昏

春寒惻惻《そくそく》として重門《ちょうもん》を掩《おお》う。
金鴨《きんおう》に香は残りて火は尚お温かなり
燕子は来たらず花は又た落つ
一庭の風雨自ずから黄昏《こうこん》

綺麗な詩である。こうした繊細で上品な旧来の詩を作る人が、当時の社会に用いられるようになったのは、復古のきっかけであった。やがて虞集《ぐしゅう》(道園)・揚載・范徳機・掲傒斯《けっけいし》のいわゆる元の四大家が現われるに至る。かれらはそれぞれに詩文の大家であり、宋の欧陽修・蘇軾《そしょく》を受け継ぐものであるが、かれらはまた北京朝廷の文臣として重きをなしていた。わが国の五山の僧はこれらの詩文をよく読んだものである。

十四世紀に入り、このように伝統文化が復活して来たが、蒙古人自体もこのころからだんだん中国化して来ている。十四世紀の初め、仁宗の延祐《えんゆう》年間には科挙が復活されている。天子も初めのうちは漢文が読めも書けもしなかったが、元末になると順帝は草書が上手であり、文宗は中国の書画を沢山集めている。四大家は文宗の侍臣であった。文宗が虞集に命じて代作させた「奎章閣記」（奎《けい》章閣《しょうかく》の記）を次に挙げてみる。

大統既正、海内定一、迺稽古右文、崇徳樂道、以天曆二年三月、作奎章之閣、備燕閒之居、將以淵潛遐思、緝熙典學、迺置學士員、俾頌乎祖宗之成訓、毋忘乎創業之艱難、而守成之不易也。又俾陳夫内聖外王之道、興亡得失之故、而以自儆焉。……

大統既に正しく、海内《かいだい》一に定まり、迺《すなわ》ち古を稽《かんが》え文を右び、徳を崇《あが》め道を楽しみ、天暦《てんれき》二年三月を以て、奎章の閣を作り、燕間の居に備え、将に以て淵潜して遐《とお》く思い、典学を緝熙《しゅうき》せんとして、迺ち学士の員を置き、祖宗の成訓を頌《しょう》せしめて、創業の艱難《かんなん》にして、而うして守成の易《やす》からざるを忘るる毋《な》からしむるなり。又た夫《か》の内聖外王の道と、興亡得失の故《こと》を陳《の》べしめて、以て自ら儆《いまし》めとせん。……

それまでの元のパブリックな文章は、一種の口語文で、蒙古語を直訳した奇妙なものであった。「至元九年五月十九日、中書省欽奉聖旨」を例に挙げてみる

聽得漢兒人毎、多有聚集人衆、達達人毎根底鬪打有、這般體例那裏有、您毎嚴加禁約者、欽此。

大体の意味は次のごとくである。聞けば、漢人たちは集まると、蒙古人と喧嘩をするそうだが、こんなことがどこかであったら、お前たちは取り締まりを厳しくせよ。これをかしこめ。こうしたものを白話聖旨という。このような文章であったのが、「奎章閣記」のような堂々たる王言になったのである。この時代の詩人としては、四大家のほかに民間の人として薩都剌《さっとら》（天錫《てんしゃく》）がいる。彼は漢人であるが、わざわざこのように名付けたのである。彼の詩もまた五山でよく読まれている。

なお、元の白話文の文献としては、「元典章」・「通制条格」・「白話碑」・「元朝秘史」があるが、「元朝秘史」は蒙古語で書いたその横に白話による翻訳（逐字訳と意訳）が書かれている。次にその翻訳の部分を挙げてみる。

成吉思皇帝的根源。上天處命有的、生了的蒼色狼有。妻他的慘白色鹿有來。（當初元朝的人祖、是天生一箇蒼色的狼、與一箇慘白色的鹿相配了。）

意味は次のごとくである。ジンギスカンの源流。上天の命によって生まれた蒼《あお》い狼があった。その妻は白い牝鹿《めじか》であった。これらの元の口語文献の研究は、これから開拓されるべきものである。

かくのごとく、十四世紀になり、南方の漢人が勢力を盛り返し、それに伴って古典的詩文が起こって来たが、それは宋詩に対するレアクションの意味を持っていた。近体の詩については唐詩が古典であるという意識が明に起こるが、その萌芽はすでにこの時代にあったと言うことができる。元末の欧陽玄の「蕭同可詩序」（「圭斎文集《けいさいぶんしゅう》」）に、「近時學者於詩、無作則已。作則五言必歸黃初。歌行樂府七言、蘄至盛唐。」（近時の学者の詩に於ける、作る無ければ則ち已《や》む。作れば則ち五言は必ず黄初に帰す。歌行・楽府・七言は、蘄《もと》めて盛唐に至る。）というのもその意味であって、古詩は、三国の年号である黄初を範とし、近体は盛唐を範とすると言うのであるが、そうした主張は作品そのものにも現われている。虞集の「送袁伯長扈從上京」（袁《えん》伯長の上京《じょうけい》に扈従《こしょう》するを送る）を挙げてみよう。

日色蒼涼映紫袍
時巡無乃聖躬勞
天連閣道晨留輦
星散周廬夜屬櫜
白馬錦韉來窈窕
紫駝銀瓮出蒲萄

日色は蒼涼として紫袍《しほう》に映じ
時巡は乃ち聖躬《せいきゅう》の労すること無からんや
天は閣道に連なりて晨《あした》に輦を留め
星は周廬に散じて夜に櫜《えびら》を属《つ》く
白馬錦韉《きんせん》　来たること窈窕《ようちょう》
紫駝《しだ》銀瓮《ぎんおう》　蒲萄《ぶどう》を出だす

従官車騎多如雨
祇有揚雄賦最高

従官の車騎は多きこと雨の如し
祇《た》だ揚雄の賦の最も高きものあり

これは明らかに盛唐の詩に模擬したものである。杜甫・岑参《しんしん》・賈至《かし》のごとき綺麗な字面を作って、人間の生活の充実面の喜びを歌おうとしており、宋詩のごとき痩せた細い詩ではない。薩都剌《さつとら》の詩もまた宋詩であるよりは、唐詩に近いものと言えよう。彼の「送人之浙東」(人の浙東《せつとう》に之《ゆ》くを送る)というのを挙げて見よう。

我還京口去
君入浙東遊
風雨孤舟夜
關河兩鬢秋
出江呉水盡
接岸楚山稠
明日相思處
惟登北固樓

我は京口《けいこう》に還り去り
君は浙東《せつとう》に入りて遊ぶ
風雨　孤舟の夜
関河　両鬢《りようびん》の秋
江を出づれば呉水尽き
岸に接《つな》げば楚山稠《しげ》し
明日　相思の処
惟《た》だ北固楼に登らん

この詩は、中唐あるいは晩唐の詩に似ている。

元末の詩はかくのごとくに意識的に唐詩に学んでいる。日本で愛読された唐詩の選本である宋の周弼《しゅうひつ》の「三体詩《さんていし》」に元の人が注を書いているのもこうした雰囲気の中で生まれたものであろう。元詩を選んだものとしては、清の顧嗣立の「元詩選」がある。かく元詩もなかなか面白いが、元人の散文は大変面白い。それは空理空論が少なく、事実をありのままに述べていることによる。元の散文にはそうした一種のリアリズムがあるが、これは雑劇の中に流れるリアリズムと共通のもののように思われる。散文の選本としては、元の蘇天爵《そてんしゃく》の「国朝文類」（「元文類」）七十巻がある。

「元の諸帝の文学――元史叢説の一――」（全集15）
「奎章閣学士院」（全集15）
「貫酸斎『孝経直解』の前後――金元明の口語の経解について――」（全集15）
「『元典章』に見えた漢文吏牘の文体」（全集15）
「元明詩概説」（岩波書店刊「中国詩人選集」二集・全集15）の「第三章　十四世紀前半」
「元文類」（全集15）
「元詩選」（全集15）

第八章　近世の文学（下）

一　明前半期の詩と散文

元の順帝の至正二十八年（一三六八）、元は明の太祖に大都を陥れられ、順帝は一族を引き連れて北方に逃げ帰った。それから一六四四年まで、前後三百年の間、中国を統治したのが明である。それは日本で言えば室町時代に当たり、ヨーロッパではルネッサンスの時代であった。

明の特色は何かと言えば、それは古典的なものに束縛されることの少なかった時代であったと言うことである。それは中国としては一種の自由な時代であり、その点ではヨーロッパのルネッサンスに似ている。しかし明は自由な時代ゆえに高い文化の花が咲いたとはかならずしも言えない。どちらかというと、明は野暮ったく、田舎くさい時代であった。この時代は自由を求めるかわりに、形式《フォルム》を失い、品位を失った時代であったと言うことができる。古典的文学としては、この時代にはすぐれた文学者はいない。この時代のすぐれたものは、口語による通俗小説であった。同じようなことは思想史についても言うことができる。宋の学問は儒学の新解釈であったと言えるが、それは古典の祖述を中心とするものであった。明の儒学もまた古典の祖述ではあるが、明の儒学が一番尊んだことは良知ということであった。道理は自分の外にあるのではなく、自分の心の中にあるとするのである。それは過去の規範よりも、自分自身の主観を尊重する学問であると言える。次の清が学問の方法として厳密な実証的な方法をとったのとは対照的である。明の儒学の中心となったのは王守仁(陽明)であるが、彼は「我の六経《りくけい》を注するにはあらず。六経の我を注するなり。」と言う。

こうした現象が生まれたのは、この時代が文化的に素朴な時代であったことによる。宋において庶民化し、一般化した知識貴族の文化は、元になって崩壊したが、元末にはまた知識貴族的なものへの復活があった。しかし明ではそうした知識貴族的なものを維持することは不可能であった。そうなったのは、明の中心である皇室の様相に関係がある。明の太祖朱元璋《しゅげんしょう》という人は、安徽《あんき》省濠《ごう》州(鳳陽《ほうよう》)の人であるが、貧民の家に生まれ、坊主でもあった人である。中国では坊主になることは乞食になるということである。それから彼は教匪《きょうひ》となったが、彼はもともと英邁な人で、劉基《りゅうき》や宋濂《そうれん》らの文化人を用いて、知識階級の信望を得、ついに天子となったのである。貧民の子で天子となったのは、中国の歴史においても漢の高祖と明の太祖の二人があるだけである。他の王朝の創業者は天子になるまでに何らかの地位を持っており、庶民がいきなり天子となったわけではない。

こうした出身である太祖(洪武《こうぶ》帝)は繁文縟礼を嫌い、宮廷の生活にも、庶民的な良さを失わぬように心がけた。息子たちの嫁も貴族からは貰わず、町の人々から貰っている。また従来の文化主義では、礼が重んぜられたが、太祖は刑を重んじて厳罰主義を取っている。その厳罰主義の例として徐達の妻の話を挙げることができる。徐達は創業に功のあった人であるが、その妻はやきもち焼きで、徐達に妾を持たせなかった。太祖が見かねて宮女二人を彼に与えたところが、彼の妻はその二人の女を殺してしまった。太祖は怒って彼女を殺し、その腕を二本唐櫃に入れ、飯を食わせると言って宮中に招いた徐達に見せたという。こうした直接的な行為は、中国では俠客のすることであるが、明ではそれを天子自らがしているのである。

元来、中国の天子は政治と文化の主宰者であるが、明にあっては、それなりに教養にも努力した太祖はともかくとして、その後の天子は一向に学問のある顔をしていない。熹《き》宗（天啓帝）のごときは字が読めなかったとさえ言われる。天子の無学は世風の象徴であり、士人も他の時代の士人に較べると無学のようである。明の時代は古典の教養において、他の時代に較べると非常に落ちていたと言える。それは明代の随筆の様相を見ても分かる。清の随筆の内容は考訂であるが、明人のそれには余りそうしたものはない。現代の雑事が一番多く書いてある。それはこの時代の士人の教養が、そういうふうな方向にあったことを物語っていると言える。そのことを別の面から示すのは、この時代の科挙の試験である。世の中の文化が高まれば、科挙のレベルも高くなるが、太祖によって定められたこの時代の科挙の試験は大へん簡単であった。この時代の試験は経書、主として四書の中の一句を出題して、それをもとにして作文を書かせている。しかもその文章は八股文《はっこぶん》といい、対句を八つ用いる文体によっている。宋の時代の科挙の試験に較べると、非常に簡単であるといえる。

この時代には、八股文しか書けない人でも、知識階級として認められたのである。その結果、かならずしも家柄の出身でなくとも、一代文化人として擡頭する機会が多くなっている。また、役人になろうと思う者は八股文を作らねばならなかったので、これ以後は八股文が中国人の生活に大きな影響を及ぼすようになる。

ところで、明がそうした時代であったということは、実は明が元の延長であるという面を強力に持っていることである。明の元に対する革命は一種の種族革命であったというふうに普通には理解されているが、明になって従来の漢文化がそのままに復活したかと言えばそうではない。明の素朴主義は元のそれの継承であったと言うことができる。万暦のころ(一五七三―一六二〇)の宰相に張居正という人があるが、彼は、「明の政治は元の延長である。元は異民族であるが、元は中国の陥り易い煩瑣主義を脱して、素朴な健康なものに帰った。国朝はそれを継いだのである。」と言っている。ということは元においては、伝統の束縛を緩めることが異民族によって行なわれたが、明においては別の力、従来の貴族の下にいた第二の階級によって、元の素朴主義が継承されて行ったということである。ことにその継承は成祖(永楽帝)によって一そう推進された。永楽帝は南宋からの伝統が支配する江南から、北方の北京に都を遷しているが、その遷都が元の素朴主義を継承する上に果した効果は大きい。明は胡俗を大変排斥したというが、実は都を北に遷してからは明の朝廷にも胡俗は多く入ってきている。狩猟の方法、ラマ教などがそれである。

太祖の時代の詩文は、元末の虞集《ぐしゅう》を中心とする詩文の大家たちの流れの上にあった。この時期を代表するのは劉基《りゅうき》・宋濂《そうれん》であるが、ことに宋濂の文は非常に秀れたものとされている。虞集らが単に文臣に過ぎなかったのに対して、劉基・宋濂は太祖の参謀として、天下を取った人たちであるから、なかなかの曲者であり、またエネルギーに富んだ人物である。宋濂の「閲江樓記」というのを挙げてみよう。

金陵爲帝王之州。自六朝迄于南唐、類皆偏據一方、無以應山川之王氣。逮我皇帝定鼎于茲、始足以當之。由是聲教所曁、罔間朔南。存神穆清、與道同體、雖一豫一游、亦思爲天下後世法。京城之西北、有獅子山、自盧龍蜿蜒而來。長江如虹、實蟠繞其下。上以其地雄勝、詔建樓於巓、與民同游觀之樂、遂錫嘉名爲閲江云。登覽之頃、萬象森列、千載之祕、一旦軒露。豈非天造地設、以俟大一統之君、而開千萬世之偉觀者歟。當風日清美、法駕幸臨、升其崇椒、凭欄遙矚、必悠然而動遐思、見江漢之朝宗、諸侯之述職、城池之高深、關阨之嚴固。……

金陵は帝王の州為《た》り。六朝《りくちょう》自り南唐に迄《いた》るまで、類《おおむね》皆な一方に偏拠し、以て山川の王気に応ずる無し。我が皇帝の鼎《かなえ》を茲《ここ》に定むるに逮《およ》び、始めて以て之に当《あ》たるに足る。是に由りて声教の曁《およ》ぶ所、朔南《さくなん》に間《へだ》てある罔《な》し。神《しん》を存すること穆清《ぼくせい》、道と体を同じくし、一予一游すと雖も、亦た天下後世の法と為さんことを思う。京城の西北に、獅子《しし》山有り、盧竜より蜿蜒《えんえん》として来たる。長江は虹《にじ》の如く、実に其の下に蟠繞《ばんじょう》す。上《みかど》は其の地の雄勝を以て、詔して楼を巓《てん》に建て、民と游観の楽しみを同じくせんとし、遂に嘉名を錫《たま》いて閲江と為すと云う。登覧の頃、万象森列し、千載の秘、一旦軒露す。豈に天造地設の、以て大一統の君を俟《ま》ち、而して千万世の偉観を開く者に非ざらんや。風日の清美なるに当たり、法駕幸臨し、其の崇椒《すうしょう》に升《のぼ》り、欄に凭《よ》って遙かに矚《なが》むれば、必ず悠然として遐思《かし》を動かし、江漢の朝宗、諸侯の述職、城池の高深、関阨《かんやく》の厳固を見ん。……

これは彼の文章の中でも、殊に秀れたものであり、「其の気甚だ盛んなり」とでも評すべきものである。元末に起こった古典派の文学は明初に至って成熟に達したと言ってよい。この時代の詩人としては高啓(青丘)が有名である。彼の「梅花」の詩を挙げてみる。

瓊姿只合在瑤臺　　瓊姿《けいし》は只だ合《まさ》に瑤台《ようだい》に在るべし
誰向江南處處栽　　誰か江南に向かって処処に栽《う》えし
雪滿山中高士臥　　雪は山中に満ちて高士臥し
月明林下美人來　　月は林下に明らかにして美人来たる

寒依疎影蕭蕭竹
春掩残香漠漠苔
自去何郎無好詠
東風愁寂幾回開

寒に疎影《そえい》に依るは蕭蕭《しょうしょう》たる竹
春に残香を掩《おお》うは漠漠《ばくばく》たる苔
何郎《かろう》を去らしめて自り好詠なく
東風に愁寂として幾回か開きし

清麗な詩であるが、強いエネルギーは感ぜられない。それだけに彼の詩は日本では有名であるが、中国ではそれほど高くは評価されていない。中国では高青丘が好きだといえば、詩の通人とは言われないようである。彼は後に太祖に殺されている。

十四世紀の終り、建文二年（一四〇〇）、恵帝（建文帝）は叔父の成祖永楽帝に殺されたといわれる。幸田露伴の「運命」は、そのことについて書いたものである。永楽帝は英主であり、二十二年間天子の位に即いていた。帝は都を南京から北京にうつしているが、それは北方にはまだ蒙古がおり、それと対抗するためには北京がよいと考えたためである。北京を中心とする地方の空気は、南京を中心とする地方の空気より、より素朴であり、簡素であった。その結果として、それは明の文化を一そう素朴で、簡素なものとした。永楽の次は洪熙《こうき》（仁宗）、宣徳（宣宗）、正統（英宗）である。英宗は蒙古を親征し、土木堡《どぼくほう》（河北省懐来県付近）で蒙古の捕虜となった。一四四九年のことである。弟の景帝が位に即き景泰と年号が改まるが、後に英宗が帰国して復位して天順となった。それから成化

（憲宗）、弘治（孝宗）と続き、弘治のなかほどで十五世紀は終わる。この時期には顕著な事件はないし、また文学史的にも表面的には顕著なものはない。永楽のときに楊士奇《ようしき》という文人宰相が現われ、楊栄《ようえい》、楊溥《ようふ》と合わせて三楊と呼ばれたが、その作品には見るべきものはない。また元で盛んであった戯曲の製作も、この時代には余り盛んではない。青木正児博士の名著「支那近世戯曲史」を見ても、その間はブランクになっている。このように明の前半期は文学の結実を見なかったのであるが、それは明という時代が素朴な発足をしたことによると言ってよい。

「元明詩概説」（岩波書店刊「中国詩人選集」二集・全集15）の「第四章 十四世紀後半」

二 明の小説㈠

明の文学で重要なものは、詩文であるよりも、口語で記された庶民文学である小説である。そうした口語小説として有名なものに、まず「水滸伝《すいこでん》」があり、それと並ぶものに「三国志演義《さんごくしえんぎ》」がある。それらは中国の長編口語小説として一番早いものである。ところで、これらの小説がいつ出来たかというと、実はよく分からぬ。十四世紀後半、元末、明初には今の形に多分なっていたものと思われる。その作者は羅貫中《らかんちゅう》（羅本《らほん》）だと言われるが、この人が今の「三国」・「水滸」の作者であるかどうかはよく分からない。しかし、そのもっとも古いテクストは彼の作であると考えて、ほぼ間違いはない。彼は十四世紀末葉、十五世紀初めの人であり、その伝記は最近発見された賈《か》仲明の「録鬼簿続編」の中に、三行ほどの記事が載っているのによって知られる。およそ庶民文学の小説は、一つのテクストがそのままに伝えられることはなく、雪だるまのように、多くの人の手を経て次第に太って行くものであるが、「水滸」・「三国」も十四世紀後半に一応の形を整え、十五世紀に入って更に整備されて今日の形に固定したものと思われる。現在見うる長編口語小説の資料として、この二つは中国最初のものであるばかりでなく、小説が社会に地歩を占めたものとしても、最初のものであるが、それについて述べるに先立って、中国における小説の歴史について述べておきたい。

　およそ小説的行為は、人間の空想的行為に価値を見出すことによって生まれるが、中国人の空想力が最初に発揮された時期は、周の末年、すなわち戦国時代である。空想によって初めて出来る記載は神話であるが、中国では現在に伝わる神話は非常に少ない。司馬遷の「史記」は、五帝本紀で書き起こしているが、そこには不思議なことは書かれていない。しかしそれ以外の雑書の中には、神話の残存が見出されるものがある。漢初の「淮南子《えなんじ》」はその一つであるが、その中には天地創造の神話のようなものが入っている。その「天文訓《てんもんくん》」という篇には次のような話が見える。

　昔者、共工與顓頊爭爲帝、怒而觸不周之山。天柱折、地維絶。天傾西北、故日月星辰移焉。地不滿東南、故水潦塵埃歸焉。

昔者《むかし》、共工《きょうこう》、顓頊《せんぎょく》と帝と為らんことを争い、怒りて不周の山に触《ふ》る。天柱は折れ、地維《ちい》は絶ゆ。天は西北に傾く、故に日月星辰は移る。地は東南に満たず、故に水潦《すいろう》塵埃《じんあい》は帰す。

上代には、こうした神話が沢山あったであろうと思われるが、それが後世に伝わらぬのは、孔子が「怪力乱神」、つまり人力を超えた存在については語らず、また司馬遷が「史記」を書くに当たって、理性によって首肯しうべきもののみを採ると言って、神話を抹殺してしまったことによる。第二に説話としての小説的な記載がある。戦国時代にそうした記事を多く見るのは「左伝」である。「左伝」の中には、非常に神怪な話が多い。一つは夢であり、もう一つは予言である。それらは往々にして神の世界と関係する。成公十年の条を例に挙げてみる。それは予想せざることが夢によって与えられ、紆余曲折を経つつ夢のとおりのことが実現するという話である。

晉侯夢大厲。被髮及地、搏膺而踊曰、殺余孫不義、余得請於帝矣。壊大門及寝門而入、公懼入于室。又壊戸。公覺、召桑田巫。巫言如夢。公曰、何如。曰、不食新矣。

晋侯、大厲《たいれい》を夢む。被髪《ひはつ》は地に及び、膺《むね》を搏《う》って踊《おど》りて曰く、余の孫を殺すは不義なり、余は帝に請うことを得たりと。大門及び寝門を壊《こぼ》って入る、公は懼《おそ》れて室に入る。又た戸を壊つ。公は覚め、桑田《そうでん》の巫《ふ》を召す。巫は言う夢の如しと。公曰く、何如《いかん》と。曰く、新しきを食らわざらんと。

あなたは次の新穀は食えまいと、殿様に復讐しようとする怨霊が夢の中で告げたのを、夢占い師に聞くと、きっとそうなりますと言う。その言葉のとおり、殿様は果たして病気になった。そこで殿様は医者を呼びにやった。するとまた夢を見た。病気が二人の子供になって出て来て、一人が「もうすぐ医者が来るだろう。そうすると我々は退治されてしまう。」と言うと、もう一人が「肓《こう》の上、膏《こう》の下に隠れたらよいだろう。」と言う。やがて医者が来て、「殿様の病気は駄目です。それは病が膏と肓の間に入っているからです。」と言った。

六月丙午、晉侯欲麥。使甸人獻麥。饋人爲之。召桑田巫、示而殺之、將食。張。如廁、陷而卒。

六月丙午《へいご》、晋侯麦を欲す。甸人《でんじん》をして麦を献ぜしむ。饋人《きじん》之を為《おさ》む。桑田の巫《みこ》を召して、示して之を殺し、将に食らわんとす。張る。厠《かわや》に如《ゆ》き、陥《お》ちて卒《しゅつ》す。

やがて新穀の季節になった。目の前に麦めしがある。殿様は先の占い師を呼んで、お前の予言は当たらなかったと言って殺した。すると急に腹が張って、便所へ行き、便壺に落っこって死んだ。なお、その朝、小姓が天国に殿様を背負って行く夢を見たが、その小姓は殿様を便所の下から背負って出さねばならぬ役目になったという。こうした物語がどこで発生したかは研究すべきものであろう。民俗学を研究する人には大切なことである。

第三は理論の比喩としての説話である。「韓非子《かんびし》」にはこうした説話が非常に多い。こうしたものばかり集めた篇に「儲説《ちょせつ》」がある。それは政治理論を説くための比喩であるが、ここでは「説林」篇の一節を挙げてみる。

伯樂教其所憎者、相千里之馬、教其所愛者、相駑馬。千里之馬時一、其利緩、駑馬日售、其利急。此周書所謂下言而上用者惑也。

伯楽《はくらく》、其の憎む所の者には、千里の馬を相《そう》するを教え、其の愛する所の者には、駑馬《どば》を相するを教う。千里の馬は時に一あるのみなれば、其の利は緩く、駑馬は日に售《う》るれば、其の利は急なればなり。此れ周書の所謂《いわゆ》る下言にして上用する者は惑うなり。

これは、人間の言葉は、さまざまのたくらみを持っているということを説くための比喩である。もう一つ同じ篇の別の例を挙げてみよう。

三虱相與訟。一虱過之曰、訟者奚說。三虱曰、爭肥饒之地。一虱曰、若亦不患臘之至、而茅之燥耳。若又奚患。於是乃相與聚、嘬其母而食之。彘臞。人乃弗殺。

三虱《しつ》相い与《とも》に訟《うった》う。一虱之に過《よ》ぎりて曰く、訟うる者は奚《なん》の説ぞと。三虱曰く、肥饒《ひじょう》の地を争うなりと。一虱曰く、若《なんじ》も亦た臘《ろう》の至りて、茅《かや》の燥《や》かるるを患《うれ》えざるか。若《なんじ》は又た奚ぞ患うるやと。是《ここ》に於いて乃《すなわ》ち相い与《とも》に聚《あつま》り、其の母を嘬《か》みて之を食ろう。彘臞《いのこや》せたり。人乃ち殺さず。

「呂氏春秋《りょししゅんじゅう》」もこれに属すると言える。

第四は、ある理論に背景を与えんがために、作られた説話である。「礼記《らいき》」（戦国・漢初のもの）檀弓《だんぐう》篇の中の次の話などがそれである。

孔子過泰山側。有婦人哭於墓者而哀。夫子式而聴之、使子路問之曰、子之哭也、壹似重有憂者。而曰、然。昔者吾舅死於虎、吾夫又死焉。今吾子又死焉。夫子曰、何爲不去也。曰、無苛政。夫子曰、小子識之。苛政猛於虎也。

孔子、泰《たい》山の側を過ぐ。婦人の墓に哭する者ありて哀し。夫子《ふうし》式《しょく》して之を聴き、子路をして之を問わしめて曰く、子《し》の哭するや、壱《いっ》に重ねて憂い有る者に似たりと。而《すなわ》ち曰く、然り。昔者《むかし》吾が舅《きゅう》は虎に死し、吾が夫は又た死せり。今吾が子又た死せりと。夫子曰く、何為《なんす》れぞ去らざるやと。曰く、苛《か》政《せい》無ければなりと。夫子曰く、小子之を識《し》るせ。苛政は虎よりも猛なりと。

これは、「苛政は虎よりも猛なり」ということを提出せんがために、それを具体的事実に織り込んだものであり、どうも事実ではなさそうである。ここでの孔子は物語の中の孔子であり、この話はある主張に道具立てを与えるために作られた説話であると思われる。その点でプロットをもつ西洋の小説に似ていると言える。こういうものばかり一つの書物に集めたものに前漢の「韓詩外伝《かんしげでん》」・「列女伝」などがある。「子曰、云々」と終わりに落ち着かせるために出来た説話集である。

第五は詩的幻想によるものである。例えば「離騒」の天界の旅行はそれである。「路は曼曼《まんまん》として其れ修遠なり、吾は将に上下して求索せんとす。余《わ》が馬に咸池《かんち》に飲ませ、余が轡《くつわ》を扶桑《ふそう》に総《むす》び、若木を折って以て日を払い、聊か逍遙して以て相羊《しょうよう》す。」（六八ページ）

これは決して歴史的事実ではなく、詩的幻想である。屈原のこうした幻想を導く根底には、横に広がる空間の上に生まれた神話が相当あったものと思われる。「山海経《せんがいきょう》」はそうした神話を記す書物である。その「中山経」篇の一節を例に挙げてみよう。

又東南一百二十里、曰洞庭之山。其上多黄金、其下多銀鐵。其木多柤梨橘櫾、其草多葌蘪蕪芍藥芎藭。帝之二女居之。是常遊于江淵。澧沅之風、交瀟湘之淵。是在九江之閒。出入必以飄風暴雨。是多怪神、狀如人而載蛇。左右手操蛇、多怪鳥。

又た東南一百二十里、洞庭《どうてい》の山と曰う。其の上には黄金多く、其の下には銀鉄多し。其の木には柤梨《たんり》橘櫾《きつよう》多く、其の草には葌蘪《かんび》蕪芍薬《ぶしゃくやく》芎《きゅう》藭《きゅう》多し。帝の二女之に居る。是れ常に江淵に遊ぶ。澧沅《れいげん》の風は、瀟湘《しょうしょう》の淵に交わる。是れ九江の間に在り。出入には必ず飄風暴雨を以てす。是れ怪神多く、状は人の如くにして蛇を載《の》す。左右の手には蛇を操《あやつ》り、怪鳥多し。

戦国時代には、以上のような諸種の方向に、中国人の空想は伸びたのであるが、それはやがて抑えつけられ、実在の経験や、歴史や、人間的なものを尊ぶという中国に有力な方向が伸びて来るようになる。そのきっかけとなったものは司馬遷の「史記」である。「史記」はこのようにして堆積された非合理的なものを抹殺して、歴史事実のみを採ろうとして書かれたものである。そのことは例えば次のような言葉(五帝本紀)によって知ることができる。

太史公曰、學者多稱五帝尙矣。然尙書獨載堯以來。而百家言黃帝、其文不雅馴。……余幷論次、擇其言尤雅者、故著爲本紀書首。

太史公曰く、学者は多く五帝を称すること尚《ひさ》し。然れども尚書は独り堯《ぎょう》以来のことを載するのみ。而して百家の黄帝を言うもの、其の文は雅馴《がじゅん》ならず。……余は幷《あわ》せて論次し、其の言の尤《もっと》も雅なる者を択《えら》び、故《ことさら》に著わして本紀の書の首《はじめ》と為す。

司馬遷は、黄帝についての記載のうち雅馴でないもの、正常でないものは採らぬと言うのである。また、横の空間に発生した神秘なものについては、次のように言っている(大宛列伝)。

太史公曰、禹本紀言、河出崑崙。崑崙其高二千五百餘里、日月所相避隱爲光明也。……今自張騫使大夏之後也、窮河源、悪睹本紀所謂崑崙者乎。故言九州山川、尙書近之矣。至禹本紀山海經所有怪物、余不敢言之也。

太史公曰く、禹本紀《うほんぎ》に言う、河《か》は崑崙《こんろん》に出づ。崑崙は其の高さ二千五百余里、日月の相い避け隠れて光明《こうめい》を為す所なりと。……今張騫《ちょうけん》大夏《たいか》に使するの後にして、河源を窮むるに、悪《いずく》んぞ本紀の所謂る崑崙なる者を睹《み》んや。故に九州の山川を言うは、尚書之に近し。禹本紀・山海経に有る所の怪物に至っては、余は敢て之を言わざるなり。

この司馬遷の態度は、以後の教養人を貫く歴史尊重の態度となり、司馬遷の退けた空想力はこの時を画期として衰えはじめる。かくして教養人の生活においては、空想の産物は非倫理的なものと意識されるようになったが、その代わりに、歴史文学は別の面で、ヨーロッパ風の近代小説に接近する。過去の事実は一回きりのものではなく、繰り返されるものゆえ、歴史は人間の生活の象徴になるようなものを記載するというのが、以後の中国の歴史家の態度となった。伍子胥《ごししょ》の列伝は人間の悪意を語ろうとして書かれ、廉頗《れんぱ》・藺相如《りんしょうじょ》のそれは、人間における善意がどういう効果を持つかを語ろうとして書かれている。ということは、人生に対する分析が、もっぱら歴史の場において行なわれ、空想の場においては本流としては行なわれなくなったということである。

「『中国古小説集』解題」(全集1)
「中国人の空想力」(全集2)
「中国小説の地位」(全集1)
「史伝の文学」(全集6)

三 明の小説 (二)

しかしながら、人間は空想力を持ち、また空想の面白さを知るものゆえ、厳格な歴史の手綱が緩むと空想的なものが昂まって来る。漢帝国が滅亡(二二〇年)し、唐が起こる(六一八年)までの三国・六朝の時代はそうした時代である。この時代には人間の空想は、歴史の中に含まれつつふくらんでいる。歴史家は過去のことを記述するのに、厳密に事実と空想とを区別することなく、その好奇心に任せて空想による事がらを歴史の中に書き加えている。そうしたことは歴史書自身の中にも折々見られるが、もっぱら不思議な話ばかり集めたものに、東晋の初めの「捜神記《そうしんき》」がある。

魏舒字陽元、任城樊人也。少孤、詣野王。主人妻夜產、俄而聞車馬之聲。相問曰、男也、女也。曰男。書之。十五以兵死。復問、寢者爲誰。曰、魏公舒。後十五載、詣主人、問所生兒何在。曰、因條桑爲斧傷而死。舒自知當爲公矣。

魏舒《ぎじょ》は字《あざな》は陽元、任城の樊《はん》の人なり。少《わか》くして孤となり、野王に詣《いた》る。主人の妻夜産し、俄《にわ》かにして車馬の声を聞く。相い問うて曰く、男か女かと。曰く男と。（曰く）之を書《しる》せ。十五にして兵を以て死なんと。復た問う、寝《い》ぬる者は誰と為すと。曰く、魏公舒なりと。後十五載《さい》、主人に詣《いた》り、生まれし所の児の何《いず》こに在るかと問う。曰く、桑を条するに因り、斧《おの》の為に傷つけられて死すと。舒は自ら当《まさ》に公為《た》るべきことを知ると。

この話は、「捜神記」にあるばかりでなく、正史の「晋書」魏舒伝にも、また「晋陽秋」（今は伝わらず、「三国志」の注に見える）にも載っているが、こうした不思議な話は、当時としては歴史の中心的なものではないにしても、歴史家の仕事の一部として記されているのである。後世の図書目録の分類では、こうした書物は、史部には入らず、子部の中に入れられるのであるが、「隋書」経籍志では、この書物が史部に入れられている。そのことは当時はこうしたものが歴史書として意識されていたことを示していると言える。

唐の時代に入って、小説はさらに発展する。唐代の小説は伝奇と呼ばれ、それは短編であり、かつ小説的な文章である。芥川竜之介に「杜子春」という作品があるが、それは同名の小説を割り合い忠実に訳したものである。また、中島敦の「山月記」も、唐人の「人虎伝」の忠実な翻訳と言ってよい。こうした話は唐の中ごろから短編として相当書かれたであろうし、また相当に伝わってもいる。こうしたものをすっかり集めたものに、北宋の初めにできた「太平広記」がある。

ところで、これらの作品は、唐になってにわかに生まれて来たものではなく、六朝から糸を引いて来ているに相違ないが、六朝のものと唐人の伝奇との間にはある距離がある。六朝のものは実在の体験として書かれているが、唐人のものはそうではない。唐人のものは、その体裁は実在の経験であるかのごとくに見えるが、実は内容は実在しえないようなものである。それには空想を楽しんでいるかのごとき点があり、作者はその内容の真実に対しては、もはや責任を持ってはいない。それは人間の空想がいかなるものを生みうるかという興味から空想を実際に駆使して生まれたものであると言えよう。それが生まれた原因の一つは、仏教の中国への渡来により、中国人の空想力が刺戟されたことであるが、それは明の胡応麟が「二《に》酉綴遺《ゆうてつい》」(「少室山房筆叢」)の中で、「凡變異之談、盛於六朝。然多是傳錄舛訛、未必盡幻設之語。至唐人、乃作意好奇、假小説以寄筆端。」(凡そ変異の談は、六朝に盛んなり。然れども多くは是れ伝録の舛訛《せんか》にして、未だ必ずしも尽くは幻設の語ならず。唐人に至りては、意を作《かま》えて奇を好み、小説に仮りて以て筆端を寄す。)と言っているように、人間の可能性を自由に追求した唐人の精神の一つの所産であったと言える。もっとも、唐人の伝奇は、変異談ばかりではない。もう一つの有力なものとして恋愛談がある。たとえば「章台柳伝」・「鶯鶯《おうおう》伝《でん》」などである。しかしながら、恋愛というものは、そこらに転がっているようではあるが、実際にはそんなにあるものではない。従って恋愛談も、一種の誇張された物語であると言ってよい。

しかし、こうした唐の伝奇は、あくまでも当時の人の中心の仕事ではなく、筆のすさびにしかすぎなかった。中心の仕事は、やはり詩や文を作ることであったのである。その意味では、唐の伝奇も歴史の片隅の存在であったと言える。しかし、それが発展するならば、次の宋の時代にかなりの小説が生まれるはずであったが、事実はそれとは反対で、宋に入ると司馬遷の文体に道学が結びついて、理性の尊重が強調されると同時に、実在の経験が重んぜられることになった。司馬光の「資《し》治《じ》通《っ》鑑《がん》」は、宋の時代を代表する著述であるが、司馬光の態度は、確かな事実によって歴史を記述しようとすることにあり、過去の事実に二通り以上あるばあいには、その中でももっとも事実に近いものを採っている。こうしたことにより、北宋にあっては、空想は徐々に自覚としては拒絶されるようになった。北宋の代表的文人としては司馬光のほかに、欧陽修がいるが、欧陽修は事実を細かく記載した旅行記を書いている。蘇《そ》東坡《とうば》もまた代表的な人であるが、彼はサロンでは幽霊の話をしたと言われる。もっとも、これは伝説であるから真偽不明であるが、彼は物にこだわらぬ闊達な人であったから、あるいは本当かも知れない。また、人が彼を訪問すると、彼は「姑妄言之。……姑妄聴之。」(姑《しばら》く之を妄言せよ。……姑く之を妄聴せん。)と言ったとも言われる。しかし彼の文集には神秘的なものは少しもない。ただ詩の中に夢を詠じたものがある。「芙蓉城」という詩である。

芙蓉城中花冥冥
誰其主者石與丁
朱簾玉案翡翠屏
霞舒雲卷千娉婷
中有一人長眉青
炯如微雲淡疎星
往來三世空錬形
竟坐誤讀黃庭經
……

芙蓉城中《ふようじょう》　花冥冥《めいめい》
誰か其の主たるものぞ石《せき》と丁《てい》
朱簾玉案　翡翠《ひすい》の屏《へい》
霞は舒《ゆる》び雲は巻いて千娉婷《せんほうてい》たり
中に一人の長眉の青きあり
炯《かがや》くことは微雲の如く淡きことは疎星
三世を往来して空しく形を錬《ね》りしが
竟《つい》に黄庭経《こうてい》を誤って読むに坐せり
……

これは非実在のことがらを歌ったものであるが、こうしたものはごく稀である。こうした雰囲気の中にあっては、ほしいままな空想はその羽を伸ばし得なかったが、空想は別な方向から息吹きはじめた。それは商人階級の勃興と相い俟って盛んになった講談や説教節である。その資料は乏しく、精しいことは分からぬが、萌芽は大分前まで遡りうる。それが生まれたのはいつごろであるかと言えば、唐のころであったようである。今世紀の初めに甘粛省《かんしゆく》の敦煌《とんこう》から出た資料、つまり変文《へんぶん》というものによってそのことを知ることができる。それには例えば「目蓮変文」のごとくに仏教臭いものと、中国自体のお伽話として仕組まれたものの二種類がある。その文の体裁は、散文に韻文が入り混じったものである。今、一例として仏教臭くないものを挙げてみる。漢の王昭君についての話である「昭君変文」の一節である。

明明漢使達邊隅
稟（凜凜）蕃王出帳趨
大漢稱尊成命重
高聲讀勅吊單于
……

漢使吊訖、當卽使廼（迴）。行至蕃漢界頭、遂見明妃之塚。青塚寂遼（寥）、多經歲月。……

明明たる漢使は辺隅に達し
凜凜《りんりん》たる蕃《ばん》王は帳を出でて趨《はし》る
大漢は尊を称し命を成すこと重し
高声もて勅《ちょく》を読み単于《ぜんう》に吊《ちょう》す
……

漢使吊し訖《おわ》り、当即《ただち》に使いして回る。行きて蕃漢の界頭に至り、遂に明妃の塚を見る。青塚《せいちよう》は寂寥《せきりよう》として、多く歳月を経たり。……

変文については、鄭振鐸《ていしんたく》の「中国俗文学史」、向達の「唐代俗講考」(「燕京学報」所載)を見るがよい。なお、日本の僧侶円仁《えんにん》が、唐の開成六年(八四一)の正月九日、長安において変文を聞いたことをその日記(「入唐求法《ぐほう》巡礼記」)に書いている。また、変文の内容については、最初は仏教的であったものが、後には仏教的でない題材にまで使われるようになったという説があるが、あるいはその逆であるかも知れぬ。

北宋のころになると、状態は一そうはっきりする。残念なことにテクストは伝わらないのであるが、このころにすでに後の「三国志演義」の原型となるものがあったことは、北宋の都汴京《べんけい》の繁昌記である孟元老の「東京夢華録《とうけいむかろく》」の京瓦伎芸《けいがぎげい》の中に、「張山人説諢話、……霍四究説三分、尹常賣五代史。」(張山人の説諢話《せつこんわ》、……霍四究《かくしきゆう》の説三分《せつさんぶん》、尹《いん》常売の五代史。)という文章があるのによって知ることができる。「三分」とは、「三国志」のことである。また、「東坡志林《とうばしりん》」にも、友人からの聞き書きとして、子供でも理性は具えていて、「三国志」の話で劉《りゆう》玄徳が敗れると顔をしかめて涙をこぼすが、曹操《そうぞう》が敗れると躍りあがって喜ぶ、ということが見える。また、南宋の都の臨安は汴京以上に繁華であり(「夢粱録」・「武林旧事」)、その盛り場では人情話や、軍談や、落語のようなものが演ぜられていたが、そのうちに「三国」の話も語られていたらしいことは、「朱子語類」に「書物は一生けんめいに読まねばならぬ。ちょうど関羽が顔良を虜にした時の勢いのごとくに読まねばならぬ。」(巻五十二)とあるのによって知られる。関羽が顔良を虜にしたことは、正史にも記載されているが、しかしあまり力説的な書き方ではない。朱熹《しゅき》がこの話を引用したのは、その語気からして今の「三国志演義」では、「関羽、白馬に顔良を刺す」という段からであると思われるが、恐らくは朱熹はその講談を聞いていて、それを意識してこういったのではないかと想像される。また、日本に伝わった資料で、「西遊記《さいゆうき》」の原型となった「大唐三蔵取経詩話」というのがあるが、それには「中瓦子張《ちゅうがし》家印」という文字がある。「中瓦子張家」というのは、南宋の本屋であることからすれば、これは南宋のものに違いない。その他のものとしては、南宋のものかどうかははっきりしないが、「宣和遺事」・「五代史平話」・「京本《けいほん》通俗小説」・「至治新刊全相平話三国志」などがある。これらは、いずれも元時代に営利事業として刊行されたものである。「京本通俗小説」のほかは、いずれも子供の絵入本のようなもので、資料として珍しいだけで、面白いものではない。

「『中国古小説集』解題」(全集1)
「宋詩概説」(岩波書店刊・全集13)の二〇二ページ

では、十三、四世紀のものが、みなこのような状態であったかと言うとそうではない。「京本通俗小説」などは、文学的価値のあるものである。この書物の編纂の時期は不明であり、また今は不完全であって全部伝わっていないが、その話が南宋の都臨安の講釈師によって語られていた講談の筆録に相違ないことは、その中に用いられている語彙などによって明らかである。次に「京本通俗小説」の中から、「西山一窟鬼《せいざんいっくつき》」という話を例として挙げてみよう。

冒頭にまず詞がある。これは講釈師が語る前に唱うものである。

李花過雨、漸殘紅零落胭脂顏色、流水飄香、人漸遠、難托春心脈脈。……這隻詞、名喚做念奴嬌。是一個人赴省士人姓沈名文述所作。……話說沈文述是一個士人、自家今日也說一個士人、因來行在臨安府取選、變做十數回蹺蹊作怪的小說。我且問你、這個秀才姓甚名誰。……教授把三寸舌尖舐破窗眼兒張一張、喝聲采不知高低道、兩個都不是人。……

　水剪雙眸
　花生丹臉
……

杏《すもも》の花は雨を経て、散りがての花しだいに胭脂《えんじ》の色を散らす、ゆく水は香《か》をただよわせ、人去りゆけばそぞろ春の思いのやるせなき。……この小歌の名は、念奴嬌《ねんどきょう》と申します。受験のため都に出ました書生にて、苗字は沈、名は文述と申す方の作でございます、……さて、この沈文述も書生でございますが、今日手前が申し上げますのも、一人の書生のお話、お膝もと臨安府に、試験を受けに参りましたばかりに、十何段かのややこしくも不思議なるお話とは相成ります。では尋ねるが、その書生、姓は何、名は何と申す。……師匠三寸の舌先もって、障子をねぶって穴をあけ、ちょっとのぞいて見ましたが、あっと声を立てざま、前後のわきまえもなく、「どちらも人間じゃない。」と申しました。……

水はふたつの眸《ひとみ》にきらめき
花はあかきほほに生ず
……

韻文ではないが、美文がここで挿まれている。

この小説の荒筋は次のごとくである。臨安の都に寺子屋を開いていた呉洪《ごこう》という男が、王ばあさんの仲だちで、陳ばあさんのもとに身を寄せていた李楽娘《りがくじょう》という美人を妻にめとった。ある日のこと、寺子屋で子供たちが孔子の像を拝みに来る日になっていたので、呉は少し早く起きた。台所で女房のつれてきた女中の錦児《きんじ》が働いていたが、見るとざんばら髪で、目は上へ飛び出し、首には血がついている。それを見て呉は気絶する。女房はそれを知って、起きて来て介抱し、「何かごらんになったのでしょう。」という。呉は何とかその場をごまかす。やがて清明《せいめい》の節句休みの日、呉は散歩に出かけ、有名な浄慈寺の前を通ると、ふと呼びかけるものがある。「お師匠さん、客がお待ちです。」と、店の番頭がいう。そこで中に入って見ると、そこには友人の王七三官人がいる。二人で暫く飲んでいたが、王七三官人は、新婚そうそうの呉をいじめてやれと考えて、呉を誘い出し、自分の家の墓のある山中の別荘へ連れて行った。墓守が自慢の酒を振る舞うので、呉はぐでんぐでんになった。すでに夕方である。

紅輪西墜、玉兎東生

日は西に落ち、月は東に生ず

かくて二人の帰りみち、駝献嶺《だけんれい》という峠を越える。

你道事有湊巧、物有故然。就那嶺上雲生東北、霧長西南、下一陣大雨。……

ところがみなさん、事にはまわりあわせがあり、物には定めがございます。あたかもこの峠の頂上にて、雲東北よりまき起こって、霧西南に立ちのぼり、一陣の大雨が降って参りました。……

大雨になったので、雨宿りの場所をさがすと、野塚の入口に小屋があった。二人がその中に入って雨宿りをしていると、大雨の中を一人の獄卒のような男が野塚の中に飛び込んで来た。そして土《ど》饅頭《まんじゅう》の上に駆け上り、「朱小四よ、今日はお前の出て行く番だ。」という。すると、土饅頭の中から一人の男が出て来て、二人一しょに出かけて行った。呉と官人はびっくりして、そこを逃げ出し、どんどん走って行く。山神の廟があったので、その中に入ってぴたりと堂の扉を閉じてひそんでいると、外で声がする。「そんなになぶっちゃ死ぬよ。」とわめきながら通る。それは墓から出て来た亡者らしく、獄卒がそれを鞭うちながら通って行くらしい。

兩個在裏面、顫做一團、呉教授卻埋怨王七三官人道、你沒事教我在這裏受驚受怕。我家中渾家、卻不知怎地盼望。兀自說言未了、只聽得外面有人敲門道。開門則個。

二人は中で一かたまりになって慄えておりましたが、呉師匠、王七三旦那を怨んで申しますには、「みすみすあなたのお蔭で、こんなところでこわい目をみます。うちでは家内のやつ、はてどんなに待っていますことやら。」といいも終わらぬうち、誰か外で門を叩いております。「ここあけて下さいませ。」

耳を傾けて聞けば、それは女の声で、「王七三旦那、あなたはひどい。夫をひどい目に合わせて。お蔭さまで、ここまで尋ねて来ましたのよ。さあ、錦児ちゃん、門を開けましょう。」二人はこわくなって、音を立てずにいると、「どうして開けないの。開けなければ隙間からそおっと入りますよ。」という。また、錦児の声で、「今日は帰りましょう。明日になったら、とうさん帰ってらっしゃるわ。」という。そう言って、女二人はどっかへ行ってしまった。官人は呉に、「お前の女房も、女中も亡者だぜ。」と言い、二人は逃げ出して山を下りると、追いかけて来る者がいる。それは最初に結婚の仲だちとなった二人のばばであり、その後にはさっきの獄卒がいる。二人は酒屋に逃げ込むと、そこにも一人の気味の悪い男がいる。官人が、「それも亡者だ。」と言いもおおせず、一陣の風が起こり、男も、酒屋も消えてしまった。やっと城内にたどり着いたが、家に帰るのはいやだったので、仲だちの王ばあさんの所へ行って見ると、ばあさんは五か月ほど前に死んだという。陳ばあさんの家に立ち寄って見ると、一年ほど前にばあさんは死罪になっていた。致し方なく、わが家に帰ると、女房と女中がいない。近所の人の話では、きのう、どこかへ行って仕舞われたという。そこへ山伏がやって来たので、祈ってもらうと、李楽娘は三通判なる者のめかけで、通判の種を宿して、お産でなくなった亡者であり、錦児は通判夫人の嫉妬から、ひどくたたかれたのがもとで、自ら首をはねて死んだ首切りの亡者であることが分かった。そこで呉はその山伏の弟子になった。

こういった話であるが、話は無理なく進んで、いつの間にか幽怪の世界に引き入れられる。またプロットは緻密で、伏線がある。さらに事柄が非常に面白く、会話が大へん巧みである。

われわれは、この「京本通俗小説」によって、南宋のころには短編の講談が十分な文学性を持った段階にまで来ていたことを知ることができる。それがやがて「水滸」・「三国」の長編に発展して行くのである。こうした宋元の短編の比較的に生の資料としては、この「京本通俗小説」のほかに、日本の内閣文庫に「清平山堂話本」がある。これは明の嘉靖《かせい》年間（十六世紀前半）に刊行されたものであるが、この中に入っているのは、宋元の古い話本である。その他に、明の天啓年間（十七世紀前半）に刊行されたものには、「醒世恒言《せいせいこうげん》」・「警世通言」・「古今小説」（「喩世明言」）という三種の短編話本集がある。合わせて「三言」と呼ばれ、この「三言」から作られた選本が「今古奇観《きんこきかん》」である。こうちその大半は明人が宋元の話本に摸して作ったものであるが、小半は宋元の古い講談である。こう見て来ると、宋元の短編小説の資料は大分あるわけであるが、これらによって、明人の短編と、宋元の短編とを較べてみると、明人のものには、自然な面白味がなく、宋元のものの方がすぐれているように思われる。なお、これらの小説の日本文学に与えた影響としては、江戸時代の宿屋《やどや》飯盛《めしもり》による「醒世恒言」の翻訳がある。また、上田秋成の「菊花の約《ちぎり》」は「范巨卿雞黍死生交」(「古今小説」)が種本になっており、「蛇性《じゃせい》の婬《いん》」は「白娘子永鎮雷峰塔」(「警世通言」)の翻案であるとされる。

「京本通俗小説」(全集13)
「『京本通俗小説』解題」(全集13)
「中国小説に於ける論証の興味」(全集1)
「『志誠張主管』評」(全集13)

五　明の小説(四)

こうした短編がまず出て、「水滸」・「三国」の長編が出てくるのであるが、その経過は十分に明らかではない。南宋のころの講釈の流儀には二手あり、一つは人情話で、もう一つは講史、すなわち軍談である。人情話は短編になり、講史は長編になったと思われるが、と言って今日の「三国」・「水滸」は単なる講史ではない。もう一つ別の智恵が入っていると思われる。「水滸」は、北宋の末、十一世紀の終わり、宋の宋江が部下百八人を率いて、山東の梁山泊《りょうざんぱく》に立てこもって政府に反逆するが、結局は政府の保護を受け、官軍となって働くという筋である。一見、講史から出た長編のように思われるが、実はそうではない。この小説の主人公は魯知深《ろちしん》、林冲《りんちゆう》、武松というごとくに、次々と変わって行くことから考えると、百八人の豪傑の一人一人の武勇伝の継ぎ合わせと思われる。まず一人一人の豪傑を中心とした話が、比較的短いものとして発生し、人情話として取りあげられていたのを、後に継ぎ合わせて作ったのが今の「水滸」であると思われる。そうした推測を側面から埋め合わせる資料がある。それは元の雑劇の中に仕組まれている「水滸」の話である。これは種々の条件からみて「水滸」が小さな短編としてあったころのものであると考えられる。そのことについては、狩野直喜博士の「水滸伝と支那戯曲」・「読曲瑣言《さげん》」(「支那学文藪」所収)を見るがよい。「三国志演義」もまた「水滸」のばあいと同様であろう。

このようにして「水滸」・「三国」が今の形に書き替えられたのは、十四世紀の末から十五世紀の初めであると考えられるが、十五世紀の長編としてはもう一つ「西遊記《さいゆうき》」がある。これは従来は十六世紀になって呉承恩の手によって編纂し直されたものしか見られなかったが、最近、新しい資料が出て、これも遅くも十五世紀の初、永楽年間に長編小説としてあったことが分かってきた。それは「永楽大典」の中に、「西遊記」のある部分がそっくりあることが発見されたことによる。

このように十四世紀末から十五世紀の初めにかけて、長編の小説は今の形をとるに至ったと考えられるが、出版の普及と相い俟って、それらの小説が出版されて売られていたことは、朝鮮人が北京語を習う会話の教科書である「老乞大《ろうきつだい》」の中の会話に、「三国志」の小説本を仕入れて国に帰ります、という条があるのによって知られる。十六世紀、嘉靖《かせい》から万暦《ばんれき》の初めにかけて、これらの小説が次々と版本として刊行されるようになったことは別の資料からも知ることができる。こうした趨勢はその後も一そう推進され、「水滸」・「三国」・「西遊記」とともに四大奇書と呼ばれる「金瓶梅《きんぺいばい》」が生まれるに至っている。「金瓶梅」は十六世紀末から十七世紀初めに出来たものらしく、その最も早いテクストは神宗の万暦四十五年(一六一七)のものである。

かくのごとく明の時代には小説が次第に成育を遂げている。小説の起源は寄席《よせ》の講談であるが、明のそれはもはや読む本として存在していたのであり、それは庶民によってばかりではなく、読書人によっても争って読まれたようである。十六世紀に書かれた李開先の雑筆「詞謔《しぎゃく》」には、京師の士大夫の机上にはかならず「水滸」が載っているというようなことを書いて、こうした形勢を明らかにしている。また十六世紀の李贄《りし》(卓吾《たくご》)は、「水滸」の序文を書くとともにその評を書き、十七世紀、明末清初の金聖歎は、古来の才子の書には五つある、すなわち「荘子」・「離騒」・「史記」・「杜律」・「水滸」がそれであると言い、「水滸」を第五才子書と呼び、その精密な批評を書いている。こうした行為さえ明末には出現している。架空の作品に対しては、従来の中国人は余り敬意を払わなかったのであるが、明になるとこのように小説が急に横行するようになったのは非常に特徴的である。こうしたことは清の時代にも余りないことである。

このように小説が盛んになったことは、社会史的には市民的勢力が明の時代には進出したことを意味するに他ならない。世の中の指導者である士大夫は規格ある文学に従うが、市民はかならずしもその必要はない。市民の文学は内容が架空の事件であっても、文体が俗語によるものであってもよろしい、とされていたのである。小説は単に純粋な市民が読んだだけではない。読書人、士大夫も小説の読者であった。それは明の士大夫は大抵市民から出た一代読書人であったことによる。文学の最高の担当者であった士大夫は小説は作らないが、下の階級にそれを作らせて読んだわけである。明という時代はそうした市民的な時代であったのである。

次に作者の側から考えて見ると、作者は原則として名前が分からない。「水滸」は施耐庵《したいあん》と羅貫中、「三国志」は羅貫中、「西遊記」は呉承恩という名が伝わっているが、それらは最後の仕上げをした人であるに過ぎない。「金瓶梅」になると、全く作者不明である。もっとも「金瓶梅」の作者については伝説があり、当時詩文の作者として第一流の人であった王世貞《おうせいてい》であるというのだが、それは余りに面白い話で、かえって王世貞が作者でないことを示していると言えよう。作者はその著作権を主張することなく、むしろそれを恥として名を隠しているのである。作者の階級は、普通の市民の中で多少文字の知識のあるものか、表向きの詩文の作家としては通用しない町の隠居か、役人になっても、小役人にしかなれぬ才能しかないものであったと思われる。南宋の末年には町人たちが詩を作り出しているが、元明以後の小説の作者もそうした人たちであったであろう。

こういうふうな小説の急激な膨脹は、社会史的には市民的勢力が明になって進出したことを意味するが、それはまた宋以後だんだんと高まって来た散文精神の所産であるとも言える。宋は詩の時代であるよりも散文の時代であり、この時代には従来の普通の散文の他に、随筆や旅行記や、あるいは一種の小説が自由に書かれるようになってきた。そのことを別の面から示すのは、詩さえも理窟っぽくなったことである。散文でも書けるものを詩でも歌って見せるというのが宋詩の傾向であった。散文は言語によって世界の新しい面を切り開こうとする営みであるが、これまでの散文はすべて一種の歴史であり、実在の経験のみを書くことを仕事としてきた。それが明のころに至り、事柄をまで構想して小説が作られるようになったのである。金聖歎の批評(「第五才子書水滸伝」)によると、「史記」より「水滸」の方が秀れているというのが持論であるが、人はそれを信用してくれない。自分がそう考えるのは、「史記」は「以文運事。」(文を以て事を運らす。)ものであるが、「水滸」は「因文生事。」(文に因って事を生む。)ものであり、前者より後者の方がむずかしいことだからだ、と言っている(「読第五才子書法」)。こうした批評がなされるまでに、明末にはなっていたのである。

このような時代の背景のもとに生まれた明の小説は、それまでの文学とは内容の上において大へん異なった特色を持っている。これまでの詩や散文の文学が、教養のある知識人の文学として、繊細で高雅な心理と生活とを写すことを使命として来たのとは、うって変わって、明の小説は、いかにも町人の文学らしく、市民的感情や、古典に捉われない自由な生活を反映するものとなっている。「水滸」は宋の匪賊の物語であるが、その中に出てくる魯知深や、武松らは、粗暴な、がさつな、文学生活とは一切無縁な人物である。たとえば魯知深という坊さんである。彼はもとは武骨一辺の武士であったが、人の喧嘩の仲裁に入り、強欲非道な商人をなぐり殺してしまい、その罪を免れるために友人から無理矢理に坊主にされた男である。そんなわけで彼はなかなかお寺の戒律を守ることができない。ある日、お寺のある山の麓の酒屋で、したたかに酔いしれ、よいきげんで、鼻唄まじりでお寺に帰ってくると、寺男たちは、彼を寺に入れては大へんだと、山門をぴしゃりと閉めてしまった。そこで腹を立てた魯知深は、山門の仁王《におう》さまに喧嘩を吹っかけ、仁王をたたきこわして中に入ると、中では雲水たちが坐禅を組んで修業の最中である。そこへ飛び込んで来た彼の懐から、ころころと転げ落ちたのは、犬の片足の煮ものである。彼はそれをつかんで、むしりとっては食べる。

衆僧看見、便把袖子遮了臉。上下肩兩個禪和子遠遠地躲開。智深見他躲開、便扯一塊狗肉、看着上首的道、你也到口。上首的那和尙、把兩只袖子死掩了臉。智深道、你不吃。把肉望下首的禪和子嘴邊塞將去。那和尙躱不迭、却待下禪床、智深把他劈耳朶揪住、將肉便塞。

坊主たち、それを見て、袖で顔をかくします。ことに両隣の雲水《うんすい》二人には、ずずっと身をよけます。智深、よけたと見るや、犬の肉一かたまりをむしりとり、上手《かみて》の方をにらみつつ、

「貴公も食え。」上手なるかの坊さんには、両袖でけんめいに顔をかくすばかり。智深、「あんたは食べんか。」と、下手《しもて》の雲水の口めがけて、肉をおし込みます。その坊さん、身をかわすひまもなく、坐禅床《ざぜんしょう》を下りようとするところを、智深、耳たぶをつかんで引っとらまえ、さっと肉をねじ込みます。

「水滸伝」の中の人物は、このようにがさつで、乱暴ではあるが、率直で、直情径行の人たちであり、かれらが行為を行なう際の感情は純粋である。行為の価値は、かならずしも理性によっては判断されない。それは、一々の行為を古典に照らして反省する読書人の生活態度とは対蹠的であると言える。「水滸伝」百八人の登場人物はすべて読書人ではない。「水滸伝」の中では、読書人はむしろ悪役になって出て来ると言ってよい。このように古典の規格に捉われないものが、「水滸伝」にはあるのである。「三国志」は「水滸」ほどひどくはない。「三国志」の主人公は諸葛孔明《しょかつこうめい》であるが、といってその他の者も孔明のような知識人であるわけではない。張飛は水滸伝的人物である。また「西遊記」の孫悟空も一本気の猿であり、それは市民の中の侠客的存在の動物への変形である。「金瓶梅」の主人公は西門慶《せいもんけい》と、その妾の潘金蓮《はんきんれん》であるが、かれらは異常な色情の人物である。「發乎情、止乎禮儀。」(情に発して、礼儀に止まる。)というのが、読書人の生活態度であるが、彼らはそれとは正しく反対であり、規格と調和を破った人物である。こうした人物は市民的階層の人物として描かれているが、読書人もまただんだん規格的な生活に飽きてきて、読者としてではあるが小説の中に自由を求めるようになったと思われる。この時代に王陽明の儒学が流行したことはそのことと無関係ではない。王陽明の儒学は主観主義であり、万物はみな己れの心の中に備わっている。さればこそ己れは万物を認識することができるのであり、心さえ純粋にすれば立派な人間になれるというのである。こうした陽明の学問が流行したことは、この時代における直情径行の尊重の別の現われであったと言ってよい。李卓吾もそうした人間の一人であった。

明の小説はこのように規格外れの面白さを求める一面、宋以後に大きくなって行く分析的精神、写実的精神が小説の中にも強度に現われている。この時代には小説の作り方において、「針線《しんせん》の密《みつ》」ということが言われたが、それは事件と事件とが合理的に連なっていなければならぬということである。「水滸」や「金瓶梅」は、一見次の事件が偶然に起こるように見えるが、よく考えればそれは偶然ではないことが分かるように出来ている。この点については「中国小説に於ける論証の興味」を見られたい。

「水滸伝」第一冊—第八冊（岩波文庫・全集外）
「小説の文学」（「中国文学入門」全集1）
「中国小説に於ける論証の興味」（全集1）

唐の末年にまで三国の講談が行なわれていたらしいことを示唆する資料として、杜牧の「赤壁」、李商隠の「驕兒」の詩があることが、「人間詩話」(岩波新書・全集1)のその三十四、三十五、三十六に述べられている。

六　明後半期の詩と散文

といって明の文学は小説のみではない。明初は詩文の文学も余り顕著ではなかったが、中ごろからは顕著な事件が起こっている。それは「古文辞」と呼ばれる復古運動であるが、そのいとぐちを切ったのは李夢陽《りぼうよう》である。宋人の詩は正しくない。詩の正しい形は唐人の詩である。これまでは宋詩は唐詩を祖述したものと考えられていたが、そうではない。杜甫の詩が情を歌うのに対して、蘇《そ》東坡《とうば》・黄山谷《こうざんこく》の詩は理で詩を作っている、と李夢陽は言う。こうしたことは、これまではっきりと意識されてはいなかったと言ってよい。宋人の余りにも理窟っぽい詩を避けて、唐に帰ろうとする主張は時々これまでにも現われている。南宋の末年、厳羽《げんう》は「滄浪詩話《そうろうしわ》」の中で、詩は盛唐に帰らねばならぬと言っているが、そうした考え方が一そう盛んになるのは李夢陽以後のことである。この時期の詩人としては、李夢陽のほか、何景明《かけいめい》らの前七子と、李攀竜《りはんりゅう》・王世貞《おうせいてい》らの後七子とがいる。かれらの主張は「詩必盛唐、文必秦漢。」(詩は必ず盛唐、文は必ず秦漢。)という強度の復古主義であった。なお、わが国の荻生徂徠《おぎゅうそらい》は李攀竜・王世貞の学説に影響を受けたものである。

では、前後七子の詩文は具体的にどのようなものであったのか。それはますますらおぶりへの思幕であったが、それだけにきめの荒いものとなった。かれらが学んだのは、盛唐の中でも勇壮なもののみであったのである。次に李夢陽の「出塞」の詩を挙げてみる。

黄波白華莽蕭蕭
青海銀州殺氣遙
關塞豈無秦日月
將軍獨數漢嫖姚
往來飲馬時尋窟
弓箭行人客在樓
晨發靈州更西望
加蘭千嶂果雲霄

黄波白華　莽《もう》として蕭蕭《しょうしょう》たり
青海銀州　殺気遙かなり
関塞　豈《あ》に秦の日月無からんや
将軍は独り数う漢の嫖姚《ひょうよう》
往来の飲馬は時に窟《いわや》を尋ね
弓箭《きゅうせん》の行人は客として楼に在り
晨《あした》に霊州を発し更に西に望めば
加蘭《からん》の千嶂《せんしょう》は雲霄《うんしょう》に果つ

この詩は、杜甫、岑参《しんしん》の語をそのまま使っている。

次に、王世貞の文を挙げて見る。

李于鱗者、諱攀龍、其家近東海。因自號滄溟云。……于鱗既以古文辭、創起齊魯間、意不可一世學。……操觚之士、不盡見古作者語。謂于鱗師心而務求高、以陰操其勝於人耳目之外而駭之。

李于鱗《りうりん》なる者は、諱《いみな》は攀竜《はんりゆう》、其の家は東海に近し。因りて自ら滄溟《そうめい》と号すと云う。……于鱗は既に古文辞を以て、斉魯《せいろ》の間に創起し、意は一世の学を不可とす。……操觚《そうこ》の士、尽くは古の作者の語を見ず。謂《おも》えらく、于鱗は心を師として務めて高きを求め、以て陰《ひそ》かに其の勝ることを人の耳目《じもく》の外に操《と》りて之を駭《おどろ》かすと。

まず「李于鱗者」という言い方が、大がかりな表現である。これは司馬遷の「史記」を学んだものであり、荒々しい文章と言える。後世だんだん、この擬古文は無学な文章であることが分かって来て、「優孟の衣冠」、つまり古めかしい衣裳をつけた舞台の上の役者のようだと悪口を言われるようになった。それはともかくとして、彼らの極度の古典主義は、自由を求める市民精神と逆行するようであるが、実はそうではない。それは宋代に確立し固定したものをひっくりかえそうとして、古いものに帰ったのである。李于鱗は豪農の出身、すなわち市民の息子であるが、そういう型の士大夫が規格を破って突飛なことをしたのは、いかにも明らしいといえる。哲学者の王陽明も若い頃はこうした古文辞の作者であった。

前後七子の古文辞は、かくのごとくに宋以後の定型を飛び越えて古いところに学ぼうとしたものであったと言うことができるが、それは明人が鍛錬を経たもの、調和を得たものを好まず、直情径行、感情のまっすぐな表現を尊んだ態度の現われであったと言える。明は一六四四年に亡ぶが、十七世紀に入ってからは、明の持つこうした放恣な生を尊ぶ風潮はその極点に達する。自分の心の中には万物が備わっている故に、われわれは万物を理解できるとする王陽明の主観主義の儒学は、明末になると一そう延長されて、人間の欲望を積極的に肯定する李卓吾の哲学となり、小説の流れもいよいよ放恣となって、十六世紀の終わりには「金瓶梅《きんぺいばい》」、十七世紀に入っては李漁《りぎょ》（笠翁《りゅうおう》）のポルノグラフィー「肉蒲団《にくぶとん》」が生み出されるに至っている。また明末には文人が白粉をつけて芝居をしたということも見えるが、それもこの時代が倫理的な謹みを失ったことの現われであると言ってよい。

明末の詩文は、こうした時代を反映するものとして、放恣で、調和を得ない、デカダンスなものであったと言うことができる。しかしそれはまず七子の文学への反動として起こっている。七子の文学が極度に擬古的であったのに対して、明末の詩文は極度に平易なものと、奇怪なものとがある。前者は公安派と呼ばれる人たちであり、袁宗道《えんそうどう》・袁宏《こう》道・袁中道の三兄弟を代表者とし、後者は竟《きょう》陵《りょう》派と呼ばれる人たちで、鍾惺《しょうせい》・譚元春《たんげんしゅん》を代表者とする。

まず、袁宏道（中郎）の「西湖」という詩を挙げてみよう。

一日湖上行　　一日　湖上に行き
一日湖上坐　　一日　湖上に坐し
一日湖上立　　一日　湖上に立ち
一日湖上臥　　一日　湖上に臥す

このように過度に平易な詩である。

次に、譚元春の「由香山上洪光尋徑」(香山由《よ》り洪光《こうこう》に上らんとし径《みち》を尋ぬ)を挙げてみる。

登登物物是森森　　登登物物　是れ森森《しんしん》
携有泉源到樹音　　携えて泉源の樹に到る音あり
松柏午天皆暮色　　松柏《しょうはく》は午天に皆な暮色
誘人風雨晩秋心　　人を誘《いざな》う風雨は晩秋の心

何をいうのかよく分からぬ奇怪な詩である。

二派ともに七子に対する反動として起こった詩であるが、それは明人一流の放恣な、調和を得ない詩であり、それは十七世紀の世相の退廃を示すものであると言えよう。

「元明詩概説」(岩波書店刊「中国詩人選集」二集・全集15)の「第五章 十五世紀」「第六章 十六世紀」「第七章 十七世紀前半」

「李夢陽の一側面——『古文辞』の庶民性——」(全集15)

「近世の詩と散文」(「中国文学入門」全集1)

「沈石田——市民的教養人の系譜——」(全集15)

七　清の文学

一六四四年、明が亡んで、満洲族による清朝が生まれた。清朝はそれから一九一二年までの三百年である。外国民族によって中国全土が支配されたのは、この時が元についで第二回目であった。

清朝の文学の理想としたところは、規範と清新ということである。明人のような放恣な生活は世の中を混乱に導くだけである。世の中には均整のとれた規格がなければならない。また、七子のごとく古いものに求めるだけでは発展はない。古いものに求めつつ、新しいものを加えなければならない。清人はそう考えたのである。そうしたことは、文学においてばかりではなく、儒学においても同様であった。王陽明の儒学をもう一歩進めれば、経典の否定となるが、清人の儒学は、経典という雅な規範によりつつ、新しいものを生んで行こうとした。考証学はそうした時代精神の現われであったと言ってよい。

清初を代表するのは、顧炎武《こえんぶ》(亭林)と銭謙益(牧斎)である。顧炎武の態度は、文人たるものは行ないが正しく、博学で、理論的でなければならぬというにあった。彼は古代の音韻の系列を再発見し、「詩経」の時代の音声が現代とは違っていることを確認したが、このことは当時にあっては大きな貢献であった。彼の科学的、帰納的な研究法は、現代のスウェーデンの言語学者 Bernhald Karlgren まで流れて来ている。銭謙益は明の七子の詩文は古典の形骸にしか過ぎず、公安・竟陵の二派も詩の外道であるとし、詩文ともに内容あり、規格ある写実をよしとした。清朝の詩文を開いたのは銭謙益であったと言ってよい。

顧炎武・銭謙益は半ばは明朝に属する人であり、純粋な清人としては王士禛《おうししん》(漁洋山人《ぎょようさんじん》)と朱彝尊《しゅいそん》(竹垞《ちくだ》)の二人を挙げねばならぬ。まず、朱彝尊の「雨後即事」というのを挙げてみる。

暑雨涼初過
高雲薄未歸
冷冷山溜遍
淅淅野風微
日氣晴虹斷

暑雨は涼しくして初めて過ぎ
高雲は薄くして未だ帰らず
冷冷として山溜遍《あまね》く
淅淅《せきせき》として野風微《かす》かなり
日気に晴虹《せいこう》は断え

霞光白鳥飛
農人乍相見
歡笑款柴扉

霞光に白鳥は飛ぶ
農人は乍《たちま》ち相い見て
歓笑して柴扉《さいひ》を款《たた》く

この詩は、ことによく彼らの特色を現わしている。真夏の風景は従来の詩には余り詠ぜられなかったが、この詩はそれに取り組もうとしている。「日気に晴虹は断え、霞光に白鳥は飛ぶ」というのは、言葉は昔のものが使われているが、その詩情は従来なかったものである。言葉は雅にして事は新しいという清朝の風を、この句はよく示していると言うことができる。

次に、王漁洋の「曉雨、復登燕子磯絶頂」（暁雨に、復た燕子磯《えんしき》の絶頂に登る）というのを挙げてみる。

岷濤萬里望中收
振策危磯最上頭
呉楚青蒼分極浦
江山平遠入新秋
永嘉南渡人皆盡

岷濤《びんとう》万里　望中に収まる
策《つえ》を振るう危《たか》き磯の最上頭
呉楚《ごそ》は青蒼として極浦を分かち
江山は平遠にして新秋に入る
永嘉の南渡　人は皆な尽き

建業西風水自流
灑酒重悲天塹險
浴鳧飛鷺滿汀洲

建業《けんぎょう》の西風　水は自ずから流る
酒を灑《そそ》いで重ねて悲しむ天塹《てんざん》の険を
浴鳧《よくふ》飛鷺《ひろ》　汀洲《ていしゅう》に満つ

言葉は大体は唐人のものを使いながら、何か清新なものを感じさせる。

このように清朝の詩は清新ではあるが、その反面、弱々しいところがあることは免れえない。王漁洋については、その詩は「女郎詩」、つまりお嬢さんの詩であると悪口を言われている。彼が得意とした詩型は七絶であるが、次にその一つとして「灞橋寄内」（灞橋《はきょう》にて内《つま》に寄す）というのを挙げてみる。

太華終南萬里遙
西來無處不魂銷
閨中若問金錢卜
秋雨秋風過灞橋

太華終南　万里遙かなり
西来　処として魂の銷《しょう》せざる無し
閨中《けいちゅう》　若《も》し金銭の卜《ぼく》に問わば
秋雨秋風　灞橋を過ぐ

漁洋は刑部尚書、つまり司法大臣であったので、「王尚書非女郎、何故處處魂銷。」（王尚書は女郎に非ざるに、何の故にか処々に魂の銷する。)と言われたが、彼の詩は清新さを求めようとして弱くなっていると言える。ともあれ、清新ということは、清朝の詩を貫く特色である。

十八世紀の後半から、十九世紀の初めにかけては、文人の精力は専ら考証学の方向に発展した。この時代の学者としては、恵棟《けいとう》と戴震《たいしん》とをその代表者とする。前者は漢の時代の経書解釈を再構成しようとし、後者は古代音韻と、古代における言語の使用例を集めて、古代の言語を明らかにしようとした。彼の弟子の段玉裁《だんぎょくさい》・王念孫《おうねんそん》の二人は、経学、小学の「大師」であった。また銭大昕《せんたいきん》は方法を歴史学にもひろめた範囲の広い学者であった。乾隆《けんりゅう》(一七三六—一七九六)・嘉慶《かけい》(一七九六—一八二〇)の時代はそうした学問が盛期に達した時であり、それ故に清朝初期ほど詩文は盛んではない。

とはいえ、清の学者的文人は文学を重んじなかったのではない。宋の儒者は文学を目の仇にしたが、唐以前の儒者はそうではない。唐以前の儒者は文学に携わることをもって、儒学の実践の一つとして考えていたのである。清の文人は宋の儒学に対する反動として、宋の儒学を乗り越えて、唐以前に帰ろうとする意識の持ち主であった。それゆえに、清朝の儒者は文学を重んじ、儒者であるとともに詩人であることを人間の理想とした。事実、銭大昕のごときは秀れた詩人でもあった。

清は明と対照的な性格を持つ時代であったために、戯曲、小説は明ほど盛んでない。洪昇《こうしょう》の「長生殿《ちょうせいでん》」や孔尚任《こうしょうじん》の「桃花扇《とうかせん》」は清初に作られた戯曲であるが、文人が芝居を作る風習はごく初期にとどまる。また小説の製作も明のごとく大量には行なわれていない。ただ例外としては乾隆の時代の曹雪芹の「紅楼夢」と呉敬梓の「儒林外史」がある。この時代には上品な書斎の詩文と、古典研究とが、文明の主流であったと言える。そうして小説も、「紅楼夢」は貴族の大家庭の叙述であり、「儒林外史」は科挙受験生の裏ばなしであって、もはや「水滸」・「三国」・「金瓶梅」的な人物を主人公とはしない。

十九世紀に入るとともに、中国は苦悩の時代に入り、西洋の勢力と激しい接触をしなければならなかった。その幕明けは道光二十年(一八四〇)の阿片《あへん》戦争である。咸豊《かんぽう》十年(一八六〇)には、英仏連合軍によって北京が占領された。また、道光三十年(一八五〇)に起こった太平天国の反抗は、十数年にわたって中国の領土の半ばを荒らした。かくして清朝は急速に力を失って行く。そうした時代を反映して、詩文もまた急速に衰えて行く。この時代には宋人の詩文が、力弱く祖述されていたに過ぎない。また精緻を極めた考証学も俄然衰えて行った。その一方では、一種の暴露小説が続出している。それは従来の中国でよいかという不安がだんだん高まって来たためであると思われる。一九一一年、孫文らによる辛亥革命《しんがいかくめい》が起こり、清朝はついに亡んで、中華民国が生まれる。民国六年(一九一七)に至り、従来の文学に対する革命運動が起こり、文学用語として口語を用いることと、フィクションの文学を文学の正道とすることが提唱された。それがいわゆる文学革命であるが、以後の中国文学はこの二つの線に沿って歩んでいる。

「銭謙益と東林――政客としての銭謙益――」（全集16）
「銭謙益と清朝『経学』」（全集16）
「漁洋山人の『秋柳詩』について」（全集16）
「清代三省の学術」（全集16）
「査初白」（全集16）
「文学革命」（「中国文学入門」全集1）
「中国の文学革命」（全集16）
「人間詩話」（岩波新書・全集1）の銭大昕（その八十八、八十九）・顧炎武（その五十八、五十九）・朱彝尊（その四十六、四十七）
「清代詩文」（筑摩書房刊「中国詩文選」24・全集外）

付録　中国語の性質について

文学はもとより言語を素材とする芸術である。中国文学は中国語を素材とする文学である。したがって、中国文学の研究にあっては、中国語の中国文学に与える影響、つまり中国文学における中国語の生む文学的効果がまず考えられねばならぬ。

中国語の性質として周知のことは、漢字を使うということである。純論理的に言えば、文字というものは、言語現象としては二次的なものである。したがって、中国語を考えるのに文字から入って行くことは逆であると言えるが、ここでは日本人の普遍な知識である文字から入って行くことにする。

まず例を挙げてみる。李白の「獨坐敬亭山」(独り敬亭山に坐す)という詩である。

衆鳥高飛盡　　衆鳥は高く飛んで尽き
孤雲獨去閑　　孤雲は独り去って閑《しず》かなり
相看兩不厭　　相い看て両《ふた》つながら厭《いと》わざるは
只有敬亭山　　只だ敬亭山あるのみ

zhòng niǎo gao fei jìn
gu yún dú qù xián
xiang kan liǎng bù yàn
zhǐ yǒu jìng tíng shan

かく中国の言語の第一の特色は、それが漢字という表意文字によって記述されるということである。西洋も古代においては表意文字が用いられていたと言われるが、現代の世界では表意文字を用いるのは中国と日本である。漢字の数は三万数千あると言われているが、中国で普通に使われるものは大体一万である。漢字はその源にさかのぼると、事がらの形や印象を示している。例えば前掲の詩の「鳥」であるが、それは「説文解字」(紀元一〇〇年のもの)に最古の形として示されているのは、である。これは鳥の形をかたどったものである。また、「飛」の古い形は、で、それは鳥が飛ぶ形を写したものである。こうしたものを象形という。また、上は丄、下は丅である。これは特定のケースを捕えて、それを普遍化したもので、指事と呼ばれる。また、「衆」はであるが、これは三人の人と、一つの目から出来ており、それで人の多いことを現わしている。また、「高」はであるが、はうてな、冂は高いところへ持ち上げる感じ、ないしは建築物の形を現わし、口は建築物の

囲いを現わしているという。「高」は、この三つを組み合わせて出来たものであり、こうしたものを会意という。漢字はこのように事がらの物理的な状態の心理的模写として成立したものであるから、複雑な構造を持つとともに、それはまたある感情を伴っている。その字の形態に伴った感情を持ちつつ、ある概念を現わしているのが漢字であると言える。中国において書法、すなわち日本語では書道、そうした世界に特殊な芸術が成立したのも、一つ一つの漢字がある感情を持っており、それを高めれば芸術となるためである。

中国の文字はまた一つの概念が一つのシラブルで現わされるという特徴を持っている。ヨーロッパ語では、簡単な語はモノシラブルであるが、そうでない語の方が多い。日本語では一そうモノシラブルの語は少ない。それに対して、一シラブルがそれで一つの意味を完成しているというのが中国の言語である。しからば中国語では、一つ一つの音は相当複雑に分岐していなければならぬというとになる。事実、中国語にはそうした現象が見られる。そしてまた、その一つ一つのシラブルは、他の言語には見られぬ濃い音声から出来ている。一シラブルが一概念を現わすのだから、あっさり発音されてはならず、重々しく発音されねばならぬわけである。

また、中国語は一シラブルで一つの概念を現わす言葉ゆえ、多くのシラブルの種類を必要とするが、中国人の発音しうるシラブルには限界がある。そこで生まれるのが四声 four tones という現象である。日本語のハナ(花)とハナ(鼻)や、クモ(雲)とクモ(蜘蛛)のごとくに、トーンによって意味を区別することは、他の言語にも小部分としてあるが、中国語においてはそれが普遍であり、かつ厳密である。中国語ではすべての言葉は、一つのトーンを付随して初めて言葉となるのである。前掲の詩で例を挙げれば、「衆」zhong は、高いところから急に下に落ちるトーンを伴い、「鳥」niao は、曲がりくねったトーンを伴い、「高」gao は高く平らなトーンを伴い、「雲」yun は低いところから急にせり上がるトーンを伴っている。こうしたトーンは日本語では、「へへへへへ……」とか、「ハァハァハァ……」とか言ったように、舞台などにおいては使われることがあるが、そうした誇張された言語として使われるものを、中国語では普通に使うのである。

このようにトーンによって一つのシラブルが四つに分かれるから、シラブルの数は一挙に四倍になるわけである。そうした複雑な音声によって概念を区別するのが中国語であるが、同一の傾向を持つ言葉は、同一の音声を持つという特色がある。例えば、分 fēn は分ける、份 fèn は分け前、粉 fěn は物をばらばらに分けたもの、枌 fén は木を薄くそぎ分けたものである。また、亭 tíng は人を宿める所、停 tíng は物の動きをとめること、釘 dīng はくぎでとめること、訂 dìng は意味をとめることである。また、風 fēng はかぜ、諷 fèng はそよそよと吹く風のごとくに、やわらかに人を諌めることであり、墳 fén は土を盛りあげた墓、憤 fèn は心のむくれ上がったことである。こういうふうに、同一の傾向を持つ言葉は、同じような音声を持ち、それがトーンによって細かく分かれているのである。

さらに、中国語はその一つ一つの音声が感情を持っているという特徴がある。言語の音声と音楽の音声との違うところは、音楽の音声が意味を持たぬのに反して、言語のそれは意味を持っていることにあるが、中国語においてはその音声がその現わそうとする実体の印象に追随していると言える。その点において、中国語はすべて一種のオノマトペ(擬声語、擬態語)であると言える。「ヘラヘラ」、「チャッカリ」、「インチキ」など、日本語では紳士は余り口にせぬ言葉にそうしたものがあるが、中国語においてはすべての言葉がそうなのである。niǎo(鳥)という音声は、鳥が羽ばたいて飛んで行く印象を現わし、zhòng(衆)という音声は多くのものが一つ所に集まる印象を現わし、gāo(高)という音声は、素直な音声で、高く明るい印象を表わし、jìn(尽)という音声は、水が吸い尽くされるように失くなる感じを現わしている。かくのごとく中国語にあっては、一つ一つの音が、その音の現わそうとする印象に追随しているのである。中国語は、その文字が濃厚であるばかりでなく、その音声もまた濃厚であると言える。

以上、文字と、音声とを分離して見て来たが、この二つは実は分離したものではなく、相関関係にある。視覚は聴覚の幻聴を聞くことによって印象を増し、聴覚は視覚の幻覚を伴うことによって印象を強める。濃厚な文字は濃厚な音声を伴って一そう濃厚さを強め、濃厚な音声は濃厚な文字を伴って一そう濃厚さを増す。そうした濃厚な言語を素材とする中国文学は、きわめて濃厚な表現の文学であると言うことが出来る。

文字の形と音とについて述べて来たが、次には義、すなわち意味の方から考えてみよう。中国語にあっては一つの単語が多くの意味を持っている、つまり多義性ということが、その特徴として指摘できる。例えば「生」は生まれるという意味であるが、生むという意味にもなる。また、生まれたものはういういしいところから、それは見なれない、目あたらしいという意味にもなり、また生疎という言葉が示すごとくに、顔なじみがないという意味にもなる。また、生まれるという感じは強引なことをする感じに連なるところから、むりやりにという意味にもなる。「生扢察」shēnggechá と言えば、生木を裂くようにむざと裂くことである。このように中国語では相連関した意味が一つの文字の中に共存している。

中国語がこうした性質を持つのは、中国語がモノシラブルの言葉であるということから起こっていると言える。中国語が、モノシラブルの言語であるということは、基本的な単語の数には限りがある、つまり基本的な意味の単語は中国人が発音しうる音声の数だけしかないということである。そこでいろいろの意味を一語の中にどんどんほうり込むことになる。中国語の多義性はそこから生まれているわけであるが、そのために中国語は文学の言語、ことに詩の言語としてはことに効果的であると言える。日本語でも「しめやかに」という言葉は、しめるという言葉の転訛であるから、もともとは自然に関する物理的な現象について言う言葉であろうが、それはまた「しめやかに語る」というように、人間の心理的現象を現わすのにも用いられる。また、「はればれと」というのは、もとは天気のことであるが、「はればれと歌った」と言うと、それは歌を唱うことの形容であり、それにはどこかに陽光が付随しているから、楽しそうに歌うさまが一そう楽しそうに感ぜられる。中国語ではこうした言葉の持つ意味の重層性が他の言語よりも一そうひどいと言える。例えば李白の「望洞庭」(洞庭《どうてい》を望む)という詩である。

洞庭西望楚江分　　洞庭西のかた望めば楚江《そこう》分かる
水盡南天不見雲　　水は南天に尽きて雲を見ず
日落長沙秋色遠　　日は落ちて長沙《ちょうさ》　秋色遠し
不知何處弔湘君　　知らず　何の処にか湘君《しょうくん》を弔《とむら》わん

Dòng tíng xī wàng chǔ jiāng fēn
Shuǐ jìn nán tiān bù jiàn yún
Rì luò cháng shā qiū sè yuǎn
Bù zhī hé chù diào xiāng jūn

この詩の第一句の「分」という字は、元来は分別、つまり物が分かれるという意味であるが、また一方では分明、つまりはっきりと見えるという意味をも持つ。この字は、そうした二つの意味を兼ね備えつつ、ここにはあるのであり、揚子江の川筋が幾筋かに分かれつつ、それがはっきり見えるということである。

中国語のこうした多義性は、中国の詩の深さを増すものと言えるが、文学の用語として味わいを持つのは二字の形容詞である。「蕭條」という言葉は、さびしい、わびしい、すがれているという意味であり、それは景色の形容であるとともに、また人間の具体的な事柄についても、何かわびしいことは、すべてこの言葉で現わしうる。杜甫の詩の中からこの言葉の使用例を挙げてみる。

曲江蕭條秋氣高　　曲江は蕭条として秋気高し
弟妹蕭條各何在　　弟妹は蕭条として各〻何《いずく》にか在る
蕭條異代不同時　　蕭条として代を異にし時を同じくせず
不堪人事日蕭條　　堪えず人事の日に蕭条たるに

「蕭條」という言葉は、このようにいろいろに使われるが、そうした言葉は、他の言語にあっては少ないと思われる。従ってこれを日本語に訳すさい、一語で片付けてしまうわけにはいかぬ。日本語は分析的で、いろいろな場合に応じて言葉が出来ているが、中国語ではそうではない。もう一つ「蕭索」という言葉を杜甫の詩から挙げてみる。

蕭索漢水清　　蕭索として漢水清し

車馬何蕭索　　車馬　何ぞ蕭索たる

「蕭索」も、さびしい、あるいはさっぱりという意味であり、景色にも人事にも用いられる。「蕭條」・「蕭索」は、xiāo tiáo, xiāo suǒ と、物がせばまって行くような音声を持つが、「蕭條」が xiāo tiáo というように、語尾の母韻の響きを同じくしているのに対して、「蕭索」は xiāo suǒ というように語頭の子韻の音声を同じくしている。前者を畳韻《じょういん》、後者を双声《そうせい》といい、ともにオノマトペである。こうしたオノマトペの語は、文学用語として多く用いられるが、こうした言葉ももともと中国語の持つ多義性から生まれるようになったと思われる。

中国語はもう一つの大きな性質を持つ。それは断絶性といった言葉で呼ぶことの出来るものである。「衆鳥高飛盡」は、日本語の訓読では「衆鳥は高飛して尽く」というふうに、事柄の間が隙間なく続いて行くが、原語の中国語はそれとは反対である。中国語は日本語のように事柄の中心となる言葉を繋ぐ接着剤を何も持たない。楽器で例えれば、日本語はバイオリンやフルートであり、中国語はピアノである。前者は音声がなかなか切れないが、後者は音声が一つ一つ切れる。「衆鳥」「高飛」「盡」というふうに事柄の頂点になるものを飛び石のように指摘するのが中国語の性質である。したがって、ある言葉は、その次にそれがどうなるかという期待が置かれ、言葉と言葉との間の部分が重大な役目を果たすことになる。中国語はこうした断絶性を強度に持っているが、それはこの言葉がその方向における詩的な性質を持つことを示していると言える。

断絶性と関連するものとして、簡潔性ということが挙げられる。中国語が一つの音で一つの義を完成するということは、中国語が初めから簡潔な言葉であることを示すが、この言葉はその上に無用の言葉を自由に払い落としてしまうことが出来る性質を持つ。「衆鳥高飛盡」というのを口語で言えば、「衆鳥都是高飛盡了」であり、「孤雲獨去閑」は、「孤雲是獨去得閑」となろうが、文語では「都是」「了」「是」「得」といった言葉は除かれる。ということは、中国語では口語と文語とが、離れ易い性質にあるということである。また、表音文字としての漢字は、すべての口頭の語に対して文字が用意されているとは限らないということがある。例えば疑問の意味をもつ ma という音声に対して「麽」という文字ができるのはかなり後のことである。また今日の北京市民が日常使用する語に滞在、滞留を意味するものとして dai という音声の言葉があるが、この音声に対応する文字は存在しない。中国語にあっては口語をその通りに書くことは、その面からも困難である。中国語に関する限り、文語と口語とは元来離れたものであるという言語理論が成り立つと考える。意を表現するものは言であるが、言はそのままでは文にはならない、「文不盡言、言不盡意。」(文は言を尽くさず、言は意を尽くさず。)、というのは中国人の言語に対する考えであるが、そうした考えが生まれたのも、言語が簡潔な性質を持っているためである。

ところで以上のような中国語の性質が意識にのぼると、文は特殊な美しさを持たねばならぬと考えられるようになる。中国文学の修辞性はそこから生まれているが、その美しさの基本となるものは、散文では一句四字という音数による規格を表現に与えることである。音数律が厳格であったのは詩ばかりではなく、散文においても同様であった。これは外国にはなかったことである。そうした音数律への要求が高まったものが、六朝《りくちょう》の四六文である。その反動として唐以後では、自由な文体が生まれたが、それも実はやはり一句の音数には考慮が回らされているのである。唐の韓愈《かんゆ》の「女挐壙銘」(女《むすめ》の挐《だ》の壙銘《こうめい》)というのを例に挙げてみよう。

女挐、韓愈退之第四女也。惠而早死。愈之爲少秋官、言佛夷鬼、其法亂治、梁武事之、卒有侯景之敗、可一掃刮絕去、不宜使爛漫。天子謂其言不祥、斥之潮州。漢南海揭陽之地。愈既行。有司以罪人家不可留京師、迫遣之。女挐年十二、病在席。既驚痛與其父訣、又輿致走道、撼頓。失食飲節、死于商南層峯驛。……

女《むすめ》の挐《だ》は、韓愈退之《たいし》の第四女なり。恵《けい》にして早く死す。愈の少秋官《しょうしゅうかん》と為《な》るや、仏は夷《えびす》の鬼《き》にして、其の法は治《ち》を乱る、梁武は之に事《つか》えて、卒《つい》に侯景の敗あり、一掃刮絶《かつぜつ》して去る可く、宜しく爛漫《らんまん》せ使《し》むべからず、と言う。天子は其の言を不祥なりと謂《い》い、之を潮州《ちょうしゅう》に斥《しりぞ》く。漢の南海の掲陽《けいよう》の地なり。愈既に行く。有司、罪人の家は京師《けいし》に留まる可からざるを以て、迫りて之を遣《や》る。女の挐は年十二、病んで席に在り。既に其の父と訣《わか》るるを驚き痛み、又た輿《よ》致《ち》せられて道を走り、撼頓《かんとん》す。食飲の節を失し、商南の層峯駅に死す。……

この文章はかならずしも一句が四字、六字ではないが、しかしやはり暗黙のうちに四字、六字が基本的なリズムになっている。このように特殊な修飾をこらすことは簡潔性と矛盾する方向にあると言えるが、簡潔性を求めつつ、常にこうした修飾の方向を持つのが中国の散文である。それは中国語の音声が強烈であり、音楽的な波を画くためでもある。

しかし、こうしたことは民国革命以前の文学の様相であり、以後は大抵白話文（口語文）が用いられるようになった。白話文はもちろん過去の文語のごとくに簡潔でもなく、修飾も施されていないが、その白話文の中においても、中国語の簡潔性と装飾性とは依然として生きている。例として魯《ろ》迅《じん》の散文詩集「野草」の中の一篇「風 箏《フォンジョン》」、つまりたこという文章を挙げてみる。

但我是向來不愛放風箏的、……和我相反的是我的小兄弟。他那時大概十歳内外罷。多病、痩得不堪、然而最喜歡風箏。自己買不起、我又不許放、他只得張着小嘴、呆看着空中出神。……

だが、私は前から凧《たこ》を揚げることが好きでなかった、……私と反対なのは小さな弟であった。彼はそのとき多分十歳ぐらいだったろう。病気がちで、ひどく痩せていたが、凧が大好きだった。自分では買うことができず、また私が揚げることを許さなかったので、彼は仕方なく小さな口を開けて、空中をぽかぁんと見やりながら、うっとりとなっていた。……

この文章は、簡潔で、言い放ったようなところがある。とくに「多病、痩得不堪」、「自己買不起、我又不許放」と言ったようなところはそうである。現在の白話文の中にも、簡潔という中国語の性質は生きていると言える。

「中国の言語と辞典――中国文学史の問題――」(全集2)
「中国文章論」(全集2)

「断絶の文体」(全集18)
「描写の素材としての言語」(全集20)
「中国の文章語としての性質」(「漢文の話」 全集2)
「近世の叙事の文章としての『古文』」(「漢文の話」 全集2)
「私と辞典——中国語の読み方——」(全集補篇)
「読書の学(五)」(全集補篇)

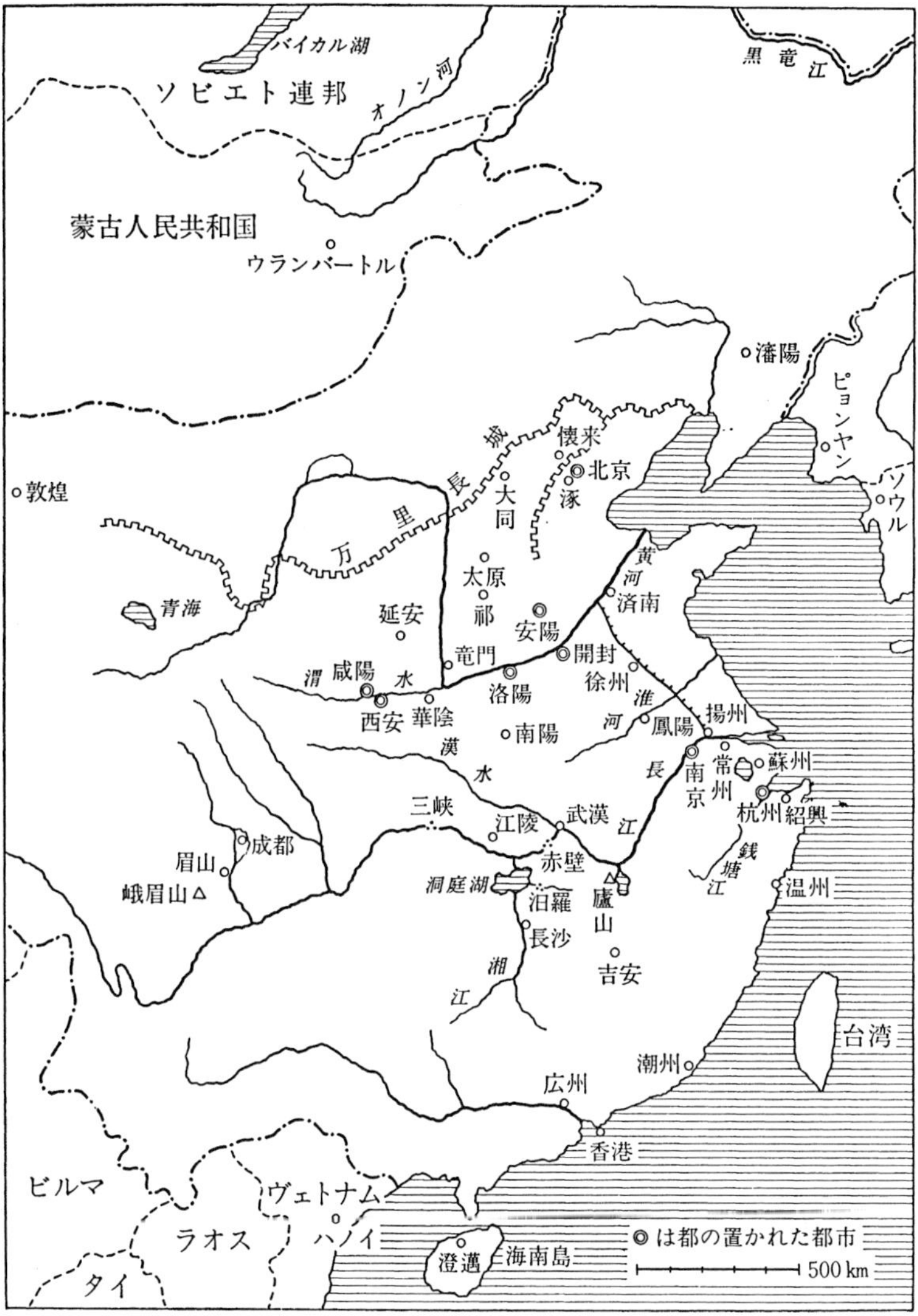

バイカル湖
ソビエト連邦
オノン河
黒竜江
蒙古人民共和国
ウランバートル
瀋陽
ピョンヤン
ソウル
万里長城
懐来
北京
大同
涿
敦煌
青海
太原
祁
安陽
延安
黄河
済南
竜門
開封
徐州
渭水
咸陽
西安
華陰
洛陽
淮河
揚州
鳳陽
南陽
漢水
南京
常州
蘇州
杭州
紹興
長江
三峡
江陵
武漢
成都
眉山
峨眉山
赤壁
洞庭湖
汨羅
廬山
銭塘江
温州
長沙
吉安
湘江
台湾
潮州
広州
香港
ビルマ
ヴェトナム
ラオス
ハノイ
タイ
澄邁
海南島
◎は都の置かれた都市
500 km

西暦	1100　1000　900　800　700　600　500　400　300
中国　時代	殷　西周　東周〔春秋時代〕〔戦国時代〕
中国　文学者（没年）	孔子（四七九） 墨子（三九〇？） 孟子（三〇五） 荘子（二九〇？） 屈原（二七八）
中国　書物	詩経最後の歌 書経諸篇成る 論語（四五〇？） 春秋左氏伝（三五〇？） 離騒（三〇〇？）
中国　事件	周の武王即位（一一〇〇？）、鎬に都す 平王、都を洛邑に遷す（七七〇） 春秋の記事はじまる（七二二） 晋、韓・魏・趙の三国に分裂す（四〇三）
日本　時代	
日本　事項（人名の下の数字は没年）	
西洋　事項	ホメロス「イリアス」「オデュッセイア」 ヘーシオドス「仕事と日々」 ギリシャ抒情詩の最盛期 ペルシャ戦争（四九二） 釈迦入滅（四八五） ヘロドトス「歴史」 ギリシャ悲劇全盛期 ソクラテス死す（三九九） プラトン「パルメニデース」 アレクサンダー東征（三三四） アリストテレス「詩学」

200　100　0　100　200

〔代	秦	前漢	新	後漢
韓非子（二三三）	宋玉（二二二）	枚乗（一四〇） 司馬相如（一一七） 司馬遷（八六？）	揚雄（一八）	班固（九二） 張衡（一三九） 馬融（一六六） 蔡邕（一九二） 鄭玄（二〇〇）
		淮南子 史記（九七） 急就篇（三三）		漢書（八二？） 説文解字（一〇〇）
秦、周を亡ぼす（二五六）	始皇帝、天下を統一す（二二一） 秦亡ぶ（二〇六） 劉邦（高祖）、帝位につく（二〇二）	武帝即位（一四一） 儒教、国教となる（一三六） 蘇武、匈奴より帰る（八一）	王莽、皇帝となる（八）	劉秀（光武帝）、漢を再興、洛陽に都す（二五） 蔡倫、紙を発明（一〇五） 曹操、大将軍となる（一九六）
				倭奴国、後漢に使者を送る（五七）
ローマ、イタリァ半島を統一		カルタゴ亡ぶ（一四六） シーザー殺さる（四四） ウェルギウス「アイネーイス」（一九） キリスト生まる（四）		タキトゥス「編年記」 プルータルコス「英雄伝」 マルクス・アウレリウス帝即位（一六一）

300	400	500	600	700

三国 | 西晋 | 五胡十六国 / 東晋 | 宋 | 斉 | 梁 | 陳 | 北朝 | 隋

曹植（二三二）
嵆康（二六二）
阮籍（二六三）
陸機（三〇三）
左思（三〇五）
王羲之（三七九）
陶潜（四二七）
謝霊運（四三三）
鮑照（四六六）
沈約（五一三）
蘇綽（五四六）
庾信（五八一）
王勃（六七六）

三国志（二八五）
捜神記
世説新語
文心雕龍
水経注
文選
玉台新詠
文館詞林（六五八）
遊仙窟（六八〇）

曹丕、魏王朝を建てる（二二〇）
蜀亡ぶ（二六三）
司馬炎、晋の武帝となる［（二六五）
呉亡ぶ（二八〇）
司馬睿（元帝）、建康にて帝位につく（三一七）
劉裕（武帝）、宋を興す（四二〇）
北魏、華北を統一（四三九）
蕭道成（高帝）、斉を興す（四七九）
蕭衍（武帝）、梁を興す（五〇二）
北魏、西魏と東魏に分裂（五三四）
陳覇先、陳を興す（五五七）
隋の文帝、南北を統一（五八九）
李淵（高祖）、唐を興す（六一八）
玄奘、インドへ出発（六二九）
則天武后、周朝を建てる（六九〇－七〇五）
玄宗即位（七一二）

大和時代 | 飛鳥時代

耶馬台国女王卑弥呼、魏に使者を遣す（二三九）
大和朝廷の統一すすむ
任那に日本府を置く（三六九）
仏教伝来（五三八）
任那の日本府亡ぶ（五六二）
聖徳太子、摂政となる［（五九三）
十七条憲法制定（六〇四）
第一回遣唐使（六三〇）
大化の改新（六四五）
壬申の乱（六七二）
奈良遷都（七一〇）
古事記（七一二）

ローマ帝国、キリスト教公認（三一三）
ゲルマンの移動始まる（三七五）
ローマ帝国、東西に分裂（三九五）
アウグスティヌス「神の国」（四二六）
西ローマ帝国亡ぶ（四七六）
フランク王国成立（四八六）
東ローマ帝国栄える
マホメット、イスラム教を興す（六一〇）
ベオ・ウルフ成る

800　900　1000　1100　1200

唐 | 五代 | 北宋 | 金 / 南宋

- 王維（七五九）
- 李白（七六二）
- 杜甫（七七〇）
- 韓愈（八二四）
- 白居易（八四六）
- 杜牧（八五二）
- 李商隠（八五八）
- 温庭筠（八七〇）
- 韓偓（九二三）
- 和凝（九五五）
- 李煜（九七八）
- 楊億（一〇二〇）
- 柳永
- 欧陽修（一〇七二）
- 蘇軾（一一〇一）
- 黄庭堅（一一〇五）
- 李清照（一一四一）
- 范成大（一一九三）
- 朱熹（一二〇〇）
- 陸游（一二一〇）
- 姜夔（一二三一）
- 元好問（一二五七）
- 呉文英（一二六〇？）

- 李娃伝（七九五）
- 会真記（八三一）
- 花間集（九四〇）
- 太平広記（九八一）
- 文苑英華（九八二）
- 資治通鑑（一〇八四）
- 楽府詩集
- 西廂記諸宮調
- 劉知遠諸宮調
- 元朝秘史（一二四〇？）

- 安史の乱（七五五―七六三）
- 黄巣の乱（八七五―八八四）
- 朱全忠（後梁太祖）、唐を亡ぼす（九〇七）
- 趙匡胤（太祖）、宋を興す（九六〇）
- 南唐亡ぶ（九七五）
- 王安石の新法始まる（一〇六九）
- 遼亡ぶ（一一二五）
- 高宗、臨安に都を遷す（一一二七）
- 金都を燕京に遷す（一一五三）
- 成吉思汗即位（一二〇六）
- 成吉思汗西征（一二一九）
- 蒙古、金に侵入（一二三四）
- 蒙古、元と号す（一二七一）
- 南宋亡ぶ（一二七九）

奈良時代 | 平安時代 | 鎌倉

- 日本書紀（七二〇）
- 懐風藻（七五一）
- 万葉集（七六〇？）
- 平安遷都（七九四）
- 最澄・空海入唐（八〇四）
- 竹取物語
- 遣唐使の廃止（八九四）
- 古今和歌集（九〇五）
- 土佐日記（九三五？）
- 源氏物語（一〇一四？）
- 本朝文粋（一〇四四）
- 大鏡（一一〇〇？）
- 法然、浄土宗を開く（一一七五）
- 鎌倉幕府開く（一一九二）
- 新古今和歌集（一二〇五）
- 文永の役（一二七四）

- イスラム文化栄える
- カルロス大帝、ローマ皇帝の冠を受く（八〇〇）
- フランク王国、三つに分裂（八四三）
- 神聖ローマ帝国成立（九六二）
- 西ヨーロッパに封建制度成立
- 第一回十字軍遠征（一〇九六）
- ロランの歌
- ニーベルンゲンの歌
- 蒙古、ワールシュタットに北欧連合軍を破る（一二四一）

1300　1400　1500　1600　1700

元　明　清

趙孟頫（一三二二）
虞集（一三四八）
高啓（一三七四）
宋濂（一三八一）
李東陽（一五一六）
王守仁（一五二八）
李夢陽（一五二九）
李攀竜（一五七〇）
王世貞（一五九〇）
袁宏道（一六一〇）
譚元春（一六三一）
銭謙益（一六六四）
顧炎武（一六八二）
朱彝尊（一七〇九）
王士禛（一七一一）
戴震（一七七七）

関漢卿・王実甫・馬致遠らの雑劇が作られる
琵琶記（一三六七？）
水滸伝・三国志演義、羅貫中によって現在の形を整える
永楽大典（一四〇八）
西遊記、形を整える。
三国志通俗演義刊行（一四九四）
清平山堂話本（一五四一）
水滸伝刊行（一五六六）
西遊記、呉承恩によって現在の形を整える（一五七〇）
金瓶梅・
元曲選（一六一六）
金瓶梅詞話刊行（一六一七）
康熙字典（一七一六）
紅楼夢（一七六五）
四庫全書（一七八二）

朱元璋（太祖）、明を興し、南京に都す（一三六八）
成祖、北京遷都（一四二一）
土木の変（一四四九）
倭寇、南京攻撃（一五五五）
ヌルハチ建州衛を統一（一五八八）
清、北京を都とす（一六四四）
聖祖康熙帝即位（一六六二）
高宗乾隆帝即位（一七三五）

代　室町時代　安土桃山時代　江戸時

弘安の役（一二八一）
五山文学の全盛期
足利幕府開く（一三三八）
太平記（一三七〇）
世阿弥（一四四三）
応仁の乱（一四六七）
宗祇（一五〇二）
信長、足利氏を亡ぼす（一五七三）
江戸幕府開く（一六〇三）
幕府、林羅山を登用（一六一五）
鎖国令（一六三九）
井原西鶴（一六九三）
松尾芭蕉（一六九四）
近松門左衛門（一七二四）
荻生徂徠（一七二八）
雨月物語（一七六八）
与謝蕪村（一七八三）

ダンテ「神曲」（一三二一？）
ルネッサンス運動、始まる
キャンタベリー物語
グーテンベルク活字印刷（一四五〇）
東ローマ帝国亡ぶ（一四五三）
コロンブス米大陸発見（一四九二）
ルター宗教改革宣言（一五一七）
スペインの無敵艦隊、イギリスに敗れる（一五八八）
シェイクスピア死す（一六一六）
ミルトン「失楽園」（一六六七）
アメリカ合衆国成立（一七七六）

1800	1900	2000
	中華民国	
銭大昕（一八〇四）	魯迅（一九三六）	
	官場現形記（一九〇三） 狂人日記（一九一八） 阿Q正伝（一九二一）	
阿片戦争始まる（一八四〇） 太平天国乱おこる（一八五〇―六四）	義和団変（一九〇〇） 中華民国成立（一九一二） 文学革命（一九一七）	
代	現代	
古事記伝（一七九八） 日本外史（一八二七） 南総里見八犬伝（一八四二） ペリー浦賀に来る（一八五三） 明治維新（一八六八） 日清戦争（一八九四）		
フランス革命（一七八九） ゲーテ「ファウスト」（一八三二） マルクス「資本論」（一八六七）	第一次世界大戦（一九一四―一八） ロシア革命（一九一七）	